AF418445

Alejandro Rocha N.

EL SÉPTIMO DÍGITO

2016

"¡Oh, dicha de entender, mayor que la de imaginar o la de sentir!"

Jorge Luís Borges - *La Escritura del Dios*

$\pi = 3,\mathbf{1}\,415926...$

EL ÍNFIMO

Voluptuosa, hermosísima entre sus velos multicolores, ella danzaba sobre un espejo azul, tan inmenso como el horizonte. Y era sobre un océano infinito que bailaba. Con una cinta, dibujaba en el aire los caprichos de su alma de paloma. Su rostro angelical desbordaba el gozo de ver irradiándose la magia de su apasionada caligrafía aérea. Ella y su danza eran absolutas. Ningún mortal podría nunca perturbarlas, porque tanta belleza reunida no necesitaba nada más en el mundo... Y, sin embargo, ahí estaba él, amándola... Ahí estaba él, destinado a amarla y a nunca saber qué hacer para seducirla.

"Ella viaja sin parar

El viejo truco de andar por las sombras

Ella baila sobre el mar

Ella se va..."

La melodía era sobrecogedora, como un rumor subterráneo, y a la vez, maravillosa, como una sinfonía de colores. Lejanos, pero nítidos, como si sonasen en su cabeza, cada uno de los acordes que escuchaba despertaban en su recuerdo aquellos versos fascinantes. Y los empolvados desvanes de su memoria eran alegremente sacudidos por la algarabía de la música.

Ahí estaba el Seba, esa tarde, riendo… La reconfortante risa del Seba, que le llenaba el rostro y salpicaba por toda su pieza, mientras, inclinado sobre el ecualizador de su equipo, depuraba al máximo el sonido de alguna gran banda, cuyas canciones insistía que él escuchara… Ahí estaba el Carlos, caminando a su lado aquella noche, mientras repetía cómo había argumentado y refutado, con su precisión de siempre, la postura de sus oponentes en aquel debate del Frente Universitario… Ahí estaba también ella… Sí: ella, la terrenal, disimuladas apenas sus formas bajo la malla negra, velada su danza maravillosa por la penumbra sórdida del gimnasio… Ella: la primera de las amadas, la del primer repudio y el primer dolor, la siempre distante e inalcanzable, la inolvidable… Ella estaba ahora, de nuevo ahí, frente a él, danzando, indiferente, dejándolo poseído para siempre por su imagen.

Y ahí estaba de nuevo él también. Desamparado, en medio de esa incertidumbre, preso por esa angustia atroz, temiendo a sus rechazos y conteniendo apenas el deseo de acercársele y tocarla, y besarla, y hacerla suya… Ahí estaba, una vez más, vencido por la cobardía, pero buscando siempre armarse de valor, planeando la excusa para llegar hasta su lado, calculando las palabras para anticiparse a su indiferencia…

Y ya iba hacia ella, una vez más, dispuesto a todo; ya iba otra vez hacia ella, luchando por apartar la idea de un nuevo fracaso… Cuando, de repente, el piso cedió, y un abismo se abrió bajo sus pies. El sobresalto se convirtió en desesperación mientras se sentía caer sin hallar el fondo. Y la desesperación iba en aumento en tanto más demoraba la caída, y se daba cuenta que más fuertemente golpearía el suelo. Incrédulo, intentaba negarse a sí mismo la inexorabilidad de su muerte. Presa de un paroxismo de terror, gritó. Y su grito se separó de su voz. Y su voz se confundió con el coro desgarrador de miles de otras voces, ajenas a la suya...

De repente, se sintió tirado de espaldas. Ante su mirada confundida, se erguía una cosa inmensa y gris, como una montaña. La enorme mole estaba hecha de miles de cuerpos humanos frenéticamente entrelazados. Todos se agitaban, vociferaban y pugnaban desesperadamente por subir encima de los demás. Podía verlos, reptando unos sobre otros, como lombrices ávidas y viscosas. Podía ver cómo desollaban sin piedad a los que estaban trepados cuando sus manos o pies resbalaban, sin atender a nada que no fuese su propio ascenso. Muy pocos, sobre todo los más viejos y famélicos, permanecían sin trepar. Exhaustos y cubiertos de horribles llagas, lo único que hacían era aferrarse con fuerza, formando inmensos racimos. Muchos peleaban salvajemente entre si y, de vez en cuando, algunos eran lanzados al vacío, o se soltaban, vencidos por el cansancio, y caían lanzando aterradores alaridos. La agitación de cuerpos sudorosos y sanguinolentos formaba verdaderas olas, y daba a la mole el aspecto de un inmenso gusano gelatinoso y repugnante, que ondulaba su vientre monstruoso en busca de la altura.

Elevó la mirada hasta allá arriba. Y entonces, pudo ver aquella luz intensa y dulce, que se despeñaba, como en cascadas de agua cálida, sobre esa columna de horrores y padecimientos... ¡Era la misma luminosidad que rodeaba la danza de su amada!... ¡Entonces, allá, en lo alto, debía estar ella, esperándolo!... ¡Allá, en lo alto, podría volver a acercársele, una y otra vez, hasta que ella lo aceptase, hasta que comprendiese, por fin, que nadie llegaría jamás a quererla como él!... ¡Allá arriba estaba su felicidad! ¡Allá arriba, toda la miseria, todo el desprecio y las humillaciones que había tenido que pasar, quedarían para siempre en el olvido!... ¡Y sólo tenía que subir! ¡Sólo tenía que llegar hasta lo alto!...

De pronto, se dio cuenta de cuán distante se encontraba de su propósito, y de cuánto lo aventajaban los demás... ¿Cuántos habrían ya llegado a la cima y estarían ahora junto a ella? ¿Cuántos estarían, en ese mismo instante, intentando seducirla y tenerla sólo para si?... ¿Y si alguno ya lo había logrado?... Angustiado ante esa sola idea, corrió en torno a la inmensa montaña de cuerpos, buscando un lugar para empezar él también a trepar. Corrió entre los despojos reventados de los despeñados, que formaban montículos de cuerpos irreconocibles. Por todos lados, lo cercaba el estertor agónico de los que aún vivían, o le cortaba el paso el tiritar de miembros rotos y deformes. Trataba de evitar la mirada sanguinolenta de esos ojos desencajados, o el espantoso gesto de esas bocas horrendamente desfiguradas, o la patética crispación de las manos que se le tendían, suplicantes.

Exhausto, ahogado por la angustia y el asco, hubiera deseado tener la fuerza para ayudar a todos esos desdichados. Sin embargo, a pesar de todo el sufrimiento que lo rodeaba, su ansiedad por alcanzar la cumbre era mayor. Y eso le avergonzaba. Pero se esforzaba por convencerse de que la saciedad que hallaría allá arriba le daría el poder para sacar a otros de esa macabra fosa... ¡Y quizás, el gozo posible en la cumbre alcanzaría para todos!... ¡Entonces, con el tiempo, esa horrenda mole de desesperados acabaría siendo completamente innecesaria!...

Sin embargo, no alcanzó a disfrutar de esta idea consoladora. Ya suficientemente cerca, pudo oír entre los gritos de la multitud enfebrecida la misma súplica, el mismo juramento, repetido por doquier. ¡Todos prometían a los demás volver por ellos, a cambio de que éstos los ayudasen a subir! ¡Y todos también se burlaban de esa promesa! ¡Creerla era una estupidez, porque estaba claro que, una vez que alguno se hallase lo suficientemente encumbrado, se olvidaría para siempre de los horrores del abismo del que había conseguido salir!... ¿Sería esa la razón por la cual no sólo nadie ayudaba a otros a trepar, sino que se esforzaban en evitar que subieran, y se empeñaban más bien en hacerlos resbalar?... Una conducta repugnante, sin duda. Una vil manera de dejarse arrastrar unos contra otros, como animales, con un apetito voraz. Y, sin embargo, ¿podía asegurar él mismo, a pesar que aún no pertenecía a la mole, a pesar de toda la determinación con que quería distinguirse del resto, que actuaría de un modo distinto a todos ellos? ¿Podía él decir de sí mismo que era lo suficientemente fuerte, lo suficientemente recto, lo suficientemente noble, como para que la desesperación no lo llevase a jurar cosas que nunca sería capaz de cumplir?...

De todo esto se daba cuenta, mientras oía el alarido ensordecedor de los que suplicaban a Dios, y el lamento incesante de los que morían, y el llanto histérico de los que no querían morir. "¡Por qué!...", exclamó, jadeante, ahogado por el horror. "¡Por qué tiene todo que ser así!", vociferó, ebrio de ira, mientras llegaba al pie de la masa infernal y veía los cientos de cuerpos horriblemente aplastados que formaban su base, y tropezaba con los restos malolientes de lo que habían sido alguna vez alegres niños y hermosas mujeres. "¡Él!...", gritó. "¡Nadie más que Él ha hecho todo esto, tal como es!..." blasfemó, deseando, de todo corazón, en ese instante, que un divino rayo lo acallara para siempre. Y, encogido y temblando, dejó que su llanto furioso fluyera, con toda la rabia y toda la impotencia que lo embargaba. ¿Qué podía hacer?... ¿Convertirse en uno más de esos hipócritas, que empuñan, con aire bondadoso, una cruz, mientras pisotean a los que tienen debajo? ¿Volverse uno más de esos mentirosos que dicen desdeñar las cosas de este mundo, pero siguen afanados por su bienestar y su vida?... ¿Es que nadie quiere aceptar que, por más que intente vivir de acuerdo a los grandes ideales, en realidad, sólo vive para alcanzar la arrebatadora sensualidad de aquella luz?... ¿Es que nadie era lo suficientemente honesto para admitir que miente; que se miente a sí mismo cuando se dice "amante del prójimo"; que lo que en verdad desea es vivir encumbrado, por encima de otros; que sería capaz de hacer cualquier cosa por subir cada vez más alto y estar cada vez más cerca de esa plenitud indescriptible prometida por la luz?...

Sin darse cuenta, se encontró, de pronto, trepado en uno de los montículos de cadáveres que permanecían arrimados contra la pared humana. Se detuvo un instante y miró, indeciso, el entramado trémulo y bullente de torsos y cabezas que la formaban. De pronto, la masa de cuerpos que pisaba se deshizo bajo sus pies. Sintió la carne muerta y helada, reblandeciéndose entre sus tobillos, mientras lo succionaba lentamente. Enloquecido de asco, alcanzó apenas a aferrarse al muro de cuerpos que, palpitante y húmedo, bramó al recibirlo...

* * *

Ese que está ahí, acurrucado sobre un catre viejo, en medio de la oscuridad de una pieza miserable, rodeado de pilas de libros y de papeles garabateados, esparcidos sobre la frazada y por el piso, es Álvaro Vergara. Todavía envuelto en las imágenes de la pesadilla, se seca la transpiración con la sábana e intenta, a tientas, ordenarla para volver a cubrirse.

Todas las noches es lo mismo. El frío no lo deja en paz. Una vez que le ha atrapado los pies, le cuesta mucho calentarlos de nuevo. Se le mete por el vidrio trizado de la ventana y se adueña de cada rincón de la pieza, convirtiéndole en rocío la respiración. Y la humedad que así se engendra le moja las frazadas, va pudriéndole las hojas a sus libros, ennegrece la madera del piso, forma molestas gotas en el techo y alimenta, de paso, la profusa flora de musgos que crece, indomable, en el marco de la ventana.

Ha pensado, sinceramente, que es bello ver nacer el amanecer en medio de las iridiscencias de la humedad que adorna la transparencia de los vidrios; poder contemplar los primeros rayos del sol a través del intenso verdor de los musgos. Ha meditado largamente sobre la extraña paradoja de que la maravilla de aquel espectáculo sólo sea posible en la fealdad inhóspita y sucia de ese lugar. Pero, muy sinceramente también, se ha dicho que sacrificaría sin dudar el privilegio de aquella contemplación sublime por unos grados más de temperatura... El *guatero* con agua caliente sólo le sirve la primera mitad de la noche. La estufa a parafina es una verdadera chimenea, una porquería con la que prefiere no contar... Reconoce, no sin vergüenza, que echa de menos la tibieza acogedora y suave del cuerpo de María. Pero María ya no está... ¡Claro que se le ha pasado por la mente comprar la calidez, aunque fuese de una sola noche, a alguna prostituta de por ahí, y de paso, desahogar con ella todo lo que necesitaba hacer con una mujer!... Sin embargo, cuando ha estado a punto de decidirse, el recelo y la escasez de dinero han podido más que sus ganas.

De repente, el recuerdo de algo sumamente desagradable lo llena de inquietud. Pensar en la plata no sólo le ha despertado la amarga conciencia de su miseria, sino que también ha resucitado la agobiante urgencia de ciertos problemas que, hasta ese entonces, sólo ha podido postergar. Ha perdido la memoria de cuándo fue la última vez que se compró ropa. Y cuando no le alcanza para pagar una comida, ha tenido que comer arroz o fideos, porque no sabe cocinar y está harto de tener que tragar lo que resulta en sus experimentos culinarios. No tiene un trabajo estable. Por alguna razón, nunca ha podido lograr un cargo permanente, aunque no fuese bien remunerado. De hecho, nadie creería que tiene un título universitario de profesor, y que es un sujeto mucho más culto que la mayoría de sus colegas que han hecho ya una exitosa carrera y, en consecuencia, viven bastante mejor. Sin embargo, a pesar de lo que pudiera creerse, Álvaro seriamente, ha intentado quitarse el lastre de su cesantía recurrente, ofreciendo clases particulares a alumnos con bajas notas. Ha llegado, incluso, a creerse el cuento que reparte por doquier, de que no busca contratos estables porque le gusta la independencia, y así enseña mejor. Por lo demás, a nadie le cuesta creerle, después de ver el entusiasmo con que explica las innumerables y variadas cosas que sabe, y que rebasan, por mucho, los límites de su especialidad: la Física. En ello, su curiosidad y su gusto por aprender acerca de todos los asuntos misteriosos y espectaculares del mundo, le han ayudado sobremanera. Por eso, los chicuelos normalmente taimados que, como docente particular, ha debido enfrentar, al poco rato de escucharlo hablar acerca de cómo las hormigas ordeñan y pastorean a los pulgones, tal y como los hombres lo hacen con el ganado, o cómo Manuel Rodríguez, disfrazado de roto, le abría la puerta de la carroza al propio Marcó del Pont, se motivaban con facilidad a estudiar las áridas Matemáticas o la aburrida Historia de Chile… Realmente, disfrutaba de cada clase que hacía, y se sentía compensado tan solo de lograr que sus alumnos siguieran sus relatos con el mismo deleite que él había podido experimentar al conocerlos.

Durante un tiempo, el amplio espectro de sus conocimientos le permitió atender a una considerable cantidad de alumnos. Hacía varias clases al día; pero, para ello, debía visitar muchos domicilios que, en ocasiones, estaban demasiado lejos entre sí. El costo de los pasajes y el tiempo que tanto viaje consumía, sumado al desgaste físico, pronto volvió insostenible semejante trabajo. Ahora, una vez más, el año escolar está próximo a terminar. Cada vez cuenta con menos alumnos, y la incertidumbre comienza, una vez más, a agravar el dramático desamparo que retuerce su vida.

Sólo la tarde anterior, la dueña de la pieza que arrienda fue a cobrarle, por tercera vez, los dos meses que le adeuda. No sólo debió soportar ahora su cara de perro, sino que también los peores garabatos que le han dirigido en su vida. Tan violentos e insultantes fueron los gritos y aspavientos de la vieja, que Álvaro cayó en una especie de shock, y no atinó a nada durante largos minutos. Sólo el horror que le causó la idea de que la mujer acabara pegándole y echándolo a empujones, lo hizo reaccionar. Acudiendo a todo su ingenio, se le ocurrió ensayar una voz ronca y tonante. Y, haciéndose el ofendido, hilvanó lo mejor que pudo palabras como "respeto", "vulgaridad" y "dama" (palabras que, bien sabía, alguna vez habían tenido mucha fuerza). Su frase indignada debió tocar algún recóndito hilo del amor propio de la señora, puesto que consiguió hacerla titubear y desarmó la amenazadora avalancha de su ira. Pero las amenazas no se detuvieron. Con una mano en la cadera y la otra batiendo en alto, la vieja dictaminó que tenía hasta el lunes para pagar o irse; de lo contrario, le aseguró que ciertos tiras, que eran familiares suyos, se encargarían de echarlo. Con angustia, comprendió la gravedad de la cuestión. Conocía sus derechos. Pero, considerando que no tenía ninguna forma de hacerlos valer, no era improbable que fuera desalojado de una manera que no se atrevía a imaginar.

La sola idea de tener que soportar semejante vejamen le era intolerable. Por eso, aquella misma tarde, viaja al centro de la ciudad. Gasta uno de los dos últimos billetes que le quedaban en sacarse fotos, adquirir papel para máquina y comprar el diario. Una vez de vuelta, selecciona algunos ofrecimientos de empleo. Luego, con la vieja máquina de escribir, que conserva desde su adolescencia, redacta varias copias de un curriculum, y saca de un colgador su único terno. Lo último que recordaba haber pensado antes de dormirse ayer, era que hoy debía estar de nuevo en el centro, por lo menos a las ocho, listo para una de las entrevistas. Sobresaltado, busca su reloj y, en medio de la somnolencia, se esfuerza por deducir qué tan retrasado se encuentra. Pero, por fortuna, no hay apuro. Son recién las seis…

Ha cerrado los ojos un momento. Piensa en lo delicioso que sería dormir hasta tarde y no levantarse sino hasta que la áurea tibieza del sol penetrase por la ventana, ahuyentando todo ese frío. Pero sabe que, si hace eso, no habrá modo de aplacar la terrible inquietud que anida en su pecho. Debe darse valor; hacer un esfuerzo, aunque nada le asegure que sus posibilidades de hallar trabajo sean ahora mejores que en el pasado… ¡Quién sabe! ¡Tal vez, hoy es su día! ¡Tal vez, justo en ese minuto, hay alguna persona que también viene despertando, con una angustia muy parecida, por no creer que podría encontrar a alguien como él! ¡Alguien que, como él, no sólo domine su especialidad, sino que también sea versado en otros asuntos!… ¡Tal vez, lo que precisamente esté buscando esa persona es a alguien que, como él, entienda también de filosofía, conozca la historia de pueblos y civilizaciones antiguas, sepa sobre los mitos y tradiciones religiosas, y cómo tales ideas dieron origen a nuestra cultura occidental!… ¡Tal vez, esta persona haya buscado hasta el cansancio, justamente, a un entusiasta enseñador de cosas, como era él!

Alentado por estos esperanzadores pensamientos, que se le enredaban en el embotamiento del despertar, se decide a abandonar el tibio abrazo de las frazadas. De un salto, se las quita de encima y corre hasta la puerta trasera de su habitación. La atraviesa, sale al exterior y entra en el baño. Siente la aspereza helada del cemento como si le quemara la planta de los pies. El aire de la madrugada lo ha envuelto como un manto de nieve. Con el cuerpo encogido, resiste la brutal caricia del frío que reina en el habitáculo. Se desnuda y, resoplando bocanadas de vapor, larga el terrible chorro de la ducha. Siente la infinidad de partículas clavándolo, hasta que la piel se le adormece y el entumecimiento lo hace gritar. En medio de espasmos incontenibles, se frota para sacarse el jabón lo más rápido que puede.

Cuando, por fin, acaba con el despiadado baño, el frío ya no puede hacer más para martirizarlo. Su cuerpo, trabado y espasmódico, despide oleadas de vapor mientras cruza, desde el exterior, la puerta de su pieza. Una vez dentro, se envuelve en la toalla y comienza a secarse con rapidez. Pero, de repente, su mirada se ha quedado fija en un punto de la habitación. Asombrado, se endereza y contempla su figura, reflejada en el espejo…

*   *   *

"El Universo es un espejo… De alguna manera, yo soy los otros…"

De niño, y hasta cuando ya era casi un adolescente, Álvaro solía calmar su tristeza con este pensamiento. Guardaba con él una pequeña esperanza en que sus ilusiones de amor tenían alguna posibilidad de poder realizarse; en que ella, su eterna amada, pudiese llegar a comprender sus sentimientos, escondidos tras el feo envoltorio de su fisonomía. Y esa posibilidad estaba escondida en aquel rincón que se ignora de las cosas y las circunstancias; en esa parte desconocida de los hechos que nos acontecen cada día. Por eso, valía la pena el esfuerzo de conocer… Porque conocer no solo era apasionante dado que permite descubrir las causas de la belleza que llenaba el mundo, sino también porque era la única forma de poder anticipar adónde había más belleza y cómo se podía tenerla… Por supuesto, todo estaba en los libros. Todo lo que se había observado, dicho y escuchado sobre todas las cosas, estaba escrito. Pero, ¿cuánto más habría todavía por escribir? ¿Cuánto era lo que todavía no había sido descubierto y, por lo tanto, aún no estaba relatado? Indiscutiblemente, habría que leerlo todo, y había que conocerlo todo, para poder empezar a darse cuenta de qué era lo que faltaba. Y esa fue una tarea a la que Álvaro, a sus escasos catorce años, se abocó con absoluta pasión.

Así fue cómo la lectura y la naturaleza se convirtieron en una especie de paraíso oculto, para Álvaro; un santuario adonde buscaba pasar la mayor parte del tiempo a solas. Esto, claro, no quería decir que no compartiese siquiera parte de su tiempo con otros niños. Y, ya en ese entonces, Carlos era uno de ellos. A Álvaro le atraía la forma de ser de ese chicuelo rebelde y con fama de "pato malo", que, al igual que él, le gustaba leer y se conocía la mayoría de los libros que él había leído. Para remate, también le gustaba la música, justo como a él, y también se conocía todas las bandas que él también conocía, gracias al Seba, su otro amigo, que era un fanático con la suerte de tener un tremendo equipo con bafles gigantescos en la casa, y un papá que, de vez en cuando, le compraba lo último de los grupos de la vanguardia *underground* de entonces... Pero al Seba, que era muy buena onda y sabía harto de música, no le gustaba mucho leer. Se le aburría cuando, entusiasmado, él le quería contar sobre cómo se había defendido Galileo ante la Inquisición, o cómo Leonardo da Vinci les pagaba a ladrones de tumbas para que le trajesen cadáveres y poder abrirlos para ver qué tenían por dentro; y cómo le parecía tan injusto y estúpido que, siendo lo que ellos hacían tan valioso, tan importante para todos, debían hacerlo a escondidas, arriesgándose a ser acusados de herejes, de brujos, de locos y hasta a ser ejecutados... A diferencia del Seba, pues, Carlos lo escuchaba con gran atención, aunque no sin una expresión de suficiencia, como diciendo: "ya lo sabía antes que tú". Sin embargo, Álvaro, ya curtido por las burlas o la indiferencia de otros (todos aquellos que lo consideraban tan sólo un mateito fome), solía perdonar estos desplantes de su soberbio amigo, porque con sus réplicas, éste casi siempre demostraba que sabía acerca del tema y casi siempre, además, aportaba detalles nuevos u ocurrencias verdaderamente apasionantes. Por eso, había puesto tanto empeño en hacerse su amigo. Y aunque no fue fácil (pues, como a todo el mundo, sus modales de niño tranquilo y estudioso no encajaban con el tipo que a Carlos le impresionaba), poco a poco fueron acercándose, primero por la afición común que tenían hacia la lectura, y luego, al irse convirtiendo Álvaro, gradualmente, en la única persona con la cual Carlos podía encontrar tribuna para sus improvisados y, por entonces, todavía precarios, discursos.

Por su parte, a pesar de su afición por leer y conocer acerca de todo, Álvaro siempre se había sentido torpe para entender. Y era quizás esa conciencia crítica sobre lo que consideraba una limitada inteligencia suya, lo que lo volvía un lector esforzado y, en consecuencia, un buen estudiante... Claro que no era precisamente la fama de mateo que así se ganaba, lo que buscaba lograr de esta manera. Hubiera dado cualquier cosa por ser de alguna forma respetado por el grupo de los desordenados, de aquellos entre los que estaba Carlos, que iban en lote a las fiestas y se juntaban a conversar de minas, de sexo, de chistes picantes y de copuchas. Siempre quiso poder impresionarlos de alguna manera, y la cercanía de Carlos le empezaba a dar cierta esperanza de lograrlo. Pero era muy consciente de que su ingenuidad, su falta de perspicacia para entender el doble sentido de las tallas que circulaban entre ellos y también su escaso talento para la picardía, el desorden y la maldad, en nada le ayudaban.

¿En verdad, había que ser malo para ser mejor? Estaba claro que sólo así se ganaba la tan ansiada popularidad. Pero... ¿cómo podía él patear, pegar, molestar, inventarle sobrenombres a los otros, si sabía lo que eso dolía? ¿Cómo podía hacer para olvidarse de lo que él mismo sentía cuando lo trataban así?... Pasaba el tiempo sin que pudiera de alguna forma acertar a agradar a sus compañeros de escuela. Sin embargo, pronto surgió otra cosa, que llenaría sus juveniles preocupaciones de una manera todavía más honda y dramática.

Desde el momento en que la vio por primera vez, una especie de escalofrío le había sacudido el cuerpo. Le pareció que no existía en el mundo una niña más hermosa que ella. Y estuvo mucho rato fascinado en su silueta, subyugado por la delicadeza de cada uno de los movimientos que hacía al bailar.

Había entrado al gran gimnasio del colegio sólo por casualidad durante aquél recreo. Nunca imaginó que la idea de alejarse de las pesadas burlas del grupo le trajese la grata sorpresa de hallarla allí, practicando. El recinto se encontraba casi en penumbras, por lo que ella no se percató de su presencia. Pero una luz clara se descolgaba desde las claraboyas del gimnasio, adornando con su caricia cada una de las evoluciones que la niña efectuaba al bailar. Era una escena con la que soñaría muchas veces en su vida. Las cintas, obedientes en sus manos, zigzagueaban en torno a ella, envolviéndola como mágicos vapores que la protegían.

Álvaro recordaba con toda claridad aquellos momentos, aquella fascinación nunca antes sentida, aquél estremecimiento. Era una extraña mezcla de sentimientos contradictorios. El placer de mirarla y el deseo de querer seguir viendo hasta el más mínimo detalle de su cuerpo, contra la sensación de saber lo impropio que era ese espionaje, el temor de ser descubierto y odiado por su osadía... Pero, sobre todo, la profunda angustia que le despertaba el recuerdo de su propia figura, famélica y cabezuda, en el espejo... ¿Cómo podría acercársele con alguna esperanza de gustarle? ¿Cómo podría ella, un ser tan maravillosamente bello como ella, llegar a sentir algo por él? ¿Qué rasgo de su persona, su fea y desabrida persona, que no gustaba ni siquiera a las niñas menos exigentes de su curso, tendría alguna posibilidad de resultarle atractivo a ella?

Así había empezado todo. Y desde ese día, desde ese instante feliz y fatídico, sólo vivía para pensar en ella; para distinguir su figura en la distancia entre la multitud de delantales blancos durante el recreo; para admirarla furtivamente, y ensoñar que caminaban juntos de la mano y que se detenían en medio del patio inmenso y se besaban como dos grandes enamorados...

"En estos días,

todo el viento del mundo sopla en tu dirección,

la Osa Mayor corrige la punta de su cola

y te corona

con la estrella que guía

la mía.

Los mares se han torcido

con no poco dolor hacia tus costas,

la lluvia dibuja en tu cabeza

la sed do millones de árboles,

las flores te maldicen, muriendo,

celosas.

En estos días

no sale el sol, sino tu rostro;

y en el silencio,

sordos de tiempo

gritan tus ojos:

¡Hay de estos días terribles!

¡Hay del hombre que llegue!

¡Hay de cuando se marche!

¡Hay de cuando se quede!

¡Hay de todas las cosas

que hinchan este segundo!

¡Hay de estos días terribles,

asesinos del mundo!..."

Y adoptó esta canción del inmenso Silvio, como un secreto himno de su amor. Y aunque el Seba le había grabado la casete completa, él no tenía oídos más que para esta canción. Porque en ella estaban resumidas las dos dimensiones inconciliables de ese amor suyo: la honda dicha de quererla más que a ninguna otra cosa en el mundo y la profunda tristeza de saber que ese sentimiento suyo estaba condenado a nunca poder realizarse.

- ¡Si tanto te gusta, anda y engrúpetela! ¡No andí' mirándola por ahí como weón! ¡Es enfermante verte! – le dijo un día Carlos, apenas su aguda perspicacia detectó el origen de la melancolía de Álvaro.

Y no necesitó ni de más burlas ni de más palabras. Porque Carlos no pudo escoger peores expresiones para ofenderlo. Porque Álvaro había sentido con ellas, muy fuertemente, que el amigo a quien admiraba más que a cualquier otro, lo consideraba despreciable. Pero... ¿era eso cierto? ¿Era él realmente digno de ese desprecio que no sólo Carlos, sino que todos, parecían sentir hacia él?...

No durmió esa noche, pensando en lo que haría. Estaba decidido: debía hablarle... Había que hacerlo y probarle a todo el mundo, y probarse a sí mismo, también, que no era lo que todos creían que era. Así fue cómo, aun sabiendo que no tenía la más mínima posibilidad de ser tomado en cuenta por ella, tomó la terrible decisión de acercársele...

El mundo poseía una extraña luz aquella mañana. A pesar de la larga vigilia, sobrellevada entre pensamientos tormentosos, no tenía sueño ni temor alguno. Sólo esa sensación de vacío en el estómago, y este nudo en la garganta, y la angustia sorda de saber exactamente lo que pasaría, y sentir que no había forma de eludirlo. Y esperó, como un condenado, que las lentas horas transcurriesen. Y, por más que quisiese, no escuchaba lo que la profesora decía. La sala de clases era un recinto repleto de ecos y murmullos incomprensibles. Ni siquiera podía entender los garabatos escritos en la pizarra. Llegó un momento en que no lo soportó más, y quiso soltarse de todo eso. Quiso arrepentirse de la terrible decisión que había tomado. Porque, no... ¡Lo que iba a hacer era ridículo, vergonzoso! ¿Qué iba a decirle? O, fuese lo que fuese lo que le dijera: ¿qué iba a pensar ella? ¡Esa no era la forma! ¡Ni Carlos, ni el más bacán de los del curso harían algo parecido! ¿Por qué iba él a hacerlo entonces?... Pero ahí estaba Carlos y los del grupo, como siempre comentándose algo en voz baja y riéndose en secreto... Y él, afuera de ello, marginado de sus secretos y juegos, indigno de ser partícipe del grupo, como siempre. Y le parecía que vivir para siempre en esa marginalidad era todavía peor que las consecuencias del temerario acto que planeaba... Fijó la mirada en el gran crucifijo de loza colgado sobre el pizarrón; en las heridas del Cristo clavado. Y tuvo, incluso, el impulso de rezar para buscar paz a esa íntima tortura.

No sintió la campana que anunciaba el recreo. No supo tampoco cómo caminó entre sus compañeros y bajó las escaleras hasta el patio bañado por el intenso sol. Como en un sueño, la halló entre la multitud de los estudiantes y se encontró ante su rostro maravilloso, sus párpados entrecerrados, su boca levemente torcida por la luz y la sorpresa.

De lo que había pasado en esos momentos, Álvaro recordaba muy poco. El mundo giraba a su alrededor como un inmenso disco en cuyo centro sólo él y ella estaban. No sabía qué exactamente le había dicho, ni qué le había respondido ella. Pero recordaba con toda claridad, junto con la dulzura de su voz y sus gestos, la velada incomodidad que la embargaba; sus miradas furtivas hacia quienes pudieran estarlos viendo; su sonrisa nerviosa y evasiva; su gesto distante, como si él no hubiese sido más que un pensamiento que la interrumpiese y, de repente, otro pensamiento la alejase de él sin que pudiese hacer nada... Y la insensibilidad y el vacío en el que ella lo dejó allí, en medio del patio y en medio de los días que siguieron y en que ella huía de él como de una peste...

Y entonces, sólo después de mucho tiempo, sólo después de mucho eludir el recuerdo de lo que había ocurrido, Álvaro comprendió... Comprendió que había pasado lo que siempre supo que pasaría; lo inevitable, lo irremediable, lo insoportable. Comprendió que ella había visto nada más y nada menos que lo que no podía evitar ver: toda su fealdad; toda su torpeza. Comprendió que nunca más podría tener la ilusión de imaginarla queriéndolo, porque lo que había hecho era irreversible y, con ello, cualquier posibilidad de ser apreciado de una manera diferente se había desvanecido... Comprendió que la había perdido para siempre, y que su acto, a pesar de todo el heroísmo que él deseaba atribuirle, no había sido más que una ratificación de cuán efectivamente pequeño, incapaz y despreciable era.

Y, como si algo se rompiese en su interior, creyó haber descorrido, por accidente, el velo de una cruda verdad... Y todo el mundo de creencias que hasta ese entonces había considerado como ciertas y valiosas, de pronto se le antojó ridículo. Y todas sus infantiles intuiciones, que le insinuaban un mundo justo, ordenado y seguro, se derrumbaron como un inmenso castillo de naipes sobre él. Y sintió una sorda vergüenza. Como cuando, ya adulto, uno recuerda los tontos juegos que hacía de niño en la calle, a la vista de todos. Y experimentó una especie de pánico ante la certidumbre descarnada de que ninguno de sus actos había tenido jamás algún significado; que había sido un imbécil por temer a ser castigado por ellos, y que había sido doblemente estúpido por creer que podían ser, de alguna forma, premiados... Comprendió por qué la vida de los mártires y de los personajes más nobles había estado siempre plagada de tragedia y dolor. La intensa luz de su fe o de sus convicciones morales los había enceguecido, como a él la luz del sol de aquella tarde, y los había hecho precipitarse a actos extremos, en los que habían dejado la vida y habían arrastrado la de otros, sin darse cuenta de su insensatez. Y, a pesar de que la conciencia colectiva (la culpable conciencia de todos los que habían sido mudos testigos y cómplices de ese sacrificio), pasado el tiempo, elevaba sus actos a la categoría de "heroicos" y los señalaba como ejemplos a seguir, ese mismo ensalzamiento póstumo se revelaba como una mentira, porque era hijo de la cobardía y de la culpa... De un solo golpe, sintió lo que él era y lo que todos eran: barquitos de papel juguetones y ciegos, lanzados a la deriva en un océano infinito; polillas encandiladas y ridículamente felices en torno a una ampolleta, creyendo y queriendo creer que la luz las protegerá por siempre, queriendo ignorar u olvidar que, muy pronto, sólo dejarían de existir en torno a ella, absurdamente, sin propósito alguno... Como el grano de arena perdido en la inconmensurable playa que, tarde o temprano, acabará disuelto por las olas; como un diminuto y anónimo granito de arena, al que nadie protege y ama como un padre a sus hijos: al que nadie espera al morir para juzgarlo y dar valor a sus esfuerzos por ser bueno y compensarlo finalmente por todos los dolores sufridos...

Y así, ya entonces, tan joven y frágil, sin comprender muy bien a lo que su dolor lo arrastraba, sin entender en lo más mínimo el riesgo que corría, Álvaro estaba asumiendo, como una penitencia brutal, lo más difícil y peligroso de aceptar...

*   *   *

Apenas el conductor abre la puerta del autobús, Álvaro se lanza afuera. El vehículo ha demorado algo más que lo previsto en llegar hasta el centro urbano, pero aún es temprano. El sol todavía no aparece en el horizonte, invisible detrás de los edificios. Salvo por la violácea claridad del cielo, las penumbras aún son dueñas de la ciudad.

Muy poca gente transita todavía. Pero a Álvaro eso no lo tranquiliza. Sabe que, aunque sea temprano, habrá más postulantes y debe ser de los primeros en llegar, para poder tener alguna oportunidad. Sin embargo, sabe también que semejante ventaja no es, en absoluto, decisiva. Cientos de veces antes que ésta, ha estado de los primeros en los lugares de entrevista. Cientos de veces, ha colocado el máximo cuidado en la redacción de un curriculum. Cientos de veces, se ha preocupado de presentarse impecablemente vestido, y ha planeado detenidamente lo que va a decir. Pero nada de esto, que es la base de la "doctrina" para ser prontamente contratado, le ha dado resultados.

Mientras vigila la luz roja del semáforo, en espera de poder cruzar la calle, el recuerdo de un episodio vivido durante sus primeros intentos por encontrar trabajo, lo llena de vergüenza. Es un hecho que ha considerado siempre como el colmo de su ineptitud para causar una buena impresión en los demás, y que durante mucho tiempo, ha tratado de olvidar, sin conseguirlo. Porque cada vez que se acuerda de eso, queda tan afectado que termina evocando cada una de las actitudes que tuvo, tratando de convencerse de que, a pesar del humillante fracaso en que lo delataba esa situación, pudo sostener siquiera una mínima dignidad en su persona.

Y ahí se veía otra vez a sí mismo: expectante y tenso, enfundado en su terno, al lado de los otros aspirantes a aquel trabajo. Se veía, de nuevo, en aquella fila, comparándose disimuladamente con los demás, queriendo adivinar qué cualidades eran las que los hasta entonces misteriosos entrevistadores valorarían en un administrador de esa pequeña fuente de soda. Se daba cuenta que muchos de los ternos que veía eran más elegantes que el suyo, y les quedaban a sus dueños mejor que el suyo a él. Varios se veían mayores, pero todos los otros eran más o menos de su edad. Además, era de suponer que la mayoría tendría estudios en Administración o Contabilidad, frente a lo cual él sólo podía mostrar su título como profesor y, en base a ello, hacer alusión a un supuestamente obvio dominio de la Aritmética elemental que necesitaba el ejercicio de la Contabilidad. Para colmo no poseía ninguna experiencia; ni siquiera, en su propia área profesional. Por aquella época, ya había perdido toda esperanza de hallar trabajo en los colegios. Se había convencido a sí mismo que cualquier otro trabajo estaba bien, mientras encontraba algo en lo suyo... Pero, la verdad era que estaba desesperado; que la necesidad de dinero y el deseo de aliviar en algo el malhumor y las depresiones de su mujer lo hacían sentir que no estaba en condiciones de desperdiciar ninguna oportunidad que el azar pudiera brindarle.

Hacía rato ya que se había cansado de explorar los amplios ventanales, el neón de las paredes y los provocativos vestidos de las meseras, cuando el barman le hizo una seña, indicándole que era su turno. Un escalofrío se apoderó de su espalda. Pero, mientras subía por la estrecha escalera, procuraba olvidarse de sus nervios, repasando lo que había aprendido por ahí sobre llenar facturas, calcular el I.V.A. y llevar libros.

Al llegar al piso superior, ya pensaba que no existían motivos para estar nervioso, y casi creía que le iría bien. De pronto, casi chocó con un hombre alto y viejo, que lo miró de pies a cabeza, con aire despectivo. El brusco encuentro fue una sorpresa para ambos; una sorpresa que cazó a Álvaro completamente desprevenido. "Quizás -reflexionaba ahora, con inútil remordimiento- fue la expresión que puse lo que le hizo adoptar esa mirada burlona... O, quizás, no es verdad que me miró como a un gallo ridículo, y sólo me lo imaginé... ¡Siempre he sido tan paranoico!". A pesar de todo, se felicitaba de haber tenido, por lo menos, la entereza de ignorar el gesto. Había alcanzado a razonar que, si aquello eran imaginaciones suyas, desatadas por el lamentable estado de su autoestima, no cometería la torpeza de reaccionar de un modo desmedido. Y si no lo eran; si, en verdad, el viejo lo estaba insultando... ¡Qué remedio! ¡No podía desafiarlo, si quería obtener el trabajo!

- ¡A ver!... ¡Ven para acá! –lo invitó el hombre, sin siquiera saludarlo, y con un tono en el que, una vez más, Álvaro creyó percibir una desagradable dosis de prepotencia.

Caminaron hasta el interior de una oficina repleta de paquetes. Dos empleados jóvenes, uno de overol y otro en camisa, lo escrutaron disimuladamente con la mirada. El enorme viejo se acercó hasta un escritorio y tecleó con destreza una pequeña calculadora. Luego, se volvió hacia Álvaro y, sin más, le dijo:

- Hay cuarenta unidades por caja, y cada caja pesa cuatro kilos. Las cajas me cuestan mil cuatrocientos pesos el kilo. ¿A cuánto me sale cada unidad?

Álvaro se quedó perplejo. Detuvo la mano que había movido hacia el maletín con la intención de extraer de él su curriculum. Ese acto suyo ya no tenía sentido. Todos los antecedentes que había detallado cuidadosamente (los años de estudio, los conocimientos que podía certificar, las recomendaciones…); todo era, de pronto, inservible. Durante una fracción de segundo, una especie de alegría lo invadió: todo quedaría decidido por la respuesta a un problema matemático, tan semejante a aquellos que solía enseñar a resolver a sus alumnos. Pero ese embrión de alegría, apenas nacido, fue barrido por el vendaval de espanto que lo invadió, cuando descubrió que allí, bajo la mirada abrumadora del tipo y sin atreverse a acudir a la ayuda del papel y el lápiz, sería incapaz de hacer el cálculo.

Nerviosamente, intentó figurarse el problema; imaginó las cajas, las unidades que las llenaban, el dinero… Pero fue en vano. Tratando de dominarse, miró hacia la ventana. Contempló el fondo gris del cielo matinal, intentando convertirlo en un gran pizarrón sobre el cual proyectar furtivamente las anotaciones que necesitaba hacer… Era inútil. Veía de reojo a uno de los empleados inmóviles, parte de la chaqueta y el pantalón del viejo, la mano velluda y venosa, enfundada en la cartera… Podía sentir las miradas sobre él; miradas hostiles y apremiantes, tanto más despectivas y burlonas cuanto más tiempo se demoraba en contestar… ¡El tiempo! ¡Tenía el maldito tiempo en su contra! ¡Necesitaba decir algo pronto; ganar algunos segundos!… ¡Quizás, vislumbrar alguna pista que pudiera servirle, cuando menos, de guía!…

- Unidades… Pero ¿unidades de qué? –fue todo lo que se le ocurrió preguntar.

-¡Eso no importa! —exclamó el hombre, exasperado, con la misma brusquedad insultante cabalgando sobre su tono- Carne… pan… conservas… ¡lo que sea! ¡Cuarenta unidades por caja, y cada caja pesando cuatro kilos, a mil cuatrocientos pesos el kilo!

Álvaro levantó la mirada hacia la expresión maléfica y triunfante del viejo. Los otros dos se miraron, apenas conteniendo una burlona complicidad con su jefe. Un desesperado desaliento anidó en el pecho de Álvaro, mientras buscaba inútilmente ideas en la improvisada pizarra del cielo. "Cuarenta unidades… Una caja de cuatro kilos…Mil cuatrocientos pesos por kilo… ¿Qué hacer?… ¿Qué hacer?… ¿Mil cuatrocientos por cuatro, y luego, por cuarenta?… ¿O mil cuatrocientos dividido por cuatro? La pizarra gris del cielo se llenaba de cifras y operaciones, pero no podía concentrarse en ninguna razón que decidiera cuál de ellas era la necesaria, y por qué. Su mente, experta soñadora, ahora acorralada en el dilema, sólo pudo mostrarle la figura delgada y envuelta en una túnica, de un hombre que, queriendo conocer la altura de una pirámide, contaba, con pasos, la larga sombra de la mole, y luego, hacía lo mismo con la sombra de otro sujeto, cuya estatura conocía bien… Sabía que su respuesta tenía algo que ver con esta escena, que reproducía la antiquísima idea de proporcionalidad, formulada por Tales de Mileto. ¡Sabía que, de alguna manera, debía bastar el reemplazar a la pirámide y al hombre de estatura conocida, por las unidades y las cajas del problema, y luego, por los kilos y los costos! ¡Conocía los principios! ¡Los conocía muy bien!… ¡Y, sin embargo, allí, frente a una prueba decisiva de su conocimiento, frente a una aplicación mental urgente, era incapaz de responder!

Con un gesto de impaciencia, el hombre extrajo la mano del bolsillo y miró la hora. En medio de su penosa lucha, Álvaro experimentó un profundo desaliento. Todo había terminado. Debía dar una respuesta de inmediato.

Resignado a su suerte, tomó la calculadora. Apenas pensándolo, dividió cuarenta por cuatro y, mirando con firmeza al tipo, dijo:

- Diez... pesos por unidad.

El hombre se lo quedó mirando con un embobamiento fingido que, poco a poco, fue derritiéndose, hasta convertirse en una sonrisa sarcástica.

- ¡Diez pesos por unidad, dice el señor!... ¡Bien! ¡Bien! —exclamó, con aire reflexivo, levantando la vista- ¡Vendamos la unidad al costo que usted calcula! ¡Venderemos, entonces, a cuatrocientos pesos la caja!... Pero, la caja... ¿no nos costaba mil cuatrocientos por cada kilo? ¿La caja entera no nos cuesta cinco mil seiscientos pesos?

Sin acabar de comprender, sin querer comprender nada ya, Álvaro sólo sostenía heroicamente su mirada, no ya contra el hombre, sino contra su propia vergüenza. ¡Estaba acabado!...

- ¡Su cálculo nos está haciendo perder cinco mil doscientos pesos por caja, señor!

La humillación que sintió entonces fue espantosa. Quiso reaccionar. Abrió la boca para decir algo, pero se arrepintió. ¿Qué iba a decir? ¿Qué podía ya decir, que fuese todavía digno? Vio la mano velluda y venosa del viejo, levantándose hacia él:

- ¡Mucho gusto de conocerlo, señor! ¡Pero usted no me sirve!

Presa de una especie de vértigo de ira y vergüenza, Álvaro se quedó mirando la mano que se le dirigía. Percibió claramente la perversa dicha pintada en los rostros de los dos "chupamedias" que avivaban el espectáculo para el gozo de su patrón. Dominándose apenas, se volvió y buscó la salida, para no ver más las caras y los gestos; para no oír más sobre el trabajo que debía haber conseguido y sobre el sencillo problema que no había sido capaz de resolver; para huir, lo antes posible, del ridículo que estaba haciendo, de ese fracaso monumental, de las risas que ya casi podía oír, de ese insulto y de los que podrían seguirlo. Lo único que quería era irse; irse lo antes posible, para no sucumbir a esa furia que quería obligarlo a reventarle la cara al viejo infeliz y a masacrar a esos dos títeres que le hacían de burlesca comparsa.

- ¡Oye, oye! ¡Espera! – exclamó el hombre a sus espaldas.

El escaso resto de razón que le quedaba, en medio del huracán de ira, aconsejaba a Álvaro que devolviera todas las burlas con indiferencia; que siguiera caminando como si no hubiese escuchado nada. Pero se detuvo.

- ¡Esto es real! –enfatizó el viejo, como si quisiera coronar su gozo con semejante expresión- ¡Es *real*!...

Álvaro sintió que algo estallaba en su cabeza. Una roja oquedad inundó el recinto, y la faz del sujeto se volvió tan curiosamente lejana y abstracta como la imagen de Tales de Mileto, midiendo paso a paso la sombra de la pirámide. Vio, ante sí, el semblante del hombre palideciendo; el gesto burlón, convirtiéndose en expresión de terror. Lo vio inclinarse hacia atrás, tanteando nerviosamente el escritorio que le impedía retroceder. Y sintió su propia voz, como si no fuese suya, como un ladrido encerrado en un recinto hermético.

- ¿Sabí' qué?... ¡Ya estoy harto de *tu* realidad!... ¡Hartooo! ¡¿Escuchaste?!

El viejo y sus títeres se miraron, asombrados. Las gargantas, sobrecogidas, tragaron saliva. Un súbito golpe de miedo los había fulminado: miedo de haber desatado una reacción inesperada y temible; miedo del loco que habían descubierto tener enfrente, y al que habían tenido la pésima idea de provocar.

Álvaro no vio más. Asustado de sí, de su furia y de la intolerable vergüenza que lo acosaba, se lanzó por las escaleras, entre los rostros sorprendidos de los demás postulantes, y cruzó entre dos meseras que, asustadas, le abrieron paso. Buscó la calle, y luego, otras calles, queriendo eludir la mirada asombrada de todos, queriendo perderse de sí mismo. Porque, como tantas otras veces a lo largo de su vida, sentía que no podía tolerarse a sí mismo ni un minuto más...

Pero, ahora, Álvaro se encuentra ya en la calle indicada por el aviso en el diario. Sacude la cabeza para ahuyentar todo pensamiento decepcionante. Comprende que no debe abrir cauces a la amargura en ese momento. Debe lucir confiado, seguro y, ojalá, feliz...

La dirección señala una galería, que aún se halla cerrada por la reja, aunque una pequeña puerta se encuentra abierta. Una vez adentro, busca los ascensores y sube hasta el piso indicado. No hallar la cola habitual de postulantes frente a la puerta, le extraña en un primer instante; lo llena de esperanzas, luego. Acomoda, por última vez, su traje. Se pasa la mano por el pelo y respira hondo antes de golpear.

Los segundos transcurren lento en el frío y silencioso pasillo. Álvaro comienza a impacientarse. Piensa que, tal vez, todavía no ha llegado nadie... No, no. Lo que pasa es que, quizás, no ha sido escuchado. Levanta otra vez la mano y calcula la intensidad de nuevos golpes. Está pensando en que éstos deben ser más fuertes que los anteriores, pero no imprudentemente intensos... cuando siente el chasquido de la chapa. Sobresaltado, como quien es sorprendido en una falta, Álvaro baja el brazo, y lanza todos sus gestos en una desenfrenada carrera hacia una apariencia de naturalidad. La puerta se abre bruscamente,... y una cara terrible azota su vista.

- ¿Síííííííííí?

El orificio de la boca, del cual tan melodioso monosílabo había escapado, vuelve a desaparecer en la roja línea de los labios contraídos. Dos cejas, finas y arqueadas, están trazadas a lápiz, y son apenas visibles detrás de los grandes anteojos. La drástica insistencia de aquella mirada es tan imperativa que Álvaro siente que no tiene más tiempo para pensar, y barbota:

- Esteee... ¡Vengo por el aviso...! ¡E-el aviso... del diario!...

Justo al terminar, descubre que se ha olvidado de sonreír, y estira los labios como si arreglase un descuido. Sin atreverse a mover la vista, observa lo que el campo visual le permite. La mujer lleva el pelo cuidadosamente teñido de rubio y peinado a la moda. Es un peinado ostentoso, pero sumamente rígido. Viste un uniforme crema, muy elegante, cuyas solapas le resaltan el busto y cuyo cinturón se hunde en su cintura. Los amenazadores ojos de ella han saltado dos veces hacia abajo, haciendo una revisión fugaz de su apariencia. La careta, inexpresiva y temible, ha plegado aún más los labios, en un gesto que Álvaro no se atrevió a interpretar.

- ¡Áaaaaah! –dice la boca, en un tono desagradable, mientras el resto del cuerpo balancea todo su peso sobre una sola pierna- ¡Nooooo, mire!... ¡Ya tenemos una persooooona!

Álvaro desvía la vista para ocultar su contrariedad. Allí está él, antes del horario de oficinas, cuidadosamente vestido, y con antecedentes que le costó toda una tarde redactar. Ha sido el primero en llegar... ¡Y resulta que ya han escogido a alguien más!

- ¡Eeeeeh! ¡Perooo...! ¡El aviso citaba para hoy! – protesta, lo más delicadamente que puede, disimulando a duras penas su indignación. La contrariedad le ha devuelto el valor para mirar de frente a la mujer. Pero ha vuelto a quedar desarmado apenas penetra el dominio de esos ojos recalcitrantes.

Unos dientes, todavía más temibles, asoman ahora para reforzar la inexpugnable determinación de la mirada. Mientras la cabeza se balancea, en un gesto de negación, los párpados bajan con lentitud, dejando a esa seca imitación de sonrisa la tarea de mantenerlo a raya. Ya no hace falta que dé ninguna excusa. Curándose desde ya de su desaliento, Álvaro lo sabe. Aun así, la cínica bruja se toma el tiempo para inventarle una explicación:

- ¡Claaaaro, claaaaaro! ¡Bueeeeeno!... ¡Sucede que esta persoooona se presentó ayer! ¿Mennnntiennnnde? ¡Y reunía tooooodos los requisitos! ¿Mennntiennnnde?... ¡Muuuuchas gracias de todos modos! ¿Aaaaaaah?... ¡Hastalueeeeeego!

Álvaro sostenía con fuerza la sonrisa. Sólo asiente estúpidamente, luego de cada palabra cantarina. Por fin, la puerta se cierra, y puede lanzar lejos la maldita sonrisa, para dejar que toda la amargura que siente le inunde las facciones.

Enceguecido por el sol de la mañana, atontado por el flujo descontrolado de sus pensamientos y totalmente a merced de la angustia, vaga sin rumbo entre el ajetreo de la gente. ¿Qué le ha pasado ahora? ¿En qué ha fallado? ¿Qué debió decirle a la secretaria esa? ¿Le había mentido cuando dijo que el trabajo ya estaba ocupado?...

Ha recordado, de pronto, las otras direcciones que debía visitar. Pero siente que ya no tiene fuerzas para seguir. Prefiere pensar que ese no ha sido un buen día, que mañana tendrá, quizás, mejores oportunidades, o una mejor suerte...O, mejor aún, la semana entrante, porque, de todos modos, después del día lunes, todos los trabajos quedan copados... Pero, mientras va intentando refugiarse en todas estas afirmaciones, el rostro agrio de la vieja, la perspectiva del desalojo, el destino de todos sus libros y anotaciones, vuelven a hacerse presentes, como una pesada sombra inundándole el pecho. "¿Qué hacer?... ¿Qué hacer?..."

Desde la portada de una revista, repleta de palabras de colores, una mujer lo mira de soslayo. La mirada provocativa se abre paso entre un cabello negro y ensortijado. La mujer descuelga seductoramente el labio inferior, dejando a la vista los dientes blanquísimos. La carne gruesa y rugosa del labio brilla, empapada en saliva, como un fruto apetitoso. Embobado, Álvaro desliza la mirada por la piel de los hombros. "¡Qué cosa más linda!", musita, fascinado, mientras la imagen de aquellos otros rasgos de antaño, inolvidables y dolorosos, volvía a apoderarse de su cabeza afiebrada...

*   *   *

Carlos Mayorga acababa de llegar a su oficina en la sede del Partido. Revisaba su correo y estaba a punto de contestar a uno, cuando el teléfono sonó:

- ¿Aló?... Quisiera hablar con el diputado, Carlos Mayorga, por favor...

- Con él... ¿Quién habla?

- ¡Hooola, Carlos! ¡Soy Álvaro!

- Álvaro... ¿Álvaro Vergara? ¡Hooola, hombre! ¡Qué gusto de escucharte! ¿Qué te habíai' hecho?

- ¡Aquí he andado!... ¿Cómo estai' tú? ¿Cómo van las cosas en las "altas esferas del Parlamento"?

- ¡Bieeen! ¡Yo estoy súper bien!... ¡Esta otra cuestión, como siempre!... ¿De dónde me llamái'?

- Eeeeh... ¡No... de la calle! ¡No sabía si te iba a encontrar, o si todavía era éste tu teléfono!...

- ¡Sí, poh! ¡Este ha sido siempre mi teléfono! ¿Y tú? ¿Cuándo te vái' a comprar un móvil, para tener adónde ubicarte?

El silencio al otro lado del auricular casi hizo pensar a Carlos que la comunicación se había interrumpido.

- ¿Aló?... ¿Aló?... ¡No me vái' a cortar, poh weón!

- ¡No-no!... ¡Estoy aquí!... ¡Me he acordado harto de ti, viejo...! ¡Me gustaría invitarte una cerveza, si es que tienes tiempo!

Carlos sonrió.

- ¡Hagamos una cosa! ¡Juntémonos a la una, en el *Bond*...! ¿Lo ubicas? ¡En la esquina de...!

- ¡Sí! ¡Sí se dónde es!... ¡Te veo allá, entonces!

- ¡Okey, amigo! ¡Allá nos vemos!... ¡Que estés bien!

- ¡Tú también, viejo!... ¡Chao!...

El *Bond* era un restorán con mesas al aire libre y sobrias sombrillas, que se extendían sobre parte del paseo peatonal. Su amigo estaba sentado en una de las mesas, con la pierna encima, fumando despreocupadamente. No se dio cuenta cómo llegó hasta su lado, juzgó fugazmente los cambios dejados por el tiempo en su rostro y acogió su alegre sonrisa con apretones de manos y bromas, antes de sentarse frente a él.

- ¡No hacía falta que te vistieras tan elegante para venir! –bromeó Carlos. Álvaro sonrió vagamente.

- ¡Me alegra verte! –respondió Álvaro, eludiendo lo más disimuladamente que pudo la curiosidad de Carlos.

Contrariamente a lo que ambos creyeron en un principio, la conversación se hizo difícil. Los silencios eran demasiado largos, y las sonrisas llegaron a volverse insoportablemente forzadas. Pero Álvaro fue el primero en incomodarse por esta situación. Estaba consciente de que, por su parte, el encuentro que había concertado con su antiguo amigo no era desinteresado y de que su amistad lo obligaría, tarde o temprano, a sincerarse con él respecto de eso. Lo había llamado porque necesitaba dinero; se había acordado de él porque no sabía a quién más acudir. Entonces, ante la urgencia de sus problemas, cualquier alusión suya al afecto que los unía, quedaría empañada; sonaría vergonzosamente falsa... ¡Lo era, en realidad!

En un primer momento, estuvo tentado de confesarse, y evitar así cualquier posibilidad de ser malinterpretado. Pero se detuvo:

- ¡Bueno! ¡Cuéntame cómo haces para que el retorcido mundo de la política te trate tan bien! –dijo, lo más amablemente que pudo, en un intento casi desesperado por romper el hielo.

- ¡Oh! ¡No me trata tan bien como parece! –rio Carlos-… ¡Lo que pasa es que es uno de los talentos del político que se precia de tal, el nunca dejarse aplastar por sus problemas! Es una cuestión de dignidad, y hasta de buen gusto, diría yo…

Mientras escuchaba, Álvaro se felicitaba íntimamente de no haber cedido a su primer impulso. Y su silencio incentivaba aún más el entusiasmo retórico de su amigo:

- …Por lo demás, el mundo de la política puede parecerte muy retorcido –continuó-. Pero, la verdad es que no lo es más que la vida misma. ¡Es allí, en la política, en donde todavía se juegan los destinos del mundo, mi querido amigo! ¡Las grandes decisiones por las que todo llega a hacerse posible, tienen su escenario principal en la política! Por eso es que allí, todo lo que atañe al poder y a los juegos de poder, es más crudo, más evidente. Pero es el mismo poder y el mismo juego de poder que reina, solapado, en el mundo de los negocios, en el trabajo y hasta en la vida familiar...

Álvaro experimentó un íntimo alivio, al ir viendo cómo el entusiasmo de Carlos aumentaba con cada frase que pronunciaba. El hielo comenzaba a romperse. Los antiguos ritos por los que su amistad un día naciera, volvían a hacerse presentes. ¿Regresaban, acaso, los mismos que eran antes? ¿Sería posible, después de todo, que siguieran siendo tan buenos amigos como siempre?... ¿Como si el tiempo y las circunstancias tan distintas en que volvían a encontrarse, no hubiesen podido jamás cambiar sus sentimientos?

Pero ya no era como antes... ¡Cómo hubiera querido tener la mente despejada y el corazón limpio; no tener ningún otro interés más que el de escuchar a su amigo!

- En todo eso que me has dicho –comentó, forzando una sonrisa-, alcanzo a vislumbrar a Nietzsche... ¿Todavía, Nietzsche?

- ¡Todavía, sí! –replicó Carlos, soltando el humo de su cigarrillo con cada una de sus enfáticas sílabas- ¡Todavía Nietzsche, a pesar de casi siglo y medio! ¡Sin duda, Nietzsche sigue siendo el principal referente filosófico de nuestra época, la principal piedra de tope para cualquiera que desee reflexionar seriamente (sin engañarse ni hacerse el tonto) sobre lo que nos ocurre, y hacia adónde vamos...

- ..."El desierto crece... ¡Desgraciado del que oculta desiertos!"...

- Así es, amigo mío... Así es. ¿No crece acaso el desierto de la vida postmoderna? ¿No somos, acaso, más desdichados entre más queremos ignorar el desierto que llevamos dentro? Lo queremos todo. ¡Creemos que merecemos todo! Y entre más ambicionamos y acumulamos, más vacíos nos vamos quedando. Por eso, la embriaguez y la fiesta permanente: es un conjuro para el olvido de sí. Pero el enclaustramiento en ilusiones, la investidura de grandeza y fama, el baile de máscaras que nos permite olvidar, requiere poder. ¿Quién podría hoy rechazar la oferta de ser poderoso y admirado, que se le vende por doquier?... ¡Hoy, al final de la Historia Universal, hemos venido a descubrir que el poder es algo tan esencial, tan inherente a la vida misma, que no se puede rechazar!... ¡Hemos tenido la desgracia de descubrir que, hasta en nuestros afanes más puros y espirituales, hasta en la persona más buena e indefensa que conozcamos, late, en alguna retorcida y sutil manera, una sed de poder!... ¡Y es Nietzsche el primero que se ha atrevido a gritárnoslo a la cara!...

El gesto del político había terminado en un aprobatorio fruncimiento de labios:

-... Has seguido leyendo, ¿ha? ¡Se nota que no has perdido tu tiempo!

- No se…No lo he dedicado a muchas cosas que sirvan –respondió Álvaro, con cierta amargura contenida, aunque sinceramente halagado por las palabras de su amigo.

El mesero apareció de repente entre los dos, con una gran bandeja (pues, Carlos ya había ordenado antes que él llegase). El aroma a papas fritas y pollo despertó un instantáneo apetito en Álvaro. Su mirada se deslizó ávidamente por los platos. Pero procuró ocultar inclusive estos gestos inevitables de la mirada de su amigo.

No supo si fue el golpe de hambre o el torbellino de ideas que se le agolparon en la conciencia lo que le produjo esa especie de vértigo. Comenzó con el darse cuenta de que ocultaba su hambre, y de que lo hacía por orgullo y acaso también por vergüenza. Siguió con el entender que, si ese día comía, le era posible sólo porque ese hombre había gastado una parte de sus propios medios en él... ¡Ese hombre, que, a diferencia de él, sabía ganarse la vida, de sobra y varias veces más que él!... ¿Y por qué? ¿Por qué un sujeto tan vastamente autosuficiente gastaba su plata en él? ¡Porque, ilusamente, también creía, o quería creer que existía algo más que puro "ganarse la vida"!

Más hábil en la vida que él, Carlos la había bebido más rápido también. Se había emparejado y separado tres veces. Había viajado por el mundo. Se había vuelto un hombre relativamente importante y respetado. Pero nunca mentía acerca de su gran frustración: el no haber logrado, pese a su talento político, hacer nada "significativo", como lo llamaba él. Y quien sabía si su corazón desalentado se aferraba entonces a los únicos resquicios de afecto que todavía podía recordar: sus antiguos amigos de la juventud, de entre los cuales sólo con él había mantenido contacto. "Pero se engaña Carlos", pensaba Álvaro. Su inconfesada nostalgia de sentido, sus inconscientes ansias por querer creer que todas las cosas que había hecho durante su vida estaban conectadas entre si como las perlas de un collar, lo cegaban. Todavía quería ver en él al amigo fiel e incondicional, al camarada dispuesto a seguirlo hasta el final, al hermano de causa, de una ya tan borrosa e imprecisa causa común que ambos, desde hacía años, ni siquiera se molestaban en definir. Pero... ¿cuán real era todo eso? ¿Era él, todavía, realmente un amigo fiel e incondicional? ¿Podría serlo si cosas tan básicas como el hambre y la desesperación por el sustento diario ocupaban tan intensamente su ser?

La cegadora luz que inundaba la tarde más allá del quitasol, el bullicio de los vehículos y de la gente, le dieron la sensación de estar encerrado, junto a Carlos, en una especie de recipiente. No se atrevía a levantar la vista. Y, para eludir la mirada de Carlos, fijaba porfiadamente la suya en el plato humeante. Hubiera podido levantarse e irse, sin dar ninguna explicación. Estuvo a punto de hacerlo.

- Estás muy silencioso, Álvaro...

En la curiosidad del otro percibió un leve gesto de comprensión. Soltó el tenedor y se sujetó la cabeza, dejándose vencer por el profundo cansancio que le provocaban sus angustias.

- No tengo nada bueno que contarte... Y no quiero agobiarte con mis problemas.

Supo, antes de que ocurriera, que sentiría la mano fuerte y afectuosa de Carlos sobre su hombro. Adivinó también el tenor de sus consoladoras palabras posteriores: "Tus problemas nunca podrían agobiarme... Somos amigos desde hace tanto... Si puedo hacer algo para ayudarte..."

- No... No puedes hacer nada –dijo, enfático, sin siquiera estar seguro de que el otro había hablado-... y no puedes hacer nada por alguien que no vale nada... – concluyó, dejando que toda la angustia que sentía se proyectase en su mirada.

El rostro de Carlos dibujó una sombría sorpresa. Sus ojos se movieron rápidamente, explorando la mirada de Álvaro como si viese en ella algo muy grave e inquietante.

- ¡Pero, hombre!... ¿Qué te pasa?... ¿Es la María?... Ella... ¿qué le pasó?

Una sonrisa involuntaria le llenó el rostro:

- No... No, a la María no le ha pasado nada... Yo me fui hace tiempo de la casa... Me costó mucho decidirme... Pero fue lo mejor que pude haber hecho. Ella... Bueno, ella ya no me soportaba. Vivíamos peleando y..., para la Helenita, tan pequeña, era muy tremendo todo eso... Además, ya no valía la pena que creciera viéndome como su papá. Todo lo que yo había proyectado con ella, todo lo que iba a enseñarle... eran cosas inútiles. Y eran cosas peligrosas para ella también... Lo que yo más quería, era que mi Helenita creciera libre de trancas morales, libre de la hipocresía con la que la gente oculta sus verdaderos sentimientos. Quería mostrarle lo contradictorio y dañino que eran esos mitos cristianos: la madre de Dios, virgen... el Dios amoroso del que, sin embargo, hay que aceptar obedientemente que te separe de quienes más quieres con la muerte... las virtudes del espíritu humano, como algo aparte de los deseos y apremios del cuerpo... Quería que ella tuviese ideas paganas... ¡Que creyera en cosas coherentes y sanas; en potencias naturales: la Luz, la Vida, la Tierra...! Pero, no pude hacerlo... No pude enseñarle nada, justamente porque yo mismo no creía lo bastante en nada de eso... ¡Fui tan loco!...

Además, tenía a todos en contra, empezando por la María. Ella, y todos los demás, se me opusieron desde un principio, sin querer siquiera considerar lo contradictorias que eran sus creencias religiosas. Pero, lo que más me dolió siempre, es que su resistencia no era porque, en realidad, pensaran distinto de mí...

Álvaro suspiró como si tomara aliento. Carlos lo miraba con una atención expectante, sin atreverse siquiera a soltar la respiración:

- La María nunca creyó en mis ideas, no porque defendiese su fe, sino porque, sencillamente, no me respetaba... A ella le pasó igual que a la demás gente conmigo: no creían en mis ideas porque no creían en mí. Y es que... ¿Cómo iban a tomar en serio a un gallo que ni siquiera podía encontrar trabajo? ¿Quién creería que un simple profesor cesante y desconocido podía orientarlos sobre qué creencias acerca de la vida era más correcto tener?

Por mucho tiempo, me pregunté sobre la causa de esa actitud general para conmigo... Y tiene que ver con lo que tú vienes comentando; tiene que ver con el poder. No hay otra explicación... El poder... ¡Yo no he tenido nunca el poder que respalde mis palabras! Yo hablo del mundo, de la vida, de las culturas, del Dios judeocristiano y de los dioses que existieron antes que él. Pero hablo de ello a título personal; hablo por lo que yo sé y he aprendido... Pero, ¿quién soy yo? Nada más que un simple mortal, y de entre los más simples que hay; un profesorcito entre otros tantos, un pobre diablo. ¿De dónde puede un tipo como yo haber sacado todo lo que dice? "Sin duda, de ninguna fuente importante", pensaría cualquiera... ¡Porque todas las grandes palabras que han quedado grabadas en bronce en la historia, proceden de fuentes que concitan la admiración o el sobrecogimiento de los hombres! ¡La verdad siempre se ha engalanado con aires de promesa o amenaza divina! ¡Ya Parménides supo hacer ostentación de esas galas, cuando presentaba su célebre poema como inspirado directamente por la Diosa Verdad! Sócrates hizo algo muy semejante, al responsabilizar a un cierto daimón, una misteriosa voz interior, de su filosofía... ¡Inclusive, Jesucristo no hubiera llegado a ser tan vastamente escuchado, de no predicarse que él era el "Hijo de Dios", "Dios hecho hombre", dejando en claro que sus propias palabras eran "palabras de Dios"!

... Pero el que quiere hablar con la verdad no debería echarle la culpa a ningún dios o demonio de sus propias convicciones. Es un viejo truco de los sabios y profetas, el hacer cabalgar sus palabras en cosas grandes y temibles, para que nadie se atreva a dudarlas. Nietzsche sabía también eso y, por ello, hablaba a título estrictamente personal; exigía, incluso, que se dudase de su palabra, que se le rechazase, que se le considerase mentiroso. Quería que sus palabras pesaran por lo que realmente decían sobre la vida y sobre el porvenir humano... ¡Bueno! Cierto es que tampoco él pudo resistir la tentación de hacerles un poco de propaganda, cuando declaró: "Mi nombre estará unido a una crisis como jamás la ha habido en la tierra... Yo no soy un hombre; soy dinamita"... Sin embargo, ¿acaso mentía en eso?

Bueno... El caso es que no pude educar a mi hija como yo quería. Esa es la verdad... Lo más valioso que tenía para entregarle, en realidad no valía nada; ni para su madre ni para el mundo... Pasaron varias cosas muy penosas. No quería ponerla en un colegio fiscal, por la mala calidad educacional que se les conoce. Pero tampoco tenía plata para matricularla en un colegio particular... ¡Y ahí estaban, como en una maldición, los colegios católicos, con un arancel al alcance de cualquiera que, sin embargo, debía estar dispuesto a educar a sus niños sobre las hegemónicas bases de la fe cristiana!... ¡Fui débil o estúpido, no sé! El caso es que quise poner freno a las peleas con mi mujer, y no quería condenar el futuro de mi hija por una cuestión mezquina de orgullo intelectual... ¡Y, como me sentía tan seguro de poder contrarrestar, en la Helenita, las doctrinas del Catecismo...! ¡Bueno! ¡Accedí a matricularla en uno de esos colegios católicos!

No demoré en darme cuenta de mi error... Lo fui advirtiendo cuando la chicoca me preguntaba si diosito también dormía, o cuando la pillaba rezando, escondida de mí... Se suponía que habíamos quedado en que la niña creciera con sus propias ideas, sin tratar de influenciarla. Pero María me hacía trampas todo el tiempo. Le enseñaba rezos cuando yo no estaba, me descalificaba enfrente de ella... Y cuando le contaba a alguien más sobre nuestras disputas, por supuesto, siempre encontraba apoyo... ¡En verdad, mi mujer me supo combatir bien! Al cabo de un tiempo, todos los que nos conocían, sabían de mi condición de cesante recurrente y concebían mis ideas como extravagancias estúpidas, gracias a las descalificaciones y lamentos que ella propalaba. Mientras tanto, yo me iba dando cuenta que podía hacer cada vez menos por reivindicar mis razones con ella y con todos los demás y que, inexorablemente, mi proyecto se iba desmoronando cada día que pasaba...

Pero a esa conspiración se empezó a sumar otro frente, desde dentro de mi propia lucidez como padre. Porque también me fui dado cuenta de que, así como a mí se me aislaba por mis ideas, así podía ocurrir a futuro, también, con la Helenita. ¡Pobre, mi chiquilla! ¡Crecía tan linda y encantadora! ¡Nunca hubiese querido que me la discriminasen y me la hicieran sentir un bicho raro! ¡Y eso hubiera terminado por pasar si yo hubiese insistido en ganar mi "guerra espiritual" con su madre!... Sí, al final, yo incluso habría cedido en todo lo que me había propuesto, por amor a ella, por temor de no dañarla haciéndola crecer distinta en un mundo de iguales... ¡Pero, con mi rendición, también había rendido mi importancia para ella; mi importancia como guía, como mentor, como referente digno de un mínimo respeto!... Me fui dando cuenta cuando la chicoca se me rebelaba, tratándome con los mismos insultos y críticas que, durante años, había ido escuchando de su madre: "inútil", "pobre gallo", "puro blablá", "globo inflado"... Por supuesto que cada vez que esto pasaba, yo reaccionaba y la ponía en su lugar. Y me consolaba pensando en que era chica y que no podía entender lo ofensivas que eran sus palabras, porque sólo las repetía... Pero, resulta que cada vez que peleábamos, esas palabras eran más certeramente y mejor usadas, y su efecto era cada vez más doloroso, más devastador. ¡Rollos míos, tal vez, agravados por mis problemas económicos y por los dramas que solía tener por ellos con María!... Pero, el caso es que un día... Un día ya no me contuve y le pegué... Le pegué fuerte. Les pegué a ambas y... ¡Me di cuenta, mientras lo hacía, que no me importaba ya nada, que les estaba pegando y que quería seguirles pegando!... ¡Y que las hubiera matado sin importarme nada!... ¡¡Por la cresta!!...

La voz se le quebró. Incluso Carlos, con el gesto compungido, debió tragar saliva para contener la emoción. Cuando ya estuvo sereno, Álvaro levantó la vista y, con los ojos húmedos, continuó:

-... La cuestión es que... ¡me fui! ¡Me fui, mejor!... Yo ya no era dueño de mí. Y ya no podía aportarles nada (¡Bueno!... ¡Nunca lo hice!)... Pero así, por lo menos, estaba evitando una desgracia, que estoy seguro hubiera ocurrido si sigo allí...

Ambos guardaron un largo silencio. Carlos no sabía qué decir. La pesadumbre que sentía era quizás tan intensa como la resignada amargura en que veía sumido a su amigo. Álvaro presentía los sentimientos del otro. Le pareció que era lástima y una súbita vergüenza se apoderó de él. Se le ocurrió empezar a comer para ocultarla y olvidarse un poco de ella.

- Yo... Lamento mucho escuchar todo esto... —dijo Carlos, por fin, con su estilo rotundo y reconfortante- Esto que te pasa es... es muy fuerte, muy doloroso. Durante años sospeche que las cosas no andaban bien con tu mujer. Pero nunca me imaginé... ¡Nunca quise preguntarte, tampoco!... No se qué decirte, amigo.

- No digas nada... Sé que piensas de mis ideas acerca de cómo educar a mi hija. Una vez me lo dijiste. Dijiste que era un ingenuo, un soñador... ¡Bueno! ¡Tenías razón!... ¡Como siempre!

- Álvaro... No me acuerdo de eso... Pero si lo hice, fue pensando en hacerte bien. Sabes que siempre he estado de lado tuyo. Siempre he tratado de ayudarte...

Incluso, si hubiese sabido todo esto antes... ¡Si tú me hubieses contado, yo...!

Álvaro había dejado de comer. Su mirada volvía a ser ausente. Pero se había vuelto extraña, temiblemente helada. Y Carlos habló un buen rato, explicando sus sentimientos con sus ademanes elocuentes, intentando confortarlo, tratando de hacerle sentir que podía contar con él para lo que fuese. Pero, cuando llegó a hablar de conseguirle un trabajo y prestarle dinero, algo dio un vuelco dentro de Álvaro. Sintió que la vergüenza que le hormigueaba en el alma crecía y amenazaba con reventar.

- ¡Noooo! ¡Eso sí que noooo! ¡Eso si que noooo! – barbotó de pronto, como un borracho, con la voz ronca y enfebrecida, mientras le agarraba con fuerza las mangas del vestón- ¡Eso sí que noooo, por favooor!... ¡Cada quien tiene lo que se merece, amigo mío!

Y volteó la silla cuando se dio vuelta aparatosamente para alejarse, dejando a Carlos allí sentado y mudo, paralizado por el pánico.

Y se alejó con rapidez, casi corriendo, sin mirar hacia atrás, sin siquiera querer pensar en la posibilidad de que a su amigo se le ocurriera seguirlo y lograra verle la asquerosa y vergonzante faz que llevaba bañada en llanto...

$\pi = 3,1\mathbf{4}15926...$

EL PROYECTO

Cierto día, uno de tantos acontecimientos, de esa índole que suele llamarse "cultural", empezó a llamar la atención de mucha gente (sobre todo de aquella que se consideraba a sí misma inteligente e importante). Más que la noticia misma, la gran publicidad que se le daba era impresionante, y llenaba a todo el mundo de curiosidad y entusiasmo. No sólo en las redes habían aparecido páginas que lo anunciaban; en todos los canales de televisión, también, un comercial reiteraba su inminencia. En alguno, inclusive, se le dedicó un reportaje especial. La Prensa no hizo menos: los diarios, compitiendo con las revistas de temas científicos, llenaban sus suplementos de antecedentes en torno al anuncio y de entrevistas a los involucrados. Y, por si fuera poco, elegantes invitaciones fueron recibidas por las autoridades y personalidades más destacadas de la ciudad.

Por fin, el momento tan anunciado llegó. Y mucho antes de que el encargado abriera las puertas del *Gran Auditorium* de la Facultad de Ciencias, una considerable multitud ya se había reunido en el amplio *hall* del edificio. Imperceptiblemente, el movimiento en torno a los extensos jardines de la universidad había ido creciendo a medida que se acercaba la hora del evento, llegando a su clímax en el instante mismo de permitirse la entrada a la enorme sala de conferencias. Docentes y alumnos abandonaban rápidamente los edificios adyacentes, y se unían a la marea de gente que llegaba desde las calles cercanas. Un coro de bocinazos los recibía desde el estacionamiento repleto, en donde innumerables vehículos luchaban por hallar ubicación.

La sala se llenó en un momento. Los mil asientos, distribuidos en una platea y dos niveles de galería, se hicieron insuficientes. Y los rezagados que no tuvieron la suerte de encontrar un lugar en las escaleras, debieron contentarse con permanecer de pie.

Cuando todavía faltaban unos diez minutos para que se diera inicio al acto, el volumen del murmullo general casi se había silenciado. Y esta misma expectación adelantada volvió eterna la espera. Por fin, bastante después de la hora anunciada, una de las puertas del fondo se abrió y un hombre, escoltado por otros dos, ingresaron en el escenario.

Andropoulos era alto, delgado, de tez muy clara y rasgos delicados. En su rostro alargado, cada detalle acentuaba una expresión altiva, que lo hacía ver particularmente antipático. Su frente era muy amplia, casi una calva. Sus cejas, finas y arqueadas, comenzaban en un pequeño fruncimiento en el ceño. Sus ojos penetrantes permanecían ocultos tras los párpados, que apenas dejaban escapar su brillo. Tenía la nariz larga y recta, con una boca de labios descoloridos, de un tono idéntico al de la piel y comisuras que acababan en una breve depresión. El cabello era muy rubio y liso. La suave flaccidez de sus mejillas y el veteado ceniciento sobre sus sienes amarillas sugerían una edad cercana a los cuarenta. Todo en él evocaba una personalidad dominante; un temperamento fuerte y autosuficiente.

Luego de permanecer de pie un momento, con la cabeza ligeramente echada hacia atrás (un gesto que parecía permanente en él), Andropoulos avanzó sobre el escenario. Uno de los fornidos sujetos de terno lo siguió y acomodó un diminuto micrófono en la solapa de su traje. Algunos aplausos resonaron todavía, mientras que un difuso rumor, hecho de murmullos y carraspeos, acompañaba estos pequeños preparativos. Finalmente, el guardaespaldas terminó su tarea, y el científico se quedó solo, de pie detrás del púlpito, enfrentando a un público que ahora estaba absolutamente silencioso y expectante.

Su aspecto era imponente. Se hubiera podido pensar que el tono blanquecino de sus vestimentas (una chaqueta muy elegante y pantalones que cubrían por completo los zapatos) había sido diseñado a propósito para contrastar con el tono opaco de los cortinajes del fondo. Se hubiera podido creer que todo había sido planeado y diseñado cuidadosamente, para crear el subyugante efecto de fascinación que a todos tenía cautivados. Era como si su presencia derramase un indescriptible poder sobre el auditorio. Y daba la impresión que, de los labios de aquel personaje radiante, sólo palabras proféticas, plenas de revelación y genialidad, podían brotar:

- "Este cielo, este mundo, este universo, que por mis maravillosas observaciones y mis evidentes demostraciones, he engrandecido cien y mil veces más de lo que hubieran creído jamás los sabios de todos los siglos pasados; este cielo y este mundo se han vuelto para mí tan reducidos, tan diminutos, que no se alzan más allá del espacio ocupado por mi persona."

La voz, amplificada, había retumbado por todo el recinto. El timbre vigoroso, la cadencia imperativa, el tono absoluto, tan propio de una autoridad, se esperaban plenamente. El suspenso ya estaba roto. Y, sin embargo, nadie pudo todavía soltar la respiración.

- Estas no son palabras mías –continuó el científico, con el tono sencillo de un mero comentario, increíblemente contrastante con la grandilocuencia de sus aseveraciones previas- No son mis palabras, aunque difícilmente puedo ocultar el entusiasmo que me despiertan, pese a toda la vanidad y la soberbia que manifiestan. En verdad, son las palabras que el insigne Galileo Galilei pronunciara, poseído por uno de esos profundos estados de éxtasis que todo investigador experimenta cuando ha arrancado y ganado para sí un buen trozo de conocimiento a las tinieblas del misterio. Se trata de palabras radiantes, que celebran, con singular euforia, el triunfo sobre las vastedades conquistadas. Y, si bien, mucho se ha reprochado siempre toda manifestación semejante en un científico, considerándola como expresión de una soberbia imprudente, yo no puedo sino aprobarla, como digno trofeo del que se hace merecedor todo esforzado explorador del saber...

¡Ciertamente que valoro la humildad en el trabajo científico, y no podría negar las ventajas metodológicas que una actitud modesta aporta a la aventura de investigar! Cualquier teoría científica, por bien que parezca representar a la realidad, no es nunca más que una aproximación burda, que no puede agotarla; por lo tanto, su creador no puede pretender que ha logrado con ella una verdad absoluta... Y, si a pesar de todo, lo cree, se equivoca rotundamente y, tarde o temprano, nuevas teorías, más adecuadas a lo real que la suya, se lo demostrarán.

Yo pienso que Galileo sabía bien esto, al igual que Bacon (el pionero de la Ciencia Moderna, uno de los primeros en aconsejar esta cautela metodológica). Sin embargo, no es menos cierto que mil Premios Nobel (y esto lo digo con todo el respeto que tan alto reconocimiento se merece) no podrían reemplazar la intensa emoción de la que uno cae presa cuando ha conseguido, tras años de arduo trabajo, abrir el baúl de un descubrimiento... ¡Esta emoción suprema no cabe, no puede caber, en la estrecha gratitud que a uno le está permitida en una ceremonia de otorgamiento! Por eso es que apruebo este exabrupto como un merecido grito de victoria que debe perdonársele a todo aquél que, tras interminables búsquedas, a veces descorazonadoras y penosas, ha dado al fin con la clave reveladora... ¡Exigir compostura y recato al hombre así compensado por un éxito después de mucha tribulación sería, simplemente, una imperdonable crueldad!

Andropoulos guardó silencio. Tanto duró su pausa que a cualquiera que recién hubiese llegado, le habría parecido excesiva. Pero la expectación que había creado con sus primeras palabras aún no decaía. Podía sentirla nítidamente, y hasta la disfrutaba. Con un velado desafío dibujado en la expresión impávida, se entretenía en buscar los rostros apenas visibles tras la penumbra que cubría el auditorio.

- Pero... ¿Fueron las palabras de Galileo tan solo un arrebato infantil? -continuó- ¿Pueden tomarse sus expresiones sólo como el desahogo rebelde de un anciano que, arrestado de por vida en su vivienda, vigiladas sus ideas por la mirada temible de la Inquisición, se consolaba de esta manera, desafiando secretamente a sus represores?... ¿Cómo cuando (si creemos a la leyenda), a la salida del ignominioso juicio, en el que se le había hecho abdicar de su concepción de la Tierra como un planeta más, murmurara, con desafiante rebeldía: "...Y, sin embargo, gira..."?

No... Galileo no deliraba. Sus palabras reflejan una rotunda comprensión del alcance que tenía la entonces naciente Ciencia. Simplemente, de una manera metafórica, se estaba anticipando al porvenir... De hecho, en la actualidad, nos encontramos capacitados para hacer gala de una soberbia muy parecida. Tan vasto es el conocimiento que hemos obtenido del Universo, que hoy podemos imitar sus expresiones, y decir *"El Universo ya no se extiende más allá del espacio que ocupa nuestro entendimiento."*

En efecto, los logros actuales de la Ciencia Moderna, sobre todo, en el ámbito de la Física, tocan límites insospechados. ¡En materia de fenómenos físicos, hoy estamos a punto de alcanzar el saber absoluto! ¡Los abismales extremos de lo ínfimamente minúsculo (el reino inferior al tamaño del átomo) y de lo infinitamente inmenso (el espacio sideral, a escalas superiores al diámetro de las galaxias), se encuentran a punto de ser reunidos en una comprensión global! ¡Y, tanto el supremo mecanismo que hizo posible la Creación, como aquél que determinará el instante final de nuestro Universo, pronto no serán más un misterio! La meta, a cuyas puertas se encuentra la Física hoy día, se llama: *"revelación de los enigmas fundamentales del Universo"*, y la llave que las abrirá ante nosotros: *"Unificación de todas las Leyes de la Naturaleza"*...

Precisamente, probarles que no exagero ni un ápice en esto que he dicho, es el objetivo de esta conferencia.

Hizo una nueva pausa, esta vez sin mirar al público. Pero, mientras duró este silencio, las luces fueron bajando lentamente su intensidad. Una enorme pantalla circular se fue dejando ver a medida que las espesas cortinas del fondo del escenario se descorrían. Su brillo lechoso se fue haciendo cada vez más fuerte, hasta que atrajo todas las miradas. Cuando la oscuridad se hizo completa, la pantalla brillaba con un resplandor pálido y voluminoso. Era como una enorme luna blanquecina y fluorescente, que parecía flotar en la profunda negrura que la rodeaba. Un efecto, sin duda, muy bien logrado, que consiguió romper con la rutina habitual de las exposiciones tradicionales.

Gradualmente, sobre la pantalla fue apareciendo un conjunto de recuadros y líneas, que configuraban lo que pronto pudo reconocerse como un gran esquema. Al mismo tiempo, la voz amplificada del científico fue sentida por los extasiados espectadores casi dentro de sus propias cabezas:

- Aquí, resumida en este esquema, está la historia completa del conocimiento del mundo físico... O, por lo menos, lo que de esta larga historia necesitamos saber para llevar a cabo nuestro ambicioso proyecto.

Todos sabemos que el hombre, casi desde su aparición sobre la Tierra, se ha empeñado en comprender y dominar los fenómenos que lo rodean: la furia de los elementos, las crecidas periódicas de los ríos, el poder devastador del fuego, el resplandor del relámpago... Durante milenios, lo intentó mediante la Religión y la Magia, porque suponía que, para tener de su lado las fuerzas naturales, debía ganarse el favor de los dioses y demonios que las controlaban... Luego, la Filosofía fue liberando su mente de la superstición, y la fue preparando para identificar "principios" y "causas" en donde antes sólo veía "espíritus" y "voluntades sobrenaturales"... Pero, sólo muy recientemente, durante la época del Renacimiento, la actitud hacia el mundo que la Filosofía había inaugurado, alcanzó la madurez que necesitaba para dar origen a la Ciencia moderna...

En efecto, la explicación filosófica del mundo era todavía precaria. Tenía de bueno que sus pretensiones eran ambiciosas. Solía preguntarse: "¿por qué hay diferencias entre los seres que pueblan el mundo? ¿Hay algo en común entre todas las entidades distintas que forman el Universo?". Y siempre buscaba una fórmula sencilla, un principio simple, a partir del cual pudiera entenderse la gran diversidad de las cosas que nos rodean. Este empeño por reducir lo complejo a lo simple no ha cambiado. Pero la Filosofía tiene de malo que es absolutamente subjetiva y a-crítica; que no ofrece ninguna manera de asegurar que el principio, cuya verdad sostiene, es verdadero siempre, para cualquier sujeto al que uno se lo comunique... Así, los filósofos solían enredarse en largas discusiones, sin llegar nunca a ponerse de acuerdo. Dar ejemplos es fácil. Cada sabio de la Antigüedad tenía su propia teoría sobre el origen de las cosas: Tales de Mileto decía que todo provenía del agua; Anaxímenes, que todo se originaba por condensaciones sucesivas del aire; Anaximandro, que las cosas emanaban de una substancia indiferenciada, llamada "*Ápeiron*"... etcétera.

Así, aunque la Filosofía fue la primera tentativa humana de reducir, a una explicación simple y clara, toda la complejidad del Cosmos, esta explicación quedaba encerrada en la mente del sujeto que la formulaba. No había forma en que el filósofo pudiera demostrar a otra persona que su teoría sobre el mundo era verdadera. Pero ésta fue la valiosa contribución que los gestores de la Ciencia hicieron, durante el Renacimiento y los siglos posteriores. La Ciencia Natural pudo nacer sólo porque sus autores pusieron especial énfasis en superar el estéril solipsismo de la Filosofía, que oscurecía las cosas antes que aclararlas. Y precisamente, el Método Científico no es más que una serie de reglas que le permiten a una persona abstraer, de una situación compleja, los elementos simples importantes, y combinarlos en una explicación lógica, posible de ser aceptada y comprobada por cualquier otra persona, en cualquier parte del mundo. Esta explicación transparente al entendimiento, que permite a cualquiera ver lo mismo que otros han podido ver, es lo que se llama una "hipótesis", o una "teoría".

Pero una teoría científica necesita ser algo más que una explicación en palabras de un fenómeno determinado. Las palabras suelen ser demasiado vagas para poder representar los fenómenos con la suficiente claridad. En efecto, la ambigüedad del lenguaje, la insistente caída en la metáfora misteriosa o el aforismo impresionante, era uno de los vicios frecuentes conque cargaba el discurso filosófico. Con una sobreabundancia de palabras, es muy fácil acabar no diciendo absolutamente nada. Una palabra puede significar más de una cosa, o puede ser utilizada en más de un sentido. "*Te quiero*", no es lo mismo, ni lejanamente a "*té quiero*", por ejemplo... En cambio, un número o un concepto geométrico pueden representar los sucesos y los objetos de una manera muy precisa. En Mecánica, todos los objetos se representan por "puntos", y los movimientos, mediante "líneas" rectas o curvas... ¡No importa que estemos hablando de automóviles, seres humanos o planetas! El punto y la línea son las representaciones ideales, con el grado de abstracción más apropiado para que todo el mundo entienda lo mismo cuando observa el desplazamiento de un cuerpo o la órbita de un astro. Y además, se trata de representaciones que admiten el cálculo matemático, que es la manera más clara de relacionar las cosas... ¡Porque es evidente que decir: "*La bicicleta rosada y de bonitas ruedas, que es la favorita de Juan, se mueve más lento que las gaviotas de la costa cercana*", no informa lo mismo que decir: "*El móvil b recorre veinte kilómetros por hora*"! La última expresión no sólo deja de involucrar características que no tienen ninguna influencia en el movimiento, sino que, además, permite, mediante sencillas operaciones aritméticas, averiguar datos de gran valor práctico, tales como: "*¿Cuánto demoraría una persona en recorrer cuarenta kilómetros con esa bicicleta?*"; o bien: "*¿Qué distancia se podría recorrer en cinco horas?*".

La historia de la Ciencia es, pues, la historia de la marcha del entendimiento humano hacia la máxima simplicidad. Esa marcha es lo que aparece expresado, de manera sumamente resumida, en este esquema que ustedes pueden ver aquí.

A su izquierda, los cuadros verdes enumeran una serie de fenómenos a cuyo estudio se aplica la Física. Los primeros de arriba son bastante familiares... ¡Todos nos habremos preguntado, más de alguna vez, por qué al soltar una piedra, ésta se mueve hacia el suelo, y por qué al lanzarla, se mueve dibujando en el espacio una línea parabólica!...

El expositor se quedó mirando al público, como si esperase de éste un signo de aprobación a sus palabras. Pero, por un largo momento, la penumbra del auditorio sólo le devolvió miradas mudas y pasmadas. Andropoulos estiró despectivamente los labios. Sin embargo su mueca fue tomada como una sonrisa de simpatía y desató una carcajada general. "¡He aquí, todavía, a los monos!", pensó para sí. "¡Véanlos, cómo se ríen de su propia estupidez!".

- ¡Bueno!... –comentó, con una gruesa dosis de sarcasmo, de la que nadie quiso darse por aludido- ¡Quizás sea perdonable que muchos no se hayan preguntado nunca por qué las cosas más obvias suceden a su alrededor!...

Luego, volviendo la espalda al auditorio, continuó con su exposición:

- El primer cuadro verde de arriba representa el movimiento de todos los objetos que caen, son lanzados, se deslizan, son empujados o arrastrados, chocan, etcétera. Galileo aparece mencionado aquí entre paréntesis porque fue quien inauguró el estudio del movimiento de los cuerpos, y llegó a sintetizar todas las variantes imaginables en que las cosas pueden moverse, en una sola ecuación matemática. Es ésta:

$$d = d_o + V_o \times t + \frac{a \times t^2}{2}$$

Parece chino, ¿verdad?... Sin embargo, dice algo muy sencillo. Las "**d**" simbolizan las distancias que recorren los cuerpos en su movimiento ("**d_o**" es la distancia inicial, que se puede considerar cero); las "**t**" son el tiempo que se demoran en moverse; la "**v_o**" es la velocidad con la que parte moviéndose el cuerpo, y la "**a**", es la aceleración... Lo que simplemente se dice aquí es que podemos saber qué distancia "**d**" recorre un objeto, cuando conocemos su distancia inicial "**d_o**", su velocidad inicial "**v_o**", el tiempo "**t**" que demora en moverse y la aceleración "**a**" con que va aumentando su velocidad. Y que, para averiguarlo, basta que multipliquemos, dividamos y sumemos estas cantidades en la forma en que la ecuación nos indica... ¡Por supuesto, cualquiera sea la cantidad que nos falte, es posible calcularla si conocemos todas las demás! Para ello, eso sí, es necesario un dominio básico del Álgebra, la parte de las Matemáticas en que los números son expresados por letras, y cada letra puede representar varios números... ¡Le debemos al intelecto de los Árabes esta curiosa manera de hacer matemática, que, por supuesto, es mucho más abstracta que la Aritmética! La enorme capacidad de síntesis que posee esta disciplina puede apreciarse fácilmente. En vez de decir: "*da lo mismo juntar algunas manzanas con una pera, o bien, varios damascos con unas ciruelas*", la Aritmética dice: "*5 + 1 = 4 + 2*"... ¡Pero el Álgebra, mucho más sencilla, sólo necesita decir: "*x + y = 6*"!... ¡Donde "x" puede ser las cinco manzanas o los cuatro damascos, e "y" puede ser tanto la pera como las dos ciruelas, o cualquier otra combinación de frutas u otros objetos imaginables!

Puede apreciarse lo fácil que es hablar así de cualquier cosa. Las Matemáticas nos permiten, de hecho, colocarnos en cualquier situación posible. En la Ciencia, no hay necesidad de ser demasiado concreto. ¡Podemos echar a volar la imaginación de la manera más extravagante, pero, si sacamos cuentas exactas a partir de observaciones cuidadosas, siempre obtendremos datos fidedignos, aún de sucesos que pueden estar muy alejados de nosotros!... Por eso, en el estudio del movimiento que describen los planetas y astros, la posibilidad ya mencionada de entenderlos tan solo como "puntos" que dibujaban curvas elípticas en sus órbitas, resultó tan eficaz. Es bien sabido lo engorroso y complicado que resultaba explicar los movimientos de los planetas describiéndolos tal como se ven desde nuestra posición en la Tierra... Observados desde acá, los planetas avanzan, luego se detienen, retroceden algo, siguen avanzando... ¡Justamente, los griegos les han llamado *planetas* porque esta palabra significa "errante"! La genialidad de Copérnico estuvo, precisamente, en atreverse a suponer (contra todo sentido común) que es más cómodo contemplar los movimientos planetarios... ¡como si estuviésemos viéndolos desde el Sol!... ¡En afirmar que, sólo así, los planetas aparecen ante nosotros en un orden maravillosamente simple, describiendo órbitas en torno al Astro Rey, por medio de las cuales es muy fácil predecir en qué lugar se encuentran a cada instante!... Más de un siglo después, Johannes Kepler desarrollará reglas matemáticas, mediante las cuales, la posición de los planetas podrá predecirse con gran exactitud durante todo el año... ¡Imagínense, lo asombroso que es el hecho de que algo tan grande como el Sistema Planetario, del que la Tierra forma parte como una minúscula partícula, pueda caber dentro del entendimiento humano, con tan solo un bien calculado vuelo de la imaginación!... ¡Y esto no es aún nada, comparado con lo lejos que se ha podido llegar!...

La conferencia se prolongó por casi tres horas. Cuando Andropoulos por fin hubo concluido, escasos palmoteos despertaron a duras penas otros aplausos, hasta que la gran sala del Auditórium volvió, perezosamente, a llenarse de ellos. Sólo una vez que las luces alcanzaron su plena intensidad, pudo verse que las galerías ya no estaban repletas, y que los rostros somnolientos y confundidos de los que todavía quedaban, hacían un considerable esfuerzo para recuperar la compostura. Exhaustos por la larga sesión, agobiados por el enorme esfuerzo de seguir tanta idea hasta el final, y desalentados la mayoría por la gran cantidad de cosas que les habían resultado incomprensibles, los asistentes se ponían en pie a tientas, más para buscar la salida pronto que para ovacionar al expositor. En la platea, las autoridades e invitados ilustres forzaban su paciencia al máximo, esperando que se diera por terminado el evento. Sólo algunos académicos, y uno que otro asistente de las galerías, aplaudían entusiasmados, y se les veía acercando el rostro a otros para hacerles oír algún comentario. Varios de ellos abandonaban sus asientos y pugnaban por aproximarse entre sí, abriéndose paso entre el tumulto de gente que salía por las escaleras. Relámpagos de flash y cámaras de televisión volvieron a inundar el borde del escenario.

Apenas se escuchó que el relator daba por terminada la ceremonia, varios invitados y académicos, incluido el propio presentador, se le acercaron para brindar sus felicitaciones. Andropoulos los recibió con una sonrisa de cortesía, intercambió dos o tres palabras y luego, excusándose, desapareció por donde había entrado, seguido por sus escoltas.

Afuera, la multitud de gente y vehículos que otrora llenaba los alrededores, había desaparecido por completo.

*   *   *

Se sintieron un par de golpes en la puerta, poco antes de que el hombre, alto y rubio, se asomara al interior de la lujosa habitación del hotel.

- ¡Squiusmi!… ¡Mæster Domínguez!...

Reclinado en el diván, Elliot Dimitri Andropoulos asintió levemente. A una señal suya, caballerosa pero imperativa, la mujer que estaba sentada enfrente reunió los papeles regados sobre la mesita y se retiró. Poco después, un hombre bajo y gordo, con las sienes entrecanas, ingresaba a la estancia.

- ¡Ah, doctor! —exclamó Andropoulos, rebosante de cordialidad, mientras estiraba la mano al recién llegado- ¡Me da tanto gusto volver a verlo! La verdad, no creí que pudiera venir tan luego. Se lo agradezco… ¡Pero, por favor, tome asiento!

El hombre acogió la mano que se le alargaba con la lógica timidez de quien no esperase en absoluto un recibimiento tan cálido. Lleno de curiosidad y agrado, se acomodó en uno de los sillones.

- ¿Se le ofrece un cigarrillo? —preguntó Andropoulos, sacando una cajetilla del bolsillo de su camisa.

- ¡Oh! ¡No-no-no! ¡Gracias! —respondió el visitante, asumiendo un tono más confiado, más de acuerdo con la cordialidad con que se le trataba.

- Vine en cuanto pude —continuó- Debo decir que su invitación fue una graaan sorpresa para mí… Por las noticias me había enterado de su llegada al país… En realidad, ha pasado bastaaante tiempo…

62

- ¡Bastante! ¡Sí, mi estimado doctor! ¡Bastante! –replicó Andropoulos, con una amabilidad algo enigmática, mientras buscaba un encendedor y se tomaba su tiempo para encender un cigarrillo.

- ¡Pero cuénteme, hombre! ¿Qué ha sido de usted?

- En realidad, nada nuevo… Las ocupaciones usuaaales en el Psiquiátrico… Los problemas acostumbraaados… ¡Nimiedades!

- La verdad, no esperaba hallarlo en el país después de todos estos años, doctor. ¿Qué pasó con Oxford? Me acuerdo muy bien que estaba usted a punto de formar parte de un proyecto en esa universidad.

Domínguez enrojeció levemente. De un golpe, se vio transportado a una época distinta, en la que el futuro parecía dispuesto a abrirle sus más generosas posibilidades. Durante mucho tiempo, se había confiado por entero a esa promesa jurada tácitamente por su, hasta entonces, creciente éxito profesional. A lo largo de su vida, había hecho bien todo lo que debía hacer para conseguirlo. Había sido un estudiante modelo y, sobre todo, se había esforzado en relacionarse con quienes podían constituir buenas influencias. Por eso, no acababa todavía de comprender el abandono en que la fortuna lo había dejado desde hacía algunos años. Y ahora, todas esas exageraciones que se había permitido hacer en el pasado, sobre viajes y proyectos que, en realidad, nunca se llevaron a cabo, comenzaban a aparecer como patéticos alardes de un individuo de prestigio discutible.

- ¡Esteeeee!… ¡Bueeeno! Aquello no eeera realmente una posibilidad seguuura… De hecho, tuve algunos problemas personales justo en esa fecha… ¡Y había que pensar también en la famiiiilia! La distancia… ¡Usted entiende!

- Sí, sí, por supuesto... Lo lamento mucho –dijo, fríamente, Andropoulos, dejando pérfidamente en evidencia que había adivinado la secreta vergüenza del médico.

- ...Sin embargo, continúo a cargo del Psiquiáaatrico... La verdad es que me gusta esto. ¡No lo cambiaría por nada! ¡Es mi verdadera vocaciooón! ¡Usted entiende!... Además, me da la oportunidad de poner en práctica ciertas ideas personaaales que tengo sobre esto de la adaptación del enfermo a la sociedad...Eso de que la demencia sea un problema, en gran medida sociaaal... ¡Es fascinaaante!... De hecho, en unos estudios míos, he tenido un gran apoyo de parte del alcaaalde y de algunas figuras destacaaadas del mundo de los negocios... ¡En fin: todo esto me ha tenido bien ocupaaado en el último tiempo!

- ¡Me alegra que no haya abandonado usted ese entusiasmo profesional que lo ha caracterizado siempre, doctor! –dijo Andropoulos, hastiado de la perorata del psiquiatra, y enredando las palabras en un sarcasmo imperceptible- Planeo quedarme aquí por un buen tiempo: todo lo que dure el resto de mi proyecto. ¡Quizás pueda serle de utilidad!... ¡Claro que mis propias preocupaciones están harto alejadas de la psiquiatría!... Pero, podría ser que en alguna de las universidades o institutos con los que tengo contacto en el extranjero, se interesen seriamente en brindar apoyo a sus... ideas. ¡Quién sabe! ¡Tal vez, hasta en Oxford, reconsideren su postulación!...

Un gesto de alegría casi infantil rozó el rostro del médico, mientras tartamudeaba algo ininteligible y se estrujaba las manos. Al mismo tiempo, una sonrisa perversa se deslizaba por la comisura de los labios de Andropoulos.

- ¡Muuuchas gracias! ¡Muuuchas gracias! Yo... ¡Usted es muy amaaable, Andropoulos! ¡Quién lo diría!... En realidad, nunca hablamos mucho en el pasado y… ¡Bueno! Con franqueza, no pensé que usted quisiese saber de mí ahora… ¡No es lo más frecueeente, quiero decir!… Casi siempre, los padres que han vivido una tragedia como la suya, prefieren olvidaaar a todas las personas que pudieran recordárselo, ¿no?… Y, con especial énfasis, a los psiquiaaatras. Por eso fue que recibí con tanta sorpresa su mensaje. Y… ¡Bueno! Aquí estoy, muy complaciiiido con su invitación, y encantado de poder ayudaaarlo en lo que esté dentro de mis posibilidades…

- ¡Pero, mi estimado doctor! –interrumpió Andropoulos, con un exagerado ademán de escándalo- ¡Si yo tengo una gran deuda con usted, desde que aceptó encargarse personalmente del problema de mi hijo. No sólo fue usted el primer especialista que lo atendió, sino que también, aquél que más cerca estuvo en los peores momentos…Sé que hizo lo que pudo. Todos lo hicimos… ¡Pero no lo invité aquí para abrumarlo con lamentaciones sobre lo que ya es irremediable!…

La franja inflamada del cigarrillo recorrió un buen trecho. Andropoulos retuvo el aliento durante un largo instante, en el que parecía concentrado en seleccionar las palabras con las que iba a continuar. Luego de exhalar el humo, bajó el pie de su rodilla y se inclinó hacia adelante, mirando fijamente al psiquiatra.

- Yo estaba en Europa cuando Dorian enfermó. E inclusive, no supe de su crisis sino hasta veinticuatro horas después… Tampoco estuve aquí cuando… ¡Bueno! Cuando él se quitó la vida… En todo el tiempo que usted atendió a mi hijo, habré podido hablar con él unas diez veces, no más… La verdad, nunca conocí realmente su problema… Nunca, como pudo usted conocerlo, o como debería haberlo conocido Janet…

Guardó silencio de repente. Por primera vez, su rostro inexpresivo pareció sucumbir a la emoción. Pero fue un gesto fugaz, tras el cual, pareció redoblarse la inmutabilidad de su semblante.

- Necesito de usted una vez más, doctor. Quiero saber por qué Dorian se suicidó. Quiero saber por qué enfermó… Quiero conocer cada antecedente, cada detalle. Y usted, sólo usted, puede proporcionármelos…

El psiquiatra lo contempló por un momento, como si no entendiera del todo la petición que le hacían. Pero, casi de inmediato, se estiró cómodamente en el sillón, mientras que un aire profesional iba llenando todos sus gestos:

- ¡Bueeeno!… Como usted ya sabe, su hijo presentaba un evideeente cuadro de esquizofrenia, de una variedad dominantemente paranoooide. Aún conservo un completísimo historial clínico y…

- ¡No, no, no, perdóneme! ¡Usted no me ha comprendido! –interrumpió el científico, con una brusquedad rayana en el insulto.

Domínguez lo miró, desconcertado.

- ¡Usted no me ha comprendido! –repitió Andropoulos, en un tono mucho más amable. Hizo luego una breve pausa, con su actitud habitual de medir sus próximas palabras. Y después, con una elocuencia insuperable, las fue recalcando una a una:

- Más que… decirme lo que usted y yo ya sabemos… Más que explicarme de nuevo cuáles eran los aspectos clínicos del mal, y proporcionarme los archivos que usted guarda… Quiero que averigüe, doctor… Quiero que indague lo que no sabemos… ¡Lo que Dorian no quiso decirnos!… ¡Eso que se llevó a la tumba!… Quiero saber qué había detrás de sus delirios… Qué es lo que hacía en ese lugar en el que vivía en el último tiempo… ¡Por qué lo hacía!…Necesito saber con quién se juntaba, quiénes eran sus amistades, adónde solía ir, por qué, cómo cuándo… ¡Todo!… Quiero que usted, doctor, reconstruya la vida de mi hijo hasta el último segundo… ¡Quiero que usted me diga qué cresta pasó por su cabeza, desde un principio!… Y quiero pedirle que, en adelante, se encargue única y exclusivamente de esto, en persona.

Domínguez pestañeó. Antes de que pudiese responder, Andropoulos prosiguió:

- Si lo que le preocupa son sus actuales ocupaciones, pierda cuidado. Sé que podrá contar con alguien capaz de cubrir su trabajo en el hospital, mientras usted me ayuda. Para su tranquilidad, le informo que me he tomado la libertad de comentarle mis preocupaciones y mi intención de disponer de su tiempo al Ministro de Salud… ese señor… Fonseca, creo que se llama, ¿no?… ¡Un hombre muy agradable, por cierto! ¡Y muy amable, también! Tuve la fortuna de conocerlo en el cóctel que se hizo después de mi conferencia. El mismo alabó repetidas veces su buenísima voluntad, doctor… ¡Parece que se ha ocupado usted con tanto esmero de ciertas situaciones… digamos… extra-profesionales, de ese señor!… De hecho, él se refirió a usted como a un "amigo de la familia"… Lo es usted, ¿verdad?

- ¡Sí!… ¡Por supuesto!… ¡Por supuesto! —respondió Domínguez, volviendo a enrojecer.

Aquella referencia a la amistad suya con el ministro lo había tomado por sorpresa. No sabía qué pensar. Era muy extraño que el ministro Fonseca, una persona tan distante en su trato habitual con él, se hubiese expresado de esa manera. Estaba muy consciente del hecho de que la susodicha amistad no existía. Dudaba que el ministro lo considerase "amigo de la familia", por más que él se deshiciera en atenciones para ganarse su simpatía y asegurar, así, la continuidad de su cargo, que sabía envidiado por muchos. Y más extraño le parecía aún que un destacado funcionario del gobierno le hubiese comentado a esa eminencia, recién llegada al país, acerca de las atenciones que él, un simple director de hospital, entre otros muchos, le hacía…Pero, si todo eso no había salido del ministro, ¿de dónde, entonces? ¿Cómo era que Andropoulos sabía tanto?

- ¡Excelente! –exclamó Andropoulos- Además, estoy dispuesto a compensarlo generosamente por este gesto suyo, doctor. ¿Qué me responde?

El psiquiatra necesitó un largo minuto para reponerse de su impresión. Al fin, sonrió mecánicamente y, hablando a media voz, como consigo mismo, dijo:

- ¡Bueeeno!… Le confieso que… Estooo… es bastante inusuaaal. Yoooo… ¡Aunque don Abelaaardo esté de acueeerdo, me temo que…!

- ¡Vamos, vamos, mi estimado doctor! ¡Por favor, dígame qué es lo que tanto le preocupa! ¡Ahora que si lo que pasa es que usted no me cree, podemos llamar ahora mismo al ministro y…!

- ¡No-no-no! ¡Por favor, eso no…! ¡No hace ninguna falta! –lo detuvo el médico, alarmado-… ¡No me haga caaaso! Es sólo que lo que usted me propone… ¡No deeeja de interesarme, por supuesto! ¡Pero es bastante inusuaaal!… ¡Además, no estoooy seguro de ser la persona indicaaada para ocuparme de una cosa así… ¡A lo mejor, su esposa…!

Andropoulos levantó la cabeza, escupiendo una iracunda bocanada de humo.

- Janet se fue poco después de la muerte de Dorian. No la he visto desde que me pidió el divorcio. No me interesa localizarla, porque estoy seguro de que no valdría la pena el disgusto… Ella nunca se destacó precisamente por su inteligencia, por más que se pasaba la vida "cultivándose". Sé bien que Dorian la manipulaba con gran facilidad…

Domínguez lo miraba con inquietud. Hubiera deseado tomarse un tiempo para pensar mejor en la caprichosa proposición que le hacía el científico, pero no quería arriesgarse a que éste malinterpretara su silencio. Por eso, tras un profundo suspiro, se apresuró a decir:

- Yooo… No quisiera defraudaaarlo, Andropoulos. Pero creo que usted está sobreestimaaando mi competencia en el problema de su hijo… ¡Bueno!… Es cieeerto que estuve cerca de él, desde la primera crisis, ¿no?… Es cieeerto también que llegué a conocer muy bien su caso. Sin embargo, más allá de lo estrictamente clínico… Acuérdese de que su hijo no sólo engañaba a su esposa. Tambieeén lo hizo conmigo… ¡Y con usteeed mismo!… ¿Se acuerda cuando usted debió venir desde el extranjero para aclarar un sinnúmero de problemas en sus cuentas corrientes, y entonces, descubrió que él había contratado servicios de diversas empresas, en su nombre, para ese extraño laberinto que hizo construir? La verdad… ¡Yo llegué a reconocer honestamente que éste había sido uno de los casos más difíiciles que me ha tocado atender! Era muy difíiicil entender lo que, desde sus delirios, su hijo estaba tramando… Era extraaaño, como si no quisiese recuperarse… ¡Como si defendieeese su demencia!…

Andropoulos acabó su cigarrillo y lo hundió en el cenicero. Con este acto elocuente, concluía la profunda atención con que había estado escuchando al médico. Luego, exhalando el humo, se levantó y se dirigió hasta un pequeño bar, cuya mesa estaba repleta de botellas finas. Dándole la espalda, le ofreció algo de beber. Tras la negativa de su invitado, extrajo un frasco de whisky y otro con agua. Puso un poco del primero en un vaso pequeño y lo completó con el agua hasta casi la mitad.

Luego, volvió a ocupar su asiento junto al psiquiatra, con un gesto de gran amabilidad pintado en el rostro:

- Nada debe preocuparle, doctor. Sé que esto que le propongo es bastante… brusco, intempestivo, sí… Probablemente, cometí una imprudencia al hablar de esta petición que le hago con el ministro, antes que con usted mismo. Le pido, por ello, mis más sinceras disculpas… Pero necesito ayuda, doctor…

El científico bajó la vista, adoptando un claro gesto de emoción.

- Sé que, tal vez, no fui un buen padre para mi hijo. Los proyectos, los viajes constantes… ¡Nunca estuve realmente cerca de Dorian!… En alguna medida soy también responsable de lo que pasó, doctor… Por favor, entiéndame: sólo quiero enterarme de cuán responsable soy en realidad. Solo quiero saber… Yooo… Soy un hombre destrozado, Domínguez. Usted es la única persona… ¡la única persona!… que puede ayudarme. Por favor, no me prive de éste, mi último consuelo.

El psiquiatra lo miró por unos momentos. Se sintió tentado a arrojar una o dos observaciones profesionales al físico, para reducirlo a sus propios terrenos, para intentar convencerlo de lo beneficioso que le sería un poco de atención especializada a sus ansiedades y sentimientos de culpa. Pero la mirada de Andropoulos lo detuvo. No se hubiera atrevido a contrariar a aquel hombre: un personaje reconocido mundialmente, que se codeaba con ministros y presidentes. Sin embargo, tampoco terminaba de gustarle la idea de verse convertido, de la noche a la mañana, en una especie de empleado oscuro, ocupado en la exhumación de un caso clínico ya cerrado. No quería verse a sí mismo, haciendo preguntas delicadas y recopilando chismes por aquí y por allá, con una muy poco clara autoridad y con un objetivo todavía menos interesante. Aunque Andropoulos fuese famoso, la tragedia de la muerte de su hijo, que había hecho noticia hacía algunos años atrás, ya no podía interesarle a nadie más que a él.

Por otro lado, trabajar para una celebridad semejante podría traerle más de un beneficio. Si todo iba bien, tal vez podría, inclusive, olvidarse de Fonseca y de todas las humillaciones que le significaba el vivir pegado a su sombra. Pero, el no poder percibir, de manera clara, una genuina dignidad en esta nueva situación, le preocupaba sobremanera. Trabajar para Andropoulos, el ilustre Premio Nobel… ¡Excelente! Pero… ¿siendo qué? ¿Haciendo específicamente qué?… ¿Qué tendría que decirle a su esposa, que siempre andaba preocupada de tener algo importante que decir de él ante la incisiva curiosidad de sus amigas?… ¿Y a sus colegas del Colegio Médico?…

- Y bien, doctor. ¿Qué me responde? –le preguntó, por fin, Andropoulos, sacándolo de su ensimismamiento.

Domínguez lanzó la mirada hacia la ventana, suspirando:

- Mire… Usted comprenderaaá que no puedo abandonaaar mi cargo así como así, no mas… ¡Aunque don Abelaaardo lo aprueeebe!… Yo soy un profesionaaal, y eso no se vería bien. Ademaás, hay un sinfín de cosas que debo dejar organizadas, antes de dedicarme por entero a un problema como eeéste… En todo caso… me voy a hacer cargo desde yaaá de este… este… problema… ¡en la medida de mis posibilidades, claro!… No deseeeo que me malinterprete. Acepto gustoso ayudarlo. Sólo le pido dos cosas: que me de usted un poco de tiempo para prepararme y… ¡Bueno!… Que no espere usted milagros, ¿no?

- ¡Excelente! –exclamó el científico, dejando el vaso en la mesita y levantándose, mientras ofrecía su mano al psiquiatra. Éste, dubitativo aún, se la cogió, haciendo un desganado ademán de levantarse. Cuando estuvo de pie, Andropoulos ya escribía detrás del escritorio.

- ¡Tendrá todo lo que necesite a su disposición! – continuó, sin dejar de escribir- ¡Espero disculpe que me haya tomado la libertad de abrir una cuenta personal a su nombre!... ¡Para ahorrar tiempo, usted comprenderá!... ¡Sólo falta que usted firme!... Aquí tiene las llaves de la que fue nuestra casa... Y aquí, todos los certificados de estudios, de personalidad y de salud, de Dorian... ¡Pero, claro: usted debe ya tenerlos! ¿no?... ¡No importa! Aquí van también los nombres, residencias y números telefónicos de todos los especialistas y médicos que trataron a Dorian durante toda su vida... Si, a pesar de todo, algo le hace falta, comuníquese conmigo. De preferencia, en la noche... ¡Ah! ¡Y deseo verlo, por lo menos, una vez a la semana! ¡No importa lo escaso que haya sido su avance!... Pero, eso sí, el mes próximo, mis ocupaciones me requerirán en Ginebra. Me complacería mucho que, para entonces, esta grave inquietud que le he confesado, tuviese ya un alivio considerable...

Sin saber qué responder, el médico optó por inclinarse sobre el documento y mirar disimuladamente el suculento monto de la cuenta. Evitó enterarse en ese momento de la cantidad exacta de ceros que formaban la cifra, porque no quería ocupar su cabeza en nada más, por el momento. Después de haber firmado, sonrió maquinalmente a Andropoulos y volvió a acoger la mano que éste le estiraba de nuevo.

- ¡Doctor! –dijo el científico, con vehemencia- ¡No sabe usted cuán agradecido estoy por este gesto suyo!... Ahora, si me disculpa... Tengo una reunión con unos caballeros muy importantes, y no quisiera hacerlos esperar. ¿Qué le parece si me llama mañana para confirmarme que todo esté en orden?

- ¡Ningún problema!... ¡Ningún problema!- exclamó el psiquiatra, apresurándose a buscar él mismo la puerta, aunque, de todos modos, fue Andropoulos quien acabó abriéndosela.

Pero la ancha sonrisa de Domínguez se borró apenas hubo salido de la lujosa habitación del hotel, siendo reemplazada por ese gesto de honda preocupación que, allá adentro, luchaba por tomar su lugar, y que sólo ahora podía permitirse liberar.

*   *   *

Los rectores de las principales universidades del país se encontraban reunidos en la antesala del lujoso Salón Azul, distante unas cuadras de la sala en donde, hacía tan solo dos días, Andropoulos había dictado su publicitada conferencia. Las autoridades formaban grupos y conversaban sobre banalidades para matar el tiempo. Algunos fotógrafos deambulaban entre ellos, intercambiando palabras o contemplando los inmensos y elegantes cuadros que adornaban la antesala.

A la hora prevista, dos mayordomos entraron a la estancia. Uno abrió de par en par las puertas exteriores, mientras que el otro hacía lo mismo con las del salón. Repentinamente, los académicos suspendieron su charla y, desarmando sus grupos, empezaron a ingresar a la gran sala de reuniones.

El Salón Azul hacía honor a su nombre. Una enorme mesa rectangular, hecha de ébano negro y brillante, ocupaba el centro. La rodeaban elegantes sillas, confeccionadas de la misma madera. Tanto el tapiz de estos asientos como la alfombra y las espesas cortinas que cubrían los amplísimos ventanales, exhibían un tono calipso muy oscuro. Incluso, sobre la mesa, y enfrente de cada asiento, había una cubierta de mica celeste.

Recién se habían acomodado todos cuando, por la entrada principal, ingresaron dos hombres jóvenes y corpulentos, muy elegantemente vestidos, quienes se colocaron a ambos lados de la puerta. Casi de inmediato, la esbelta figura de Andropoulos, con su impecable traje claro, hizo su aparición. Miró a su alrededor, con una sonrisa entre complacida y amable y, mientras buscaba ubicación en el extremo de la mesa más cercano a la entrada, cuatro colaboradores suyos entraron detrás de él y buscaron sus respectivos puestos alrededor.

Una mujer alta y hermosa, que portaba un elegante maletín, fue el último miembro de la comitiva en entrar. Tenía el cabello castaño, abundante y ondulado, y llevaba finos anteojos, que acentuaban en ella un aire sobrio e intelectual. Unida a la claridad casi transparente de su piel, la delicadeza particular de sus rasgos se destacaba, sobre todo, en la suave línea del mentón y en la textura carnosa de sus labios, teñidos de un rojo ocre, que hacía un magnífico juego con la tenida de chaquetilla y minifalda. Ni aquellos diminutos pliegues que remataban las comisuras de sus labios, ni la ínfima línea que cruzaba su cuello, eran detalles que mermaran su indiscutible belleza. Por el contrario, podían muy bien considerarse rasgos que la acentuaban con un toque de distinción.

Entre los carraspeos y murmullos que acompañaban el acomodarse de los recién llegados, los fotógrafos se paseaban con la misma parsimonia, revisando de vez en cuando sus máquinas. Por fin, el hombre que se hallaba en el otro extremo de la mesa pidió a los asistentes su atención. Ante la solicitud, reinó en la sala un silencio casi total.

- Antes que todo —comenzó- doy a mis colegas la bienvenida a esta sesión extraordinaria del Consejo de Rectores, en mi calidad de presidente del mismo y, por supuesto, extiendo dicha bienvenida a nuestros ilustres invitados: el doctor Elliot Dimitri Andropoulos y su comitiva.

Murmullos, movimientos de cabeza y algunas sonrisas de cordialidad dirigidas al equipo de Andropoulos llenaron la pausa realizada por el presidente.

- ¡Bueno! –prosiguió éste, intentando disimuladamente aclarar la vista entre las luces-… No puedo dejar de sentirme profundamente honrado por la visita que nos hace un compatriota, hijo ilustre de nuestra ciudad, destacado investigador y promotor del desarrollo de las ciencias en Latinoamérica, como lo es el doctor Andropoulos. Premio Nacional de Ciencias y Premio Nobel de Física por sus importantes contribuciones teóricas a los llamados "campos de cuerdas", ha sido, además, asesor científico de las Naciones Unidas y reconocido a nivel mundial por ser el principal promotor de un Fondo Internacional de Financiamiento de la Ciencias. Ha tenido también un papel protagonista en el denominado Programa de Unificación de las teorías de la Física, liderando importantes proyectos en el CERN, el Centro Europeo de Investigación Nuclear en Ginebra… ¡Y, bueno! No quisiera dejar de mencionar que, así como el doctor Andropoulos, todos sus acompañantes son también científicos de realce mundial y que esta reunión es parte fundamental de un vasto proyecto científico de carácter internacional.

Según entiendo, este proyecto se encuentra en marcha ya desde hace un tiempo. Cuenta con el financiamiento de organismos vinculados a la Comunidad Económica Europea, y con la colaboración de los principales centros de investigación del mundo. En el curso de los últimos años, nuestros invitados han visitado diversos países y han recibido el apoyo de varias de las universidades más importantes. Según entiendo, la visita de esta destacada comitiva desea hacernos partícipes de la investigación que se proponen llevar a cabo. Es por eso que concedo la palabra al doctor Andropoulos, para que nos explique la naturaleza de su propuesta… ¡Doctor, si fuera usted tan amable…!

- ¡Por supuesto! –respondió el científico. Y su voz fue como un imán, que atrajo todas las miradas.

En un gesto de meditación afectada y grave, Andropoulos echó el cuerpo hacia adelante y juntó las manos sobre la mesa, mirando a cada uno de los asistentes.

- Quiero expresarles, en primer lugar, la honda alegría que siento de volver a mi país y reencontrarme con tanta gente acogedora, con tantos amigos… El cariño que anteayer han manifestado todos durante mi conferencia, ha sido conmovedor. Esa actitud fraterna, que siempre ha caracterizado a los hombres y mujeres de esta Patria mía, no deja de emocionarme y, al mismo tiempo, me hace sentir profundamente comprometido con todos…

¡En fin! Todos los aquí presentes, aquellos que me conocen y aquellos que sólo han oído hablar de mí, sepan que buena parte del proyecto al que he consagrado mi vida y que, a continuación, voy a explicarles, ha sido inspirado por este sentimiento de obligación que, a lo largo de toda mi carrera, ustedes me han hecho experimentar. Soy un hombre profundamente agradecido y espero poder retribuir toda mi gratitud de esta manera singular…

Una ligera mirada de Andropoulos bastó para que la mujer abriese el maletín y comenzara a repartir entre los rectores un pendrive y un grueso libro, en cuya portada podía leerse: PROYECTO BRAHE.

- Pero, antes de pasar a explicar los pormenores de nuestra visita, quisiera presentar a ustedes a algunos de mis colaboradores…

A mi izquierda, se encuentra mi asistente y coordinadora oficial del proyecto, la señorita Elisa Momberg… A su lado, está el doctor Yoishiro Tse Kao, reconocido innovador en las tecnologías de software y pionero indiscutido en la investigación sobre inteligencia artificial. A su lado, se encuentra el doctor Otto Büchner, eminente matemático, experto en metamatemáticas y lenguajes simbólicos.

Me acompaña, a mi derecha, la señora Alice Laureen Frampton, de nacionalidad norteamericana, siquiatra y neuróloga de renombre, recientemente condecorada con el Premio Nobel de Fisiología por el valiosísimo aporte de la técnica neurogénica que lleva su nombre. Y, al lado de ella, tenemos al señor Julio Tomás Nahuelpán… Zapp, para los que frecuentan los medios *cyberpunks*…

Quizás les haya llamado la atención la curiosa diversidad en las especialidades de los expertos que les he presentado: una neuróloga, un matemático, un informático, un cibertécnico… y yo, un físico. Se preguntarán qué clase de tarea puede reunir a disciplinas tan diversas. ¡Bueno, pues, señores! ¡Justamente, nuestro proyecto tiene que ver con integrar la diversidad! ¡Y nosotros somos tan solo la cabeza visible de un gran cuerpo de científicos, especialistas y técnicos, que han reunido sus talentos con el fin de configurar un punto de encuentro entre las más disímiles ramas del saber!

Pero, expliquémonos mejor… Ustedes se habrán dado cuenta ya que nuestro proyecto lleva el apellido del célebre astrónomo danés, Tycho Brahe. Este homenaje hace referencia a la gran cantidad de observaciones de los astros que Tycho hizo en su época. Y también, conmemora el hecho de que fue gracias a la notable precisión lograda por estas observaciones, que Johannes Kepler pudo resumir toda la variedad y capricho del movimiento de los planetas en tres simples leyes matemáticas; tres simples leyes que fueron la base del trabajo posterior de Newton acerca de la Gravitación Universal.

¡Pues bien!... Del mismo modo en que Tycho registró, en forma muy detallada, el movimiento que tenían los astros en el firmamento, y del mismo modo en que Kepler supo aprovechar esta valiosa pero dispersa montaña de información, para resumirla en teoremas sencillos... ¡Así también nosotros, con nuestro proyecto, nos proponemos construir un gran sistema de recopilación y procesamiento de informaciones! ¡Un sistema tan eficiente, que pueda lograr lo que hemos llamado una Unificación de Séptimo Grado en la descripción de las fuerzas que mantienen a las partículas fundamentales dentro de los átomos y que median las transformaciones de unas a otras!... Es decir: ¡La elaboración de una única fórmula física universal! ¡La síntesis de una relación elemental simple, a partir de la cual sea posible derivar todas, absolutamente todas, las leyes que rigen los fenómenos físicos que pueden observarse en la naturaleza!

A propósito, Andropoulos hizo una pausa y, con expresión fascinada pero, al mismo tiempo, sobria, contempló a los presentes, como si disfrutase del efecto causado por sus palabras.

- Estoy muy consciente –prosiguió, enfático- de que lo que he dicho puede parecerles, como mínimo, una exageración o una tomadura de pelo. Y estoy dispuesto a asumir el riesgo de que se me considere un chiflado o un bromista... Pero, aún así, voy a permitirme abusar de su paciencia, e iré más lejos todavía...

Hay un hecho clave, decisivo, que me permite abrigar todas las esperanzas de éxito en este proyecto. Es lo siguiente: el programa de investigación de la Física Teórica lleva ya demasiadas décadas dedicado al esfuerzo de construir una Teoría Unificada de las fuerzas fundamentales de la naturaleza. Esta investigación ha conseguido notables adelantos, y uno de los más promisorios está en la estructura, en la forma en que están hechas las teorías que se han propuesto como modelos de la Unificación...

Para explicarlo de manera sencilla... Las Teorías de la Unificación, en sus versiones de Supercuerdas, describen simetrías fundamentales... Es decir, presentan estructuras matemáticas iguales que un cuerpo humano o un automóvil, que tienen las mismas partes tanto al lado izquierdo como al derecho... Ahora bien: que el cuerpo humano y el automóvil sean simétricos es un hecho muy útil, sobre todo para un dibujante que sólo pueda verlos de perfil. Pues, a este artista, para poder dibujar el objeto completo, le bastará con observar el lado que tiene a la vista del cuerpo o del auto y copiar este lado al revés. De la misma manera, pues, los físicos se han dado cuenta de que a las Teorías de la Unificación basta con estudiarlas bien en el lado que nos es visible de ellas (vale decir: en la descripción que hacen de los fenómenos naturales conocidos). De esa manera, el lado que nos resulta invisible (el de las muy pequeñas escalas o el de las muy altas energías) puede ser completado con nuevas fuerzas naturales: fuerzas hipotéticas, por supuesto, cuya magnitud y características se van ajustando, hasta que las matemáticas del lado invisible de la teoría cuadren con las del lado visible... Y, si es posible, hasta lograr que las matemáticas del lado invisible obliguen al lado visible a describir fenómenos nuevos, nunca antes observados.

Andropoulos dijo esto último mientras levantaba y mostraba significativamente el libro a todos los presentes. Mecánicamente, casi como si se les hubiese ordenado hacerlo, los rectores bajaron su vista hacia el ejemplar que tenían sobre la mesa. Algunos, inclusive, comenzaron a hojearlo.

- El Proyecto Brahe ha sido definido como un programa de procesamiento y análisis de formulaciones teóricas a través de una tecnología inédita, denominada: *interacción cerebro-integrada*, cuya sigla en inglés es I.B.I.: *Integrative-Brain Interaction.*

Todos estaremos de acuerdo en que uno de los principales obstáculos que suele enfrentar cualquier desarrollo científico está en la complejidad, a veces abismal, que reviste la resolución de muchos problemas. Se trata de un obstáculo cuya remoción históricamente ha requerido, cuando no de un trabajo largo y penoso por parte de muchas generaciones de científicos, de la caprichosa e incierta gracia de la genialidad. ¡Pues bien!... Ocurre que, hasta el presente, han sido sólo inteligencias individuales las que se han visto colocadas a prueba frente a las dificultades teóricas encontradas en el camino hacia el conocimiento del mundo. Por supuesto que Galileo, Newton, Einstein, Hawking, así como la inmensa cohorte de investigadores anónimos en que se apoyaran... ¡no lo han hecho mal, en absoluto!... ¡Muy por el contrario! Con cada uno de ellos, la Física ha dado zancadas considerables... Y lo mismo cabe decir de los aportes hechos a todas las demás disciplinas de la Ciencia. Sin embargo, ante los nuevos desafíos a la vista, no se puede seguir al mismo paso. ¡Es necesario revolucionar la actual forma de hacer ciencia!

La pregunta es: ¿por qué seguir esperando a que una corazonada le sugiera a un científico la posible solución a una encrucijada teórica, y aguardar luego a que la contrastación experimental de dicha teoría la confirme o la refute? ¿Por qué tener que resignarse a esperar una inspiración genial, que acaso demore décadas, si es posible, antes que eso, deducir el horizonte lógico, establecer el campo matemático total en que esta solución sería posible?... Pues bien: esto último, que puede parecer imposible para una sola mente, puede, sin embargo, ser realizado perfectamente mediante el trabajo conjugado y simultaneo de varias mentes... ¡Y es precisamente esta reunión funcional y armónica de muchas inteligencias, lo que permite esta tecnología de vanguardia, que hemos denominado interacción cerebro-integrada!

El soporte físico que hace posible esta revolucionaria forma de investigar, se denomina IBI-PSY: *Integrative-Brain Interaction Plexo-System*; *Plexo-Sistema de Interacción Cerebro-Integrada*. El IBI-PSY funciona como un computador personal cualquiera, con una Unidad de Proceso Central a la cual el usuario se conecta para la resolución de un problema. La diferencia, en este caso, radica en que el usuario se integra de manera radical al procesamiento de los datos y pasa a denominarse ENIU: *Elementary Neuro-Interactive Unity*, una Unidad Neuro-Interactiva Elemental. La máquina que permite al sujeto neuro-integrarse al IBI-PSY, se denomina módulo de anexión.

El módulo de anexión es similar a un equipo de escenificación virtual. Está compuesto de un casco con estimuladores retinales y timpánicos, y de dos guantes de digitación virtual. El sujeto anexado percibe los mensajes de la Unidad de Proceso Central en forma de imágenes y sonidos, y puede, a su vez, devolver mensajes digitándolos sobre iconos que se le presentan en un escenario virtual. A cada ENIU le es planteado el enunciado y los datos de un determinado problema a resolver. La gran Unidad de Proceso Central recibe, analiza y clasifica el conjunto de las soluciones aportadas individualmente y distribuye luego parte de las conclusiones a cada ENIU para que reconsideren sus respuestas anteriores y devuelvan nuevas soluciones. El ciclo continúa hasta que la lógica en que se inscribe el problema queda por completo satisfecha y ya no da lugar a ninguna interrogante que requiera de nuevos estudios por parte de los ENIUs. Estos son, pues, los que verdaderamente solucionarán del problema; los que aportarán el "punto de vista original", la "intuición creadora", sobre cuyos terrenos vírgenes, así combinados, puede encontrarse una solución final integrada.   ¡Nótese que, en última instancia, lo que se ha conseguido es ampliar la capacidad creadora, combinando las intuiciones particulares mediante una eficiente administración de las mismas!

Cabe señalar que el objetivo básico de la neuro-integración, la síntesis de todas las fuerzas de la naturaleza en una única fórmula fundamental, es sólo la primera etapa del programa planificado para nuestro Proyecto Brahe. Una segunda etapa abarcará la exploración detallada de todas las posibilidades lógico-matemáticas contenidas en la estructura formal de la Unificación ya lograda. La idea de este colosal esfuerzo es llegar a deducir, a partir de la lógica intrínseca de la Teoría Unificada, el máximo de teorías y leyes físicas, que den cuenta de absolutamente todos los fenómenos físicos existentes, inclusive de aquellos que, hasta la fecha, hayan permanecido desconocidos... Esto, sin duda, mantendrá ocupada a la Física Teórica por un buen tiempo... Pero los alcances del proyecto no terminan aquí. En el largo plazo, se prevé, además, una tercera etapa, consistente en la extensión del formalismo matemático unificado hasta un nivel capaz de incorporar la totalidad de los principios de la Química... Y el paso subsiguiente tendría que integrar, en la ya vasta Unificación alcanzada hasta este punto, los conceptos de la Biología... ¡Y ya nada nos impide pensar que, un día no lejano, inclusive la Psicología, la Sociología y la misma Economía, terminen formando parte de este inmenso cuerpo multidisciplinario, en el que la Ciencia habrá reencontrado, por fin, la ansiada unidad que, hasta hoy, le había sido negada!

...El presupuesto total del proyecto, en esta primera etapa, asciende a unos ochocientos mil millones de dólares... Tal como el señor presidente de este honorable Consejo de Rectores lo ha adelantado, la Comunidad Económica Europea se ha comprometido a aportar casi la mitad de esta inmensa cantidad. De la misma forma, famosos centros de investigación privados y universidades han puesto a nuestra disposición infraestructuras y científicos de primera línea. Cabe mencionar especialmente los aportes realizados por el CERN, de Ginebra, por el Advanced Tecnology Institute de la IBM, por el Informatic Research's Center de la Universidad de Stanford, por la Control Data Corporation de Londres y por la Dirección Central del Área de Informática de la ciudad científica de Tsukuba, entre muchos otros...

Hasta ahora, el personal capacitado en la neuro-integración ha provenido exclusivamente de universidades e instituciones europeas. Precisamente, pues, nuestra gira tiene el objetivo de invitar a todas las universidades y centros de investigación existentes, para que incentiven la participación de sus académicos e investigadores en esta revolucionaria empresa científica. La participación de muchos profesionales calificados en la neuro-integración, es un factor decisivo para el éxito del proyecto. ¡Está demás agregar que una lista oficial de los quinientos postulantes finalmente seleccionados, junto con la institución que los patrocina, aparecerá publicada en los más importantes papers de la disciplina!

En sus grandes líneas, éste es el contenido del informe que tienen en sus manos, y en esto último consiste la petición que hemos venido a hacer a este honorable consejo: la firma de un convenio, con el compromiso de promover la participación de científicos chilenos altamente calificados en nuestro proyecto... De antemano, agradecemos muy encarecidamente vuestra colaboración... Ahora, si hay alguna pregunta que deseen hacer, pueden dirigirla a mí o a cualquiera de mis colegas. ¡Estaremos encantados de poder atenderla!...

Movimientos y murmullos diversos volvieron a llenar la sala, mientras Andropoulos se dedicaba a estudiar relajadamente los gestos de los académicos. Contempló cómo algunos hojeaban, fascinados, el grueso informe del proyecto, y cómo otros cuchicheaban frenéticamente en voz baja. Finalmente, una mano tímida y vacilante se levantó. Era una mujer muy pálida y delgada, de pómulos salientes y gruesos anteojos. Sus ojillos, empequeñecidos aún más por los lentes, le daban una expresión sumamente distraída, e incluso, estúpida. Sin embargo, la delicadeza ponderada de sus gestos llevaba a pensar que, detrás de esa apariencia ingenua, podía esconderse muy bien un grado nada despreciable de astucia.

- ¡Señor Andropoulos!... ¡Aquí!... –llamó, con una entonación acompasada, casi cursi. A pesar de la autoridad que quería otorgar a sus ademanes, la inseguridad que éstos dejaban entrever delataba el intenso nerviosismo que la embargaba.

- ¡Sí, estimada colega! ¡La escuchamos! –dijo Andropoulos, invitándola caballerosamente con la palma en alto.

Cuando todos los presentes se volvieron hacia ella, la mujer enrojeció vivamente y pareció encogerse. Sus ojillos penetrantes rebuscaron, ansiosos, en la hoja de papel que tenía bajo los dedos, como queriendo sacar, de entre las líneas garabateadas allí, el valor que necesitaba para hablar.

- M-mi nombre… e-es… B-Brigitte Meyer… -balbuceó- … Soy doctora en Matemáticas y Física… ¡científica, como usted!… Mis últimos trabajos… han… han estado consagrados al problema de la Unificación… sus posibilidades… sus vías de solución… el análisis de las Teorías de Supercuerdas candidatas… ¡Quiero empezar diciendo que todo buen conocedor del tema, tendrá que reconocer que se trata de un asunto tan complejo que difícilmente puede decirse que existan "expertos" en el mismo!… El proyecto que usted está llevando a cabo es, sin duda, una línea de investigación muy interesante… Sin embargo… Sin embargo, hay un punnnnto… un punnnto en la forma en que usted aborda el problema… del que, debo reconocer, ha sido considerado de manera mucho más rigurosa por el doctor Haüsermann…

La voz de la mujer expulsó con extraña estridencia este apellido. Curiosamente, la permanente sonrisa, mezcla de cordialidad y desprecio, se borró con brusquedad de los labios de Andropoulos.

- … El punnnto al que me refiero es el siguiente… Hay cinco teorías candidatas a la Unificación… ¡Cinco!… Es obvio que no todas ellas pueden ser verdaderas… O bien, una sola lo es, o bien, la Teoría Unificada definitiva recoge características de todas, pero aún está por ser descubierta… ¿Cómo averiguarlo?… Lo científicamente lógico sería poner a prueba la validez predictiva de cada una de las teorías candidatas… Y eso sólo puede hacerse por la vía experimental…

Primero, formular hipótesis; luego, contrastarlas con el experimento: este ha sido siempre el procedimiento más razonable para decidir la validez de varias teorías en torno a un mismo fenómeno… Es en este sentido que, me parece a mí (siguiendo en este parecer al doctor Häusermann, cuyas palabras simplemente repito), que el proyecto que usted plantea es… innecesario… Innecesario, porque, en esta materia, la especulación teórica ya ha alcanzado un vuelo más que suficiente, si no, excesivo, dejando demasiado atrás a lo que debería correr paralelo a ella: el desarrollo de las técnicas de prueba.

Pues bien: hacer progresar, de manera significativa, la tecnología experimental, para que sea capaz de evaluar las teorías candidatas, es precisamente lo que el doctor Haüsermann y sus colaboradores se han propuesto llevar a cabo, con la construcción de un nuevo gran anillo acelerador de partículas: el Geotrón… Como usted ya sabrá, pero lo comento para conocimiento de esta honorable asamblea, se trata de un sofisticado sistema de vanguardia que revoluciona la tecnología de los aceleradores, llevándola hasta el límite de sus posibilidades. Básicamente, es un sistema de satélites, en órbita estacionaria en torno a la Tierra, formando un inmenso anillo acelerador que circunda el planeta. Ordenadores de última generación permiten una sincronía precisa entre los satélites, de modo que pueden recibir y redirigir haces de protones y antiprotones, haciéndolos girar en sentidos opuestos, hasta hacerlos chocar, con una energía cercana a los ciento treinta mil billones de electron-volts… ¡Esta es una energía más que suficiente como para poder producir una buena porción de nuevas partículas, revelando así cuál de las teorías candidatas a la Unificación las describe, siendo, por ende, la correcta!

En vista de todo lo dicho, lo que yo quisiera preguntarle, doctor Andropoulos, es esto: ¿Cómo compatibiliza usted su empresa de búsqueda de la Unificación a través de un puro estudio hipotético, con la forma clásica de proceder de la Ciencia, que siempre ha obtenido buenos resultados, en la que las formulaciones hipotético-deductivas adquieren validez en la medida en que van contrastándose permanentemente con la experiencia?

"¡Karl Gottfried Häusermann!"… Andropoulos recordaba perfectamente al hombre que se había convertido en el principal obstáculo de su carrera. El hombre que casi había hecho fracasar el proyecto de su vida, atacándolo públicamente con argumentaciones semejantes a las que ahora, una vez más, escuchaba. El hombre que, años atrás, casi había logrado que la Comunidad Económica Europea le negase el apoyo y destinase aquellos recursos a sus propios proyectos experimentales… Sólo la prontitud con que actuó entonces, salvó su trabajo del completo desamparo económico. Aprovechó el último Congreso del Instituto Solvay, que históricamente se celebraba en Bruselas, para desafiarlo personalmente ante los ojos de la parte más importante de los científicos europeos. Sus sólidos conocimientos sobre el problema de la Unificación y la habilidad de sus argumentos, junto con el fino desplante de sus ironías, le dieron buena ventaja sobre un Häusermann cuyo estilo era más técnico y aburrido, y cuya postura se refugiada en la ortodoxia científica y la prudencia de los procedimientos experimentales. Y aunque este debate, muy sonado por entonces entre los círculos de la Física, hizo que Andropoulos apareciera, por primera vez, como el científico de la innovación y los nuevos horizontes, fue realmente la costosa campaña con que reforzara intencionadamente esta imagen ante la opinión pública mundial, lo que le había asegurado el triunfo definitivo en aquella batalla.

El desenlace de todo esto fue que Häusermann no recibió apoyo alguno de Europa y debió buscarlo entre las instituciones norteamericanas. Apelando a las mismas artimañas de propaganda e intereses en pugna, su contraofensiva no se dejó esperar. Erigiéndose como paladín de la "verdadera Ciencia", no tuvo dificultad en poner de su lado a los más renombrados ingenieros en tecnologías de aceleración y detección de partículas, convenciéndolos de que su trabajo estaba siendo sistemáticamente desacreditado por la nueva forma de dogmatismo promovida por Andropoulos, que quería privar a la Física de esa parte esencial de su método: el experimento. Y comenzó por rescatar la infraestructura del abortado proyecto del Supercolisionador Superconductor, que yacía en el olvido desde casi fines de la década de los noventa. El resultado de todos estos clamores y gestiones fue el diseño y construcción, en tiempo récord, de la monstruosa máquina de la que aquella inquietante mujer había hablado: el Geotrón.

Hasta ese minuto, Häusermann era, para él, una cosa del pasado: claramente, el sello innovador del Proyecto Brahe recibía muchas más atenciones publicitarias. Pero, entonces… ¿Qué intenciones tendría aquella vieja con sus desfavorables comentarios?… Si acaso, esto formaba parte de una nueva arremetida suya, de un complot para intentar entorpecer nuevamente su proyecto, ¿por qué hacerlo ahora? ¿Por qué haber esperado justo hasta ahora, que ya completaban casi la gira, y estaban a punto de iniciar la puesta en marcha?…

Los ojos de la mujer huían entre objetos y rostros, presintiendo acaso la fiereza penetrante de los de Andropoulos. Pero éste, pese a la ira que experimentaba íntimamente, no dejó entrever sus sentimientos. Hábilmente, levantó una ceja y enderezó el cuerpo, adoptando un gesto de divertida complacencia.

- ¡Vaya! —rió con tono socarrón- …¡Creo que tengo suerte de que usted sólo quiera comentar "unnn punnnto", nada más!

Las carcajadas rompieron la incómoda tensión que la crítica de la rectora habían generado en el ambiente. Dado que era obvio que, en aquella risa exagerada de todos, había mucho más de lisonja hacia su persona que de sincera gracia, Andropoulos comprendió que había conseguido su propósito. En el clima relajado y festivo que su mala burla y la servil actitud que esos personajes impresionables habían fabricado, los argumentos de la mujer habían perdido toda su importancia. De esa manera, todos sus posibles efectos sobre la concurrencia habían quedado anulados.

- ¡Pero, hablando en serio! –continuó, mientras las risas aún no cesaban, para aminorar un poco el despiadado efecto de su chiste- …La verdad es que me siento gratamente impresionado por la metódica forma en que la colega ha expuesto su… inquietud. Ello no solo habla bien de su propio dominio sobre tan complejo asunto, sino que también, del destacado nivel que la investigación teórica de la Física ha alcanzado en nuestros medios universitarios… ¡Felicitaciones!

Los sonoros palmoteos que él mismo inició, fueron seguidos por los rectores que, ilusamente halagados, le devolvían el gesto.

- …Sin embargo, mi estimada doctora… -recomenzó Andropoulos, con un tono que dejó caer un pesado silencio en el salón- Debo decir que su… pregunta, así como la crítica que lleva implícita, es tan poco nueva como carente de originalidad. En cuanto a esto último, usted misma ha admitido que sus argumentos los ha tomado del señor Häusermann… ¡Y a estos argumentos hace tiempo ya que respondí, con suficiente fundamento, en una serie de artículos que, si mal no recuerdo, aparecieron publicados el año pasado en la Physics Review…! Pues bien: para esta contraargumentación mía, no he recibido ninguna respuesta, ni del propio señor Häusermann ni de ningún otro entendido en la materia. Es por eso que, a sus planteamientos, voy a responder ahora en los mismos términos en que lo hice entonces.

En primer lugar…¡Nunca me cansaré de repetir que el haber llegado a formular un cierto número de teorías, todas ellas posibles candidatos a ser la Teoría Unificada, es un signo de que hace falta seguir trabajando en la misma dirección! Quiero decir que la reducción de varias teorías más o menos vagas, a una sola bien definida y completa, es un paso imprescindible, si lo que se desea es establecer los procedimientos experimentales de un modo apropiado. ¡Y sólo cuando una teoría es completa, de modo que sus experimentos derivados son claramente discriminatorios, el presupuesto que se les destina es el más conservador posible!… ¡Porque es obvio que los fondos destinados a un experimento que ha sido montado con datos aproximativos, aportados por teorías diversas, y ajustados mediante recursos ajenos a las mismas, siempre serán mayores que los fondos que requerirán versiones más refinadas del montaje experimental!

En consecuencia: dado que el Proyecto Brahe consiste, precisamente, en obtener una mayor comprensión de la estructura de la Teoría Unificada (lo que, a su vez, permitirá diseñar mejores y más baratos experimentos que la prueben o la refuten), es incorrecto que sea un esfuerzo innecesario y que constituya un gasto injustificado…

¿Alguna otra pregunta?

La doctora Meyer pestañeó un par de veces y escondió la vista en sus anotaciones. Andropoulos comprendió, con satisfacción, que la contienda había terminado. Aún así, se entretuvo en retar a todos los demás con la mirada, como si buscase nuevas confrontaciones. Pero nadie pareció estar dispuesto a desafiarlo. Algunos se miraron entre sí. Otros volvieron a comenzar un negligente hojeo del informe. Y otros, simplemente, se quedaron impávidos, a la espera de lo que sucediese…

- ¡Bueno! —exclamó, al cabo de unos segundos, el presidente del consejo, sin poder reprimir su fascinación-… Independientemente de las discrepancias teóricas que existan entre los que, de este honorable Consejo, son entendidos en la materia… No veo ningún obstáculo para concederle al doctor Andropoulos toda la colaboración que requiera. ¡Antes al contrario! Pienso que hemos de sentirnos profundamente halagados por la invitación que usted, doctor, nos hace, para que participemos en su gran proyecto… Ahora bien, si alguien desea todavía comentar algo…

Mediaron varios segundos más entre miradas, murmullos, toses y ademanes vagos. La rectora, más encogida que nunca, no levantó en ningún momento la vista.

Finalmente, el presidente retomó la palabra:

- Pues bien. Doy por entendido, entonces, que este Consejo aprueba absolutamente su petición, doctor Andropoulos. ¡Cuente, usted y sus colaboradores, con todo nuestro apoyo para llevar adelante su importante proyecto, el cual formalizaremos en fecha próxima según lo solicitado!… ¡Y, por supuesto, le deseamos el mayor de los éxitos!

- ¡Muchas gracias!- alcanzó a decir el físico, antes de que un nuevo estallido de aplausos llenara la sala.

$\pi = 3,141\,5926\ldots$

EL LABERINTO

Con preocupación y molestia, el doctor Domínguez sentía hundirse su vehículo en los charcos de barro, cada vez más profundos y extensos. Y, dado que el espectáculo ofrecido por el suburbio que iba apareciendo en su camino no era más alentador, decidió estacionarse.

Detuvo el auto. Se bajó haciendo equilibrio en una parte de la vereda que no estaba inundada, no sin antes asegurar todas las puertas. De todos modos, por si acaso, le dio un par de tirones a la manilla, y se volvió hacia adonde quería dirigirse, con una expresión de repugnancia dibujada en el rostro.

El lugar era más inhóspito de lo que se había imaginado. La calle se hallaba enmarcada por una serie de viviendas pequeñas y pobrísimas. No sólo la humedad del invierno se había apoderado de sus maderas ennegrecidas. Muchas delataban, además, haber sido construidas con una intención provisional y haberse quedado así, sin ninguna modificación, durante años. Algunas, incluso, estaban torcidas, como si los puntales de su estructura interna, podridos por la humedad, hubiesen ido cediendo lentamente a su peso. Las ventanas con vidrios eran raras. Frecuentes eran los parches de plástico, cartón o cualquier otro material similar, precariamente sujetos a las paredes. Y la impresión de miseria se hacía mayor cuando, por detrás de las cercas de madera, a veces, se entreveían los patios repletos de barro y basura esparcida.

Se detuvo frente a un largo riel de fierro oxidado que, enterrado por uno de sus extremos y con una antigua lámpara en la parte más alta, aparecía como parte del alumbrado público. No pudo reprimir una sonrisa de alivio al ver, detrás del improvisado poste, un estrecho portón, que exhibía, garabateadas con una pintura de color indescifrable, la numeración que buscaba. Sin perder tiempo, se dirigió hacia el portón y lo empujó.

Una estrecha galería, con paredes de latón oxidado, apareció ante sus ojos. Sorteando maceteros, pilas de escombros, excrementos, alambres con ropa colgada y toda clase de obstáculos, se iba preguntando cómo harían los habitantes de ese lugar para entrar o salir durante la noche por aquél túnel de trampas. Cuando por fin salió del corredor, se vio en medio de un patio no menos sórdido que el exterior. Tres chicuelos corrían, chillando detrás de una pelota hecha de medias, con la ropa totalmente embarrada y rostros en los que la mugre no se distinguía del tono moreno de la piel. En un rincón, debajo de una batea, al lado de un perro negro que temblaba, con el pellejo pegado a las costillas, había sentada una niñita muy pequeña que, como un monstruito irreconocible, chapoteaba en medio de un charco verde.

Por supuesto, una mezcla de repugnancia, piedad e indignación, invadió al psiquiatra. Su primer impulso fue mirar a todos lados, en busca de los padres, o siquiera, de algún vecino adulto, a quien señalarle la escena. Pero, además de los niños que jugaban encarnizadamente entre gritos estridentes, no había nadie más. Por un momento, le pasó por la mente hacerse cargo él mismo de la situación y sacar a la criatura de esa inmundicia. Pero, casi al instante, se arrepintió. La vista de la, hasta entonces, milagrosamente conservada limpieza de su tenida, el hedor insoportable del barro que cubría a la criatura y la perspectiva de una repelente responsabilidad que veía cernirse sobre él, acabaron por hacerle renunciar a tan samaritana empresa. A cambio, su indignación procuró consolar su conciencia con el convencimiento de que cualquier actuación de su parte debía resultar infructuosa ante la situación, demasiado compleja, que involucraba la miseria de aquellas gentes; situación respecto de la cual lo más "saludable" era recordar que siempre había existido y que, sin importar los esfuerzos que se hicieran para erradicarla, siempre seguiría existiendo...

Deseoso de terminar cuanto antes su trámite y escapar de tan desagradable lugar, el doctor se dirigió hasta la puerta en que figuraba la letra de la dirección que buscaba. Golpeó vigorosamente la madera esponjosa y agrietada por la humedad. Tras unos segundos de silencio, volvió a golpear con más fuerza. Con pesar, empezaba a creer que no había nadie y a lamentarse de su mala suerte, cuando un ruido, como de pasos descalzos, le devolvió las esperanzas. Golpeó de nuevo. Y esta vez, se sintió una especie de gruñido, un arrastrar de muebles y un golpe.

Instintivamente, el doctor se acicaló y acomodó su chaqueta, al sentir el chasquido de la cerradura. Con un par de tirones, la vieja puerta fue arrastrada hacia el interior, dejando a la vista el rostro de un hombre barbudo, de pelo enmarañado y ojos terriblemente enrojecidos, que soportaban a duras penas la luz del exterior. Un tufo pestilente golpeó el ya resentido olfato del psiquiatra desde la penumbra de la habitación, mientras escuchaba la voz lenta y pastosa del tipo:

- ...¿Diiiiga?

- ¿El... señor Álvaro Vergara?

- Síii... Con éeel...

Contento, el doctor se apresuró a satisfacer la caricaturesca expresión interrogadora del hombre, ensayando una sonrisa de cortesía:

- ¡Soy el doctor Domínguez!... ¿No se acuerda de mí?

El rostro de Álvaro empezó a iluminarse lentamente y con dificultad. Y su semblante áspero buscó una expresión amable entre el encandilamiento y la enorme modorra que lo embargaba. Pero la sonrisa quedó escondida debajo de la barba, apenas mostrada por un hueco repugnante de pelos enredados en hilillos de saliva blanquecina.

- ¿Ah?... ¡Aaaaah!... ¡Sí, sí!... ¡Doctor, cómo está usted! ¡Cómo le va!... Eeeeeh... ¡Pase, pase, por favor! –dijo, agitando torpemente la cabeza, como un anciano excitado, mientras tiraba más la pesada puerta para dejarle pasar. El doctor aceptó la invitación, reprimiendo apenas un gesto de asco que, por fortuna, la ocasión le permitía camuflar con una sonrisa.

La visión del interior de la habitación no desengañaba en lo más mínimo la idea que Domínguez se había hecho de la misma. Era una pieza de un solo ambiente, de madera sin pintar ni empapelar, con una ventana al fondo y una pequeña puerta lateral. La ventana tenía dos pórticos con tres vidrios cada uno, y estaba protegida desde el exterior por una reja carcomida por el óxido. Al lado opuesto de la puerta había una cama estrecha y hundida, con todas las frazadas revueltas. Una lámpara sobre un velador, en cuya superficie podían verse agujeritos de gorgojos, la acompañaban. Frente a la ventana había un escritorio en el cual yacía una antigua máquina de escribir, al lado de innumerables papeles y libros viejos en completo desorden. La pared en la que se apoyaba el camastro estaba cubierta por varias hileras de toscas repisas, repletas de más pilas de papeles y libros. Pero era obvio que este espacio no bastaba, porque además, había rumas de diarios, revistas, e inclusive, fotocopias y manojos de hojas arrancadas, esparcidas sobre la cama y cubriendo casi todo el piso de la habitación.

- Perdone el desorden... Es que no esperaba a nadie... –se disculpó Álvaro, restregándose los ojos mientras se afirmaba en el camastro- Tome asiento, por favor –dijo luego, corriendo negligentemente la silla que se hallaba arrimada al escritorio.

Domínguez aceptó la invitación, mientras contemplaba, a contraluz, la silueta algo encorvada y vacilante del hombre. Este, primero, hurgó en un rincón de la improvisada repisa para sacar ropa y, luego, se dirigió con rapidez hasta la puerta lateral. Por espacio de unos quince minutos, el ruido del agua de una llave y de una ducha, fueron lo único que interrumpió la silenciosa espera del médico.

Cuando, por fin, Álvaro salió del baño, Domínguez no pudo menos que experimentar una leve sorpresa. Ante él, aparecía ahora una persona completamente distinta. A diferencia del pordiosero hediondo y encogido que le había abierto la puerta, este hombre se le presentaba erguido, aseado, oliendo suavemente a loción, cuidadosamente peinado y vistiendo una limpia camisa blanca con blue-jeans. Inclusive la barba, otrora espantosa, contribuía ahora a darle un cierto aire de distinción.

Domínguez lo vio turbarse un instante, antes de buscar asiento en la cama frente a él.

- Desde hace mucho tiempo que no he sabido nada de usted, señor Vergara. –comentó el psiquiatra, adoptando su típica actitud profesional- Dígame: ¿cómo se ha sentido?

Con esa pregunta había aludido al tratamiento que, tiempo atrás, Álvaro le había solicitado por una fuerte depresión. Todavía eran aquellos los buenos tiempos para Domínguez; tiempos en los que alternaba sus ocupaciones en el hospital con frecuentes viajes a universidades y centros psiquiátricos del extranjero. Y se acordaba con claridad de ese profesor de treinta y tantos años, de mirada melancólica y extraviada, que había entrado un día a su oficina para solicitarle su ayuda. Vivía de las clases particulares que, ocasionalmente, realizaba y sus ingresos eran demasiado irregulares. No pagaba impuestos, no estaba afiliado a ninguna aseguradora de fondos de pensión, carecía de cualquier tipo de bienes e inmuebles. Su mujer había roto relaciones con él y temía a los devastadores efectos que, sobre su personalidad, estaba provocando la conciencia de su fracasada vida.

Precisamente porque su situación laboral y económica era demasiado inestable, no había podido inscribirse en los programas de servicio público del psiquiátrico. Por eso, se había dirigido a él, que entonces era director de ese establecimiento, para pedir que lo autorizara a pagar según sus posibilidades. Domínguez recordaba también que, tras un cierto número de sesiones, sin haber completado el tratamiento y no habiendo cancelado más que la mitad, Álvaro no había vuelto a aparecer por el hospital.

Arqueando las cejas y perdiendo la vista en el suelo, Álvaro le dirigió al doctor una mirada algo alarmada y empezó a tartamudear una disculpa:

- Esteee... Bueno... Yo se que tengo una deuda con usted... Me quedé sin dinero y...

- ¡Oh, por favor! ¡No se preocupe de eso, hombre! ¡No he venido aquí a cobrarle nada! -cortó Domínguez. Álvaro se lo quedó mirando, sorprendido e intrigado.

Domínguez inclinó su grueso cuerpo hacia adelante:

- He venido a conversar con usted por otro motivo. Quiero proponerle algo que puede significar una cierta mejoría en su situación y una valiosa ayuda para mí.

La curiosidad de Álvaro se acentuó nítidamente en su rostro. El doctor sacó, del bolsillo interior de su chaqueta, una fotografía tamaño pasaporte y se la entregó:

- ¿Conoció usted a este jovencito?

Entornó los ojos para ver mejor. Insatisfecho, con la mano que tenía libre, abrió el cajón de su velador y hurgó dentro, hasta que sacó unos anteojos. Luego de explorar de nuevo la foto, el rostro se le abrió en un gesto de reconocimiento.

- Oh... ¡Sí, sí! ¡Claro que lo conozco!

Miró al doctor, primero con alegría. Pero, inmediatamente, su expresión volvió a ser interrogante.

- Su nombre era Mario Dorian Andropoulos Subercaseaux –continuó Domínguez-. Fue paciente mío, hijo también del famoso científico que, por estos días, se encuentra en nuestro país: Elliot Andropoulos. Yo me encuentro ahora haciendo una investigación clínica post mortem de su caso. Sé que usted le hizo clases durante un tiempo y me interesaría saber si...

- ¡Perdón, perdón!... ¿"Post... mortem", dijo?

- Siiiií... ¡Oh, mil disculpas!... El murió, sí... Hace unos años, en particulares circunstancias... Entiendo que, durante el tiempo en que usted le hizo clases, él llegó a apreciarlo bastante... Lo lamento, de veras.

Álvaro se lo quedó mirando, sin responder. Una gran tristeza empezó a invadirle gradualmente los gestos.

- Dorian... –susurró, mientras bajaba la vista. Un momento después, volvió a levantarla con ansiedad.

- Pero... ¿Qué fue lo que le pasó?

El doctor carraspeó levemente y, con voz delicada, comenzó a explicar:

- Bueno... En atención a que esto tiene mucho que ver con lo que vengo a proponerle, le contaré... Usted ya debe conocer los motivos por los cuales este jovencito fue retirado del colegio y se decidió entregarle enseñanza particular... La suya era una familia con recursos... El estudiaba en uno de los colegios más caros y prestigiosos de la zona. Y su rendimiento era bueno, muy bueno. Hasta que, de repente, empezó a aparecer en él una conducta abiertamente rebelde y antisocial. Obviamente, empezaron los reclamos de parte de los profesores, de los inspectores, e incluso, de otros estudiantes... Fue cambiado de colegio varias veces. Pero en todas partes, los problemas de conducta y empatía volvían a aparecer.

Ahí fue cuando usted tomó contacto con él... ¡Bueno, por ese entonces, nosotros todavía no nos conocíamos!... Su madre me contó cómo, ya desesperada, acudió a usted para que le hiciera clases a su hijo... Parece que ella quedó bastante contenta con usted, pues, desde que le atendió al joven, sus motivaciones escolares mejoraron harto. Usted logró devolverle el interés por el estudio; un interés que ya nadie creía que podía devolvérsele...

Ahora, claro... Usted mismo se habrá preguntado alguna vez por qué, si tuvo éxito con el jovencito, no se le volvió a llamar para que siguiera atendiéndolo el año siguiente...

Álvaro no respondió, para no interrumpir al hombre. Pero recordó con claridad cómo, efectivamente, le había causado extrañeza que no lo volviesen a contactar. Y sobre todo, recordó cuánta nostalgia sentía de la compañía del jovenzuelo, quien, por aquel tiempo era, quizás, la única persona para la cual podía sentirse útil y querido; aparte de Carlos, la única persona a la cual hubiera podido entonces llamar "amigo".

- Bueno… –continuó Domínguez- Lo que pasa es que este joven había tenido también varios altercados con su madre desde sus problemas en el colegio. Y parece que era a propósito de cierto obsesivo interés suyo por la música popular y por toda clase de instrumentos y aparatos electrónicos… Todo lo que quería, al parecer, era escuchar cuanta banda popular salía al mercado, y comprar cuanto aparato o instrumento nuevo aparecía… ¡únicamente para jugar con ellos, días enteros, encerrado en su pieza!

¡Bueno!… A lo mejor, la pobre señora Andropoulos fue ilusa en ese sentido. Ella misma me contaba más tarde cómo había llegado a creer que ese capricho de su hijo podía ser el germen de una genialidad incipiente. Y, al principio, se consolaba de todos los problemas que tenía su hijo, pensando que, a lo mejor, eran rasgos de una personalidad brillante, que sólo buscaba la libertad y las posibilidades para poder expresarse… Pero parece que todos los músicos que había consultado, sin excepción, le habían insinuado que no se hiciera ilusiones acerca de que su hijo pudiese llegar a tener algún futuro… Ni como músico "serio", cultivador de los clásicos y experto en algún instrumento de cámara: piano violín, violonchelo… ¡Pero, ni tampoco, como músico popular, o compositor, o cantautor, o lo que fuera!… No, no, no… Incluso yo, que después tuve oportunidad de escuchar lo que él hacía…, sin saber nada de música, puedo decir que, entre todos esos ruidos, esos compases y ritmos, que a veces eran muy, muy sugestivos, y otras veces, podría decir que hasta desagradables, no había nada que pudiese ser llamado genial… ¡No, no, no!… Eran puros desvaríos, cosas inconexas; caprichos impresionistas que yo tenía bien claro que estaban siendo provocados por su enfermedad... ¡Lo mismo que el estilo de las pinturas de Van Gogh, que no eran sino síntomas de su locura, independientemente de que, con el tiempo, los coleccionistas lo hayan ido convirtiendo en arte!

¡Pero bueno!... La mamá, naturalmente, empezó a preocuparse seriamente por la conducta del muchacho, que se aislaba cada vez más de todo el mundo y pasaba cada vez más tiempo encerrado con sus juegos sonoros. No sólo no tenía amigos ni veía tampoco a ningún otro joven de su edad, sino que se olvidaba incluso de comer. Entonces era cuando ella intentaba hablar con él, y le pedía que la escuchara. Y, como eso no daba resultado, trataba de obligarlo a salir y hacer otras actividades. Esto provocaba las discusiones que le mencionaba y que, con el tiempo, se fueron haciendo cada vez más violentas.

Cierta navidad, durante una reunión familiar, la señora Andropoulos perdió la paciencia frente a uno de los acostumbrados arrebatos que el chicuelo solía tener en público, y le pegó... ¡Parece que fue una cachetada; nada serio!... Y el muchacho respondió con un insulto a los presentes y después volvió a encerrarse en su pieza, poniendo a todo volumen sus extrañas melodías... Dos días después, la señora, alarmada, pidió ayuda psiquiátrica urgente al hospital. Y esa fue la primera vez que yo supe del caso.

¡Y, bueno!... Cuando los enfermeros llegaron a la casa, la música ensordecedora todavía sonaba. Tuvieron que echar abajo la puerta. Y ahí lo encontraron, desnudo, tirado sobre la cama desecha, retorciéndose y... lo más llamativo de todo: con el cuerpo cubierto de electrodos, y una especie de casco cubriéndole toda la cabeza.

Cuando conocí la situación y sus pormenores, ordené de inmediato una internación... Pero, por supuesto, la mamá se opuso terminantemente. Como yo ya sabía más o menos de qué se trataba, accedí a que los exámenes se hicieran en la misma casa. ¡Bueno! Los síntomas eran claros. En efecto, el chico había sufrido un ataque de esquizofrenia, con fuerte sintomatología paranoide. Y la enfermedad estaba ya en una etapa bastante avanzada...

Pero no voy a aburrirlo más con detalles clínicos que, en todo caso, si usted quiere, estarán a su disposición... Digamos sólo que, en el transcurso del año que siguió, los ataques se sucedieron en forma cada vez más dramática. No hubo caso que la señora Andropoulos aceptara la internación, así es que el tratamiento se tuvo que llevar a cabo en el propio domicilio de ellos... Al principio, mi intervención en todo esto fue nada más que ocasional. Pero, poco a poco, fui quedando a cargo por completo del caso.

Durante todo el tiempo que duró la enfermedad de este joven, habré trabajado, por lo menos, con unos veinte colegas de las más diversas nacionalidades, y habré discutido y aplicado más de una docena de estrategias de remisión... Se lo cuento para que usted pueda apreciar que teníamos en contra de todos nuestros intentos, la más encarnizada oposición del jovencito. Claramente, este niño estaba decidido a no mejorarse y a no dejar que lo mejorasen... En cualquier caso, enfrentábamos también una inteligencia y una astucia impresionantes. Y aunque, claro, eso no es extraño en pacientes esquizofrénicos, debo decir que este chico manejaba las emociones con una destreza tal que habría sido la envidia de cualquier actor...

Figúrese que, con la excusa de querer colaborar en su tratamiento, nos pedía textos de psiquiatría, los que prácticamente se devoraba. Tan convincente fue, que incluso cometimos la torpeza de dejarlo hojear nuestros propios informes sobre su condición... ¡Imagínese!... Con el tiempo, hizo amigos entre el personal y los médicos del hospital. Colaboraba con los enfermeros. ¡Si, incluso, pasaba largas horas acompañando a los internos más graves!... ¡Hasta los colegas se mostraban satisfechos, e ingenuamente sorprendidos de la rapidez con que se le veía mejorar!... Yo mismo, debo reconocerlo, llevaba a cabo los exámenes con cierto sesgo; influenciado por su conducta, tan ágil, tan lúcida, tan diligente... Aun así, es asombroso que el joven éste pasara todas las pruebas. ¡No me imagino la dosis de control de sí mismo que debió emplear para no ser detectado en su engaño!

Ahora, claro... El engaño no podía durar. Confiados todos en que nuestro paciente sería uno más de los pocos que retornarían a una vida normal, fui también delegando, de a poco, mi intervención en su caso... Me acuerdo que volvía de un congreso en Caracas, cuando me enteré de su recaída... El papá, en persona, fue quien, esta vez, me llamó para pedirme ayuda... ¡Resulta que el angelito había sido pillado en un tremendo fraude! ¡Venía, hacía no se cuanto tiempo, falsificando documentos y contratando servicios a nombre del papá, por millones de pesos! ¡Quién sabe con qué fin, se las había arreglado para mandar a construir una especie de red de galerías en las entrañas del cerro que está atrás de la lujosa casa de la familia! Con correos y llamadas falsas, engañó a la mamá, haciéndola creer que era el propio señor Andropoulos quien dirigía la extravagante construcción desde el extranjero. Ella debió creer, por supuesto, que se trataba de uno de los acostumbrados proyectos del científico: una oficina privada, o algo por el estilo... ¡Se notaba que la comunicación entre ellos no andaba muy bien ya por ese entonces! ¡Hubiera bastado que, durante alguna de sus conversaciones, ella le hubiese consultado a su marido sobre tales trabajos!... Pero parece que, quien sabe si por no provocarlo de alguna manera, justamente, ella evitaba preguntarle sobre "sus cosas"...

¡La cuestión es que se destapó la olla, como se dice!... El cabro salió pillado. Sus papás por fin estaban de acuerdo en algo, quizás desde hace cuanto. ¡Estaban furiosos con él! Y, por primera vez, nosotros tuvimos carta blanca para internar al angelito éste y proceder con él bajo normas de máxima seguridad... Y, aunque el enojo con su retoño al principio pareció reunir a los padres, en definitiva, el tener que asumir la humillante realidad de la enfermedad mental de su hijo acabó con romper las ya deterioradas relaciones entre ambos; porque, al poco tiempo de la muerte del jovencito, acabaron divorciándose...

¡Bueno!... Yo pensé que, ahora que la mamá no interfería para nada con nosotros, el tratamiento aseguraba sus resultados... ¡No podía estar más equivocado! En una especie de acto de rebelión, el cabro siguió oponiéndose encarnizadamente al tratamiento. Antipsicóticos, psicoterapia, grupos de autoayuda... no nos aceptaba nada. ¡Nada! No exagero cuando le digo que era como si no se quisiera mejorar. Inevitablemente, pues, la enfermedad cayó en un curso catatónico, acelerando así un desenlace que, la mayor parte de las veces, es trágico... Le explico: el trance catatónico es, con frecuencia, la última etapa de ciertas clases muy graves de esquizofrenia. Se caracteriza por la tendencia creciente del individuo al aislamiento y la inacción. Este distanciamiento del mundo llega a ser tan extremo que el sujeto a veces deja de comer, de asearse, inclusive de moverse, y adopta una posición peculiar, haciendo algún gesto fijo. Y esta posición fija tiene relación con el delirio particular de cada paciente... Por ejemplo, la postura que este jovencito había adoptado era con la cabeza agachada, los brazos firmemente arqueados y sujetos a la silla, y los ojos mirando adelante, en forma amenazadora... Como si se creyera un toro a punto de embestir... ¡No me pregunte por qué! Habría que conocer muchas de las vivencias más íntimas del jovencito, para poder saberlo. Por eso, como en muchas situaciones, la forma de la rigidez catatónica tomada por este pobre joven, es parte de los misterios que rodean su caso, y que, quizás, nunca llegaremos a descubrir.

Pero la historia no termina aquí... A pesar de todo, a duras penas, logramos una remisión parcial de este estado. Y cuando, por fin, conseguimos comunicarnos con él, expresó su deseo de ir a la curiosa construcción que había ordenado realizar... Me acuerdo que, entre los colegas que estábamos nuevamente a cargo, estuvimos de acuerdo en que no parecía haber otro modo de mantener ese nexo con él de ninguna otra forma más que dejándonos guiar por aquella débil manifestación suya de interés por el mundo. Y nos dio muchas esperanzas el constatar cómo, frente a ese impresionante símbolo de sus delirios, reaccionaba con unas risitas nerviosas, o con balbuceos frenéticos... ¡No era mucho, es cierto! ¡Pero, por lo menos, era algo! Y, además, se trataba de respuestas que siempre iban en aumento a medida que lo llevábamos por ese laberinto de túneles y galerías que había hecho excavar en el cerro.

¡Y así! Como parecía evidente que había algún progreso en su estado cuando lo llevábamos a ese lugar, empezamos a usar esos paseos como recompensa a cambio de su colaboración. Conscientes de que debíamos cuidar ese único y tan delicado puente que había tendido entre él y nosotros, tratábamos de negociar con él. Llegamos a permitirle hasta cuatro visitas por semana, y cada vez por más tiempo... Y allí, en una especie de sala de control, en lo más profundo de los túneles, se lo pasaba tardes enteras entre sus aparatos y sus músicas extrañas...

Y sucedió justamente durante una de las visitas a ese lugar... Un colega alemán, el doctor Schultz, junto con dos enfermeros, acompañaron al joven aquella vez. La verdad es que yo no quise ir porque tenía varias cosas que hacer esa tarde. En algunas otras ocasiones, también había delegado la vigilancia del paciente este a alguien que considerase lo suficientemente calificado. Y, como el colega, que llevaba sólo algunos meses en el país, era una eminencia y se interesaba bastante el este caso... ¡Bueno! La cuestión es que lo acompañaron solos. ¡Y ahí estuvo el error! Sí...sí... ¡Ahí estuvo el error!... Pero, es que... ¿Quién se iba a imaginar que...?

¡Pero, bueno!... Como me contaron después, luego de llegar al lugar, siguieron al jovencito por el corredor de siempre, hasta esa especie de sala de control. Una vez llegados ahí, el joven hizo algo que antes no había hecho. ¡Pero, claro, nadie se dio cuenta!... Empezó a colocarse electrodos y aparatos en todo el cuerpo, que, después supimos, habían sido construidos por él durante las últimas visitas... La polémica y el sumario posterior giraron un buen tiempo en torno a la cuestión de si Schultz no había leído en el informe, o había olvidado que la última gran crisis que había tenido el muchacho estuvo asociada a esos aparatos... No sé... La cuestión es que ahí lo estuvieron mirando, cómo, después de los electrodos, se colocaba esa especie de casco y esos guantes, parecidos a los de esos equipos que simulan escenarios virtuales. Lo miraban cómo digitaba en el aire consolas que sólo él podía ver... Pero nada hizo sospechar, ni en el doctor ni en sus ayudantes, algún propósito especial en ninguno de estos actos: ni un gesto que pareciera ritual, ninguna ceremonia o voz que pareciera extraña, como es frecuente en estos pacientes cuando se preparan a hacer algo radical... Sólo la música... Sí. Sólo esa melodía llamó poderosamente la atención de mi colega... Según lo que me contó después, esa música se le hizo insoportable, pero no por su volumen o porque fuese estridente, sino más bien debido a cierta sensación que provocaba... En su mal castellano, y bastante afectado por lo ocurrido, me confirmaba después lo sobrecogedora que era aquella música... ¡Una música horrible, pavorosa!... Es como me la describía. ¡Bueno! Sólo puedo repetir lo que me contó el colega, comprendiendo, por supuesto, que, a lo mejor, el shock de la situación vivida lo haya perturbado un poco, haciéndolo exagerar...

¡Pero bueno!... Cuando el doctor Schultz vio al muchacho agitándose en medio de convulsiones espasmódicas, y sudando intensamente, por supuesto que se alarmó. Mandó a uno de los enfermeros a traer ayuda inmediata, y le ordenó al otro que le ayudara a desconectar los aparatos mientras él preparaba una inyección de calmante... Pero no hubo caso. No pudieron apagar la música. Schultz nos contaría después cómo, al conseguir arrancar unos electrodos, la música cambió, hasta que la angustiante sensación que les provocaba se volvió irresistible. Sentían que se ahogaban, como si un nudo se les apretase en el pecho. Y, de repente, cuando la melodía llegó a un clímax, el joven sufrió un paro cardiaco...

¡De golpe, misteriosamente, la música y las luces se apagaron, debido a lo que la investigación posterior dedujo que era un servomecanismo activado por el cese de su pulso! Mi colega y su ayudante no pudieron hacer nada. Completamente a oscuras, trataron de revivirlo, pero no hubo caso. El otro enfermero tampoco alcanzó a hallar la salida antes del apagón, y acabó extraviándose entre los túneles...

Me acuerdo que era de noche y me disponía a irme a mi casa, cuando me extrañé por la larga demora del grupo. Nadie los había visto de nuevo, desde su salida, y no se habían comunicado con el hospital. Inmediatamente, alerté a todos los que tenían que ver con el caso que, en ese momento, estaban conmigo en el edificio, y me los llevé, con una ambulancia y equipo de emergencia, hasta el lugar... ¡Y, claro! ¡El aspecto del sitio pareció confirmar mis peores sospechas! El furgón estaba afuera; la entrada estaba abierta; las luces del interior estaban apagadas; nadie respondía a las llamadas... Sabíamos que las paredes eran a prueba de ruidos, que era imposible entrar sin perderse, salvo siguiendo al paciente y con la ayuda de las señales que habíamos dejado la primera vez y que, en ese momento, la oscuridad no nos permitía ver... Debimos pedir ayuda a Carabineros, y localizar al ingeniero de la empresa que había realizado la construcción, para que nos facilitara los planos. Estuvimos hasta muy entrada la noche, organizando ese curioso rescate; hasta que, por fin decidimos entrar en grupos de a dos, buscando con linternas las señales. ¡Figúrese que, así y todo, tuvimos que amarrarnos a cordeles para no perdernos dentro de esa red de galerías, que parecía infinita, a pesar de que, según el plano, ocupaba un cuadrante de no más de cien metros por lado!... ¡Y, bueno! ¡Al final, claro, encontramos la sala donde se hallaban el doctor Schultz y su ayudante, junto al cadáver del muchacho!... ¡Pero tardamos horas en encontrar al otro enfermero, el cual había estado caminando y gritando inútilmente, y se encontraba ya al borde de la desesperación!

¡Bueno! Esa es la historia, señor Vergara... O, por lo menos, lo que yo sé del asunto...

Álvaro, que, hasta entonces, había permanecido inmóvil y extasiado, como si ante él se hubiesen estado sucediendo todos los acontecimientos relatados, lo miró con ansiedad.

- De entre todas las personas que este jovencito trató en sus últimos tiempos, creo que usted ha sido la más cercana, la que de mejor forma debió haber conocido sus sentimientos e ideas –continuó Domínguez- ¡Quizás, sin darse usted cuenta, él le confió en algún momento la clave de su enfermedad!

En resumen... Lo que deseo pedirle es que se haga cargo de la investigación de... digámoslo así: "el aspecto subjetivo", del mal que sufrió este pobre joven... La idea es que usted, que lo conoció bien en términos personales, sabrá adónde buscar, a quién preguntar y, sobre todo, qué preguntar. Y estoy seguro que podrá recopilar valiosos datos, mucho mejor que yo o, incluso que sus padres... Por ejemplo: qué hábitos tenía cuando nadie lo veía; cuáles eran sus opiniones sobre sí y sobre los demás; a quién quería y a quien no, y por qué...; si tendría algún amor platónico... o si le habría pasado algo, alguna experiencia frustrante de algún tipo con su padre, con su madre o con alguien... ¡Cualquier cosa así!... La idea es que, en base a toda la información que consiga, más la que yo pueda proveerle, nos formemos una idea más o menos coherente de qué fue lo que pudo conducir a este niño a rechazar tan radicalmente la promisoria vida que tenía por delante... ¡Tómelo como si tuviera que explicar a sus padres, con un lenguaje claro y simple, las razones que llevaron a su hijo hasta la locura!

El doctor se acariciaba astutamente la barbilla, mientras estudiaba el efecto que sus palabras tenían en el semblante entristecido y ausente del profesor. Y, como para rematar, contempló con gesto reprobatorio la habitación:

- Puedo ver que su situación no ha mejorado mucho, desde la última vez que nos vimos. Pero yo puedo ayudarlo ahora... ¡Bueno! No es mucho lo que puedo ofrecerle a cambio de este trabajo, pero estoy seguro de que será más que suficiente para que pague sus deudas, se compre algunas cosas y se acomode un poco mejor...

La mirada melancólica de Álvaro se volvió súbitamente desconfiada. El psiquiatra volvió a acercar con vehemencia su rostro al de Álvaro:

- Oiga... Me doy cuenta que usted quería al muchacho. Yo, lo único que quiero es hacer un trabajo que dignifique su memoria; un trabajo serio, riguroso y con consecuencias decisivas... Un trabajo que haga que todo su sufrimiento haya valido la pena. Pero yo sólo soy un médico. Y además, conocí a este jovencito de una manera más profesional que personal. Si he acudido a usted es precisamente para darle a mi investigación esa connotación humana que le hace falta... ¡Créame que, si hay alguna forma de ayudarlo ahora, es ésta!

Álvaro se quedó pensativo unos momentos.

- ¡Bueno! ¡Bueno!... ¡Qué me responde, hombre!

El profesor lo miró con decisión:

- Claro que acepto, doctor... Le agradezco que se haya acordado de mí, y voy a ayudarlo... Pero... voy a necesitar que ponga a mi disposición todos, absolutamente *todos*, los documentos e informes que se relacionan con el caso. Además, quisiera tener acceso a la casa de Dorian... A su pieza, a sus cosas personales... ¡Y, sobre todo, a esa extraña construcción que dice usted que él mandó hacer!...

- ¡Descuide! ¡Descuide!... ¡Todo eso lo tengo preparado ya! –dijo Domínguez, con aliviado entusiasmo, mientras le sacudía el hombro con su manaza. Luego, recogió la mano de Álvaro para estrechársela en símbolo de acuerdo.

- Ahora, tengo algunas cosas que hacer... Pero lo espero mañana en el hospital... ¡Digamos, a las diez! ¿Está de acuerdo?... ¡Excelente!... Aquí tiene mi tarjeta con la dirección, por si no se acuerda... Entonces, mañana vamos a hablar de todo lo que le haga falta y le daré un adelanto para sus gastos...

El hombre se despidió apresuradamente de Álvaro y salió, alborozado. Ni siquiera miró a su alrededor cuando cruzó el patio, recorrió la galería y se encaminó sobre el barro que llenaba la calle. Se sentía afortunado de haberse podido quitar de encima, sin abandonarlo, el desagradable peso de aquella responsabilidad que no había buscado en absoluto. Ahora, aquel pobre hombre haría todo el trabajo y él sólo recogería y seleccionaría las informaciones que le trajese, hasta lograr una conclusión que dejase satisfecho a Andropoulos. También pensó en lo que podría hacer con las suculentas sumas que, mensualmente, el físico le estaba entregando. Complacería por fin a su exigente mujer y satisfaría los caprichos de sus dos hijos... Un auto nuevo, una casa más grande, u otra en un campo, vacaciones en el extranjero... Inclusive, tal vez podría hacer durar indefinidamente la investigación. Una vez que tuviese dos o tres informes de Vergara, podría tomarse su tiempo. Andropoulos no tendría por qué saberlo... Y, una vez que todo concluyese, cuando ya la "mina de oro" se acabase, quizás hasta podría retirarse... ¡Sería libre por fin! ¡Libre del humillante servilismo hacia Fonseca! ¡Libre, para siempre, de la necesidad de tener que asegurarse un cargo para vivir tranquilo!

$$\pi = 3,1415926\ldots$$

EL DELIRIO

Álvaro permaneció sentado e inmóvil, hundido en la húmeda penumbra de su pieza mucho tiempo después que el doctor se hubo ido. Y, de pronto, un sollozo brutal lo hizo estallar en llanto. Ni siquiera se entendía a sí mismo. ¿Por qué le dolía tanto la muerte de ese joven, del que no se había acordado sino muy escasamente después de la última vez que lo viera? ¿Era tal vez porque nunca se imaginó que su ausencia, la ausencia de uno de los pocos seres con los que podía sentirse cercano, pudiera volverse tan definitiva? ¿O era, quizás, porque sentía que sólo él había podido comprender la infinita soledad, el terrible y secreto desamparo que inundaba el alma del pobre Dorian y, a pesar de eso, no había estado ahí, no había seguido estando a su lado, no había sabido sortear los estúpidos convencionalismos que los rodeaban, para seguir estando a su lado?...

El lugar quedaba bastante retirado. Recordaba con claridad que había tenido que bajarse del autobús en medio de la carretera aledaña al río y recorrer un camino de adoquines que subía entre bosques de eucalyptus y empinados cerros. La caminata le había tomado cerca de quince minutos, lo que, sumado al trayecto en bus y la duración de la clase que estaba por dar, le significaba media tarde. Ya al llegar al gran portón de rejas, sabía cuánto iba a cobrar y cuántos días a la semana propondría destinar a las posteriores visitas. La casa que se distinguía al fondo era, a todas vistas, una ostentosa obra en la que algún arquitecto de renombre debía haber vertido su talento. Álvaro reconoció el estilo que querían sugerir las imponentes columnas de mármol que enmarcaban la entrada principal y los largos balcones que recorrían, de extremo a extremo, algunas ventanas. En efecto, salvo por los amplios ventanales y claraboyas ribeteadas por aluminio, los frisos y capiteles esculpidos en blancas piedras evocaban los templos de la época helenística, y recordaban sin dificultad las monumentales ruinas del Partenón. Hasta la piscina que podía verse entre los setos de los extensos jardines, con sus delfines y lirios grabados en el embaldosado, tenía algo de griego. La ambientación de este escenario mitológico era maravillosamente complementada con el imponente muro del cerro, situado al fondo, y los centenarios alerces y eucalyptus que rodeaban la mansión.

Dos feroces rottweilers le salieron al encuentro, gruñendo. Los ensordecedores ladridos hicieron que dos mujeres saliesen de la casa. Una de ellas, la empleada, se ocupó de sujetar a los perros mientras los hacía callar con gestos y gritos, algo intimidada por la presencia de su jefa, que caminaba detrás suyo. Esta era delgada, alta y rubia. El fruncimiento en la boca y las largas manos blancas dobladas hacia abajo configuraban el gesto característico de su casta social.

- ¡Buenas tardes! ¡Soy Álvaro Vergara, el profesor con el que habló usted ayer!... ¡Mucho gusto! –dijo, casi gritando para poder hacerse oír entre los ladridos.

- Janet Andropoulos... Adelante, profesor.

La mujer abrió la reja con una especie de indiferencia rayana en la melancolía. Álvaro hasta sintió alivio por no haber conseguido detectar en sus ademanes y miradas afectadas y casi maquinales ninguna clase de ese menosprecio clasista que tan frecuentemente debía soportar.

La siguió hasta la casa, admirando los hermosos jardines que la rodeaban. En el interior el estilo clásico que anunciaba la fachada se continuaba con una interminable serie de otros lujos decorativos. Había estatuas y bustos de piedra y bronce, réplicas de efigies famosas entre las cuales Álvaro pudo reconocer a Pisístrato, a Sócrates, a Platón y a Alejandro Magno. Había también ánforas y vistosas jarras, pinturas murales y alfombras con representaciones de batallas y de héroes mitológicos. La mayoría de estas escenas no pudo reconocerlas. Sin embargo, uno de los murales, situado en el centro de la sala, le llamó poderosamente la atención. El fresco representaba a un toro inmenso, con la cabeza agachada y dispuesto a clavar sus agudos cuernos sobre una delicada figura de sexo indefinible. Este joven, hombre o mujer, con los brazos levantados, se disponía, al parecer, a saltar sobre el animal que lo embestía. La intención acrobática del sujeto era fácilmente adivinable al ver la figura de otro, de similares características, ya posado de cabeza sobre sus manos, encima del lomo de la bestia, y a otro más, de pie, en la misma posición que el primero, pero detrás del toro.

Álvaro reconoció de inmediato la escena. El fresco reproducía una de las pinturas halladas en las ruinas del mítico Palacio de Cnossos, en la Isla de Creta. Sabía que las ruinas habían sido descubiertas en 1900 por Sir Arthur Evans y que constituían la más fehaciente evidencia de la existencia histórica de la civilización minoica, la cual floreciera en el archipiélago Egeo hacía casi milenio y medio antes de Cristo. La escena aludía a cierta ceremonia de iniciación a la que todos los jóvenes cretenses, hombres y mujeres, debían someterse para acceder al estado adulto.

La mujer ofreció asiento a Álvaro en unos amplios y mullidos sillones. Luego, salió del salón por espacio de un minuto y volvió con un muchacho muy delgado, tan rubio y pálido como ella. Nada había de particular en el joven. En silencio y sin alterar su rostro neutro, recibió la mano que le tendiera Álvaro al presentarse. Sin el menor miramiento, la madre explicó que había reprobado el tercero de educación media el año anterior porque, literalmente, había abandonado los estudios. "Todo lo que le interesa es escuchar música o irse a jugar a la banda con sus amigos", le reprochaba, mirándolo como si desease provocarlo. Sin embargo, el joven la ignoraba, perdiendo la vista en la distancia.

- ... Pero ya hemos hecho un trato, ¿verdad? –insistió ella, buscándole la mirada- La música y los conciertos continuarán sólo si de ahora en adelante mejora sus notas y pasa de curso...

Mientras la señora, con su acento entre meloso y autoritario, describía a su hijo como un joven muy inteligente pero con problemas de conducta y bastante desmotivado hacia los estudios, Álvaro suspiraba secretamente. "Otro cacho", se dijo, recordando los innumerables casos parecidos que había tenido que tolerar: cabros mimados y malcriados que, acostumbrados a obtenerlo todo fácilmente, no sentían ninguna necesidad de aprender nada que no estuviese directamente vinculado con sus pasatiempos. Por supuesto, Álvaro había intuido esto desde un principio. El apremio con que la mujer había solicitado las clases por teléfono y su casi total desinterés en exigirle recomendaciones le indicaron de inmediato que él no era el primer profesor al que acudía. Debió haber muchos otros antes que él. Y éstos, o no consiguieron resultados o simplemente no quisieron seguir soportando los probables caprichos del angelito. La acomodada señora, entonces, no habría tenido más opción que acudir a profesores desconocidos, como él...

No obstante todo esto, no dejó de felicitarse. Aquella era una excelente oportunidad. Las clases bien pagadas escaseaban, y él tenía, por entonces, gran necesidad de combatir la decepción creciente que, sabía, se estaba desenvolviendo en el corazón de su mujer. Como una rosa descuidada y en abandono, ella había ido perdiendo, con los años, los pétalos de toda alegría de vivir. Hundida en un hermetismo triste y malhumorado, que la pobreza no hacía sino aumentar, desde hacía tiempo ya que sólo parecía dedicada a atender a su hijita y dejaba de lado hasta el más mínimo gesto de afecto hacia su marido. Álvaro sabía que había en ello mucho de revancha contra él; sabía que ella lo hacía secretamente responsable de todas las privaciones que sufrían. Naturalmente que esta actitud de su mujer le parecía muy injusta. Le dolía mucho que ella no supiese valorar los esfuerzos que él hacía para prosperar; pues, por infructuosos que fuesen, empeñaba en ellos todo lo que podía y le permitía su ingenio. Y este resentimiento, esa forma de muerte del amor de María hacia él lo llenaba también de rencor hacia ella y, al mismo tiempo, de un miedo tremendo hacia el porvenir de su relación.

Pero, por aquel entonces, Álvaro todavía conservaba la esperanza de poder exorcizar este terrible fantasma que amenazaba con aniquilar todo el cariño que un día los uniese. Aunque le indignara terriblemente que la supervivencia de ese amor dependiera del dinero que pudiese llevar a casa, estaba dispuesto a hacer lo que fuese. Estaba decidido a poner su mejor esfuerzo en que las cosas funcionasen bien para ellos. Y en eso pensaba una vez más, mientras que, ya pactados los asuntos de honorarios y citas, se trasladaban hasta la sala de estudios de la elegante casa.

- Muy bien Dorian... Empezaremos por hacerte un pequeño diagnóstico, para ver cuánto dominas de cada asignatura.

El adolescente miraba con indiferencia a su profesor. El mismo rictus de hastío que exhibía su madre le doblaba hacia abajo las comisuras de los labios.

- Podemos empezar por algo que te guste –continuó Álvaro, pacientemente- ¿Hay alguna asignatura que te guste en particular?

El joven negó con la cabeza, haciendo un mohín de fastidio.

- ¡Comprensible! –justificó Álvaro- Las materias, tal cual son pasadas en los colegios, se caracterizan por ser muy aburridas... Pero eso no siempre es culpa de la materia misma. Depende mucho de cómo se presente un tema, y cómo se descubra lo interesante y atractivo que tiene...

Desde su elevada estatura, Dorian miraba al profesor como si no acabase de convencerlo tanta condescendencia.

- Te lo digo por experiencia propia –prosiguió éste- Lo que a mí me ha resultado más fácil de aprender ha sido siempre aquello que más me gustaba. Por eso, antes de intentar aprender algo nuevo, trato de que primero me guste... ¡Y, la verdad, es que todo puede llegar a gustarte!

Guardó silencio un instante. Comprendía que conquistar el interés del jovencito podía ser más difícil de lo que imaginaba. Pero aún estaba lejos de querer rendirse:

- Por ejemplo... Entiendo que te gusta la música. ¿Sólo la escuchas? ¿O también tocas algún instrumento?

- Teclados –digo el joven lacónicamente.

- Teclados... –repitió Álvaro. Y se quedó un instante en silencio, presenciando en su mente algunos gratos recuerdos.

- Yo siempre quise tocar teclados –confesó, por fin- Pero nunca tuve... ¡Bueno, costaban demasiado para poder soñar siquiera en tener uno!... Sin embargo, aunque hubiese podido comprarlo, es posible que nunca hubiera podido tocar como yo quería. Como Rick Wakeman, o como Vangelis... O crear melodías mágicas y subyugantes, como las de Gustavo Cerati, Pink Floyd, Peter Gabriel o Depeche Mode... ¡Sé que se trata de autores y grupos hoy ignorados casi por completo! Pero la verdad es que yo siempre he creído que sus melodías eran algo más que ritmos convencionales. Me parecía que su música era algo especial, que penetraba en un fondo oculto y misterioso de la sensibilidad humana; que, de algún modo, eran sonoridades diferentes, superiores a todas las demás...

Álvaro se volvió hacia su alumno, fingiendo un gesto de disculpa por las divagaciones en las que se había dejado llevar. Ahora, en el blanco e indiferente rostro de Dorian, se asomaba tímidamente cierta sorpresa.

- ... Pero tú ... ¿Has tratado de componer algo propio, algo tuyo?

- Eeeeh... ¡Bueno! Tenemos una banda con unos amigos... Ya hemos hecho varios temas... algunos conciertos...

- ¡Qué genial! ¡Esto sí que es novedoso! ¿Alguna vez podría escuchar algunos temas de ustedes?

- Sí... Podría ser, alguna vez... Aunque no creo que le guste mucho.

- ¡Bueno!... No creo que se parezca algo a lo de los grupos que te mencioné.

- Pero sí. Es algo parecido... La verdad es que me llama la atención que los haya mencionado y, sobre todo, la forma en que habló de la música que ellos hacían... La gente habla de ella como de "música rara"... Pero yo también creo que es más que eso: no sólo es música diferente... ¡Quiere ser algo más que simple música!

El joven se había expresado con tal vehemencia de este modo tan enigmático, que ahora era Álvaro el sorprendido:

- ¡A ver! ¡A ver!... ¡Me interesa mucho lo que estás diciendo!... ¡Si pudieras explicarme mejor...! –dijo, alborozado y amable. Por primera vez, vio sonreír a Dorian.

Álvaro se felicitó secretamente. Había logrado su propósito. Astutamente pero sin faltar a la sinceridad de sus propios sentimientos, se estaba ganando la confianza del muchacho. Y bien sabía que era ese un decisivo primer paso para que su alumno acabase escuchándolo. Así, fue como, con un entusiasmo creciente y apenas contenido, Dorian empezó a abrirse con él. Pero, como no pudo expresarse con la claridad que quería, invitó a Álvaro hasta su pieza.

El lugar, más que el dormitorio de un adolescente, parecía un taller de electrónica. Había, por todas partes, alambres de colores, circuitos integrados, fibras ópticas y otros mil objetos semejantes, dispersos por el suelo. Un escritorio estaba repleto de aparatos y partes de computador. Un aparato mostraba lucecitas encendidas, y sus vísceras de chips y circuitos, totalmente expuestas, se conectaban con una pantalla de cristal líquido, sobre la cual la imagen de una línea no dejaba de vibrar. Dos parlantes enormes, como un mueble, y un sinnúmero de otros pequeños, estaban esparcidos por toda la pieza. Y, en el centro, varios teclados escalonados y lo que parecía una consola de grabación repleta de comandos minúsculos, completaban el escenario.

El adolescente contenía apenas su entusiasmo. Era evidente que, rara vez, tenía la oportunidad de mostrar sus creaciones a alguien que quisiera apreciarlas y que pudiera hacerlo, además. Con torpeza, buscó dos pequeños pendrives de entre los que había regados en la mesa y los instaló mientras manipulaba interruptores. Luego, con unos audífonos que arrastraban un manojo de alambres, se sentó frente a la pantalla.

- La música es sólo el comienzo —empezó a decir, casi con euforia, mientras giraba delicadamente una perilla, y la habitación se inundaba de sonoridades- ... ¡Se puede ir mucho más allá!... ¡Quiero decir que no se trata sólo de hacer melodías y canciones porque sí!... ¡El canto y la melodía tienen forma, tienen cuerpo!... ¡Están vivos, se mueven y cambian también, igual que los animales y los seres humanos!... Cuando un tema está bien hecho y es lo suficientemente bueno, uno siente su cuerpo, uno puede tocarlo, verlo moverse, verlo vivir... Cuando llega a sentirse un tema como una cosa entera y viva, es cuando nos da vuelta y nos hace soñar o nos hace llorar. Fíjese: las mejores melodías que usted haya escuchado... ¡Es como si le hablaran! ¡Como si, en su fascinante autonomía, se retorcieran en un dolor o una alegría propia! Por eso son capaces de conmovernos o de alegrarnos...

Dorian acomodó los audífonos en la cabeza de Álvaro y le puso enseguida unas gafas enormes. Sin poder ver nada y con cierta inquietud, el profesor sintió luego que el jovencito sujetaba pequeños tubitos fríos con tela adhesiva sobre sus sienes. Fue luego pegando otros en la garganta y alrededor del cuello. Cuando lo sintió hurgar en los botones de su camisa, instintivamente rechazó aquellas manos intrusas.

- ¡Ya, no se asuste! –dijo el muchacho, divertido- Estos son electrodos... Pero no le va a pasar nada... La idea es que las composiciones no sólo sean escuchadas con los oídos. Si sólo las oímos, lo único que vamos a oír es música... no van a ser más que eso... Tenemos que escuchar la música con todo el cuerpo para que veamos que es algo más, para que podamos sentirla realmente.

No sin reprimir una gran inquietud, Álvaro dejó que el adolescente le siquiera colocando los electrodos por debajo de la camisa. No lo hubiera permitido jamás si no lo embargase al mismo tiempo una inmensa curiosidad.

- ¡Bueno! –bromeó con una risa nerviosa- ¡Si sobrevivo a esta cuestión, prométeme que vas a estudiar para complacer a tu mamá!

Sólo escuchó una carcajada cordial como respuesta, en la que también alcanzó a detectar cierto nerviosismo. ¡O bien, el cabro era enteramente sincero, o bien él estaba siendo víctima de una broma extravagante y de impredecibles consecuencias!... ¿Y no sería esa la razón de que los demás profesores, que muy seguramente habría tenido, no siguiesen con él?... ¿Cómo saberlo?

- ¡Ya!... ¡Allá vamos! ¿Está listo?

Álvaro sintió un escalofrío. Tragó saliva, suspiró hondo y asintió, resignado.

Pero, al principio, la experiencia resultó ser notablemente menos espectacular que lo que esas máquinas extravagantes y los anuncios del joven prometían. Por cierto, la música brotó por los audífonos con una nitidez fascinante. Y, al mismo tiempo, un espacio inmenso, repleto de imágenes difusas y coloreadas, llenaron su campo visual, mientras que experimentaba curiosas sensaciones, parecidas a un cosquilleo, en todos los puntos del cuerpo en que tenía colocados los electrodos. Lo primero que el profesor notó fue que los ecos y magnitudes de los sonidos se correspondían con los cambios de forma y de color de las imágenes, y con la intensidad de las sensaciones corporales. Los chasquidos de las percusiones eran destellos amarillo-anaranjados que parpadeaban frente a su rostro y golpeaban delicadamente su piel. El bajo era un óvalo morado que le rodeaba la cintura y le acariciaba obscenamente el vientre. Los acordes rockeros de la guitarra le rascaban el corazón por dentro, relampagueando en blanco y azul eléctrico alrededor de su cabeza. Y la voz, a veces ecualizada, a veces opaca, giraba en globos multicolores y alocados en torno suyo... Tomadas por separado, aquellas sensaciones no tenían nada de particular. Sin embargo, cuando consiguió olvidarse de que todo era un truco multisensorial, y logró sentir todo junto...

Una reacción instintiva, más fuerte que él, lo devolvió a la conciencia de estar percibiendo cosas claramente separadas: imágenes, música y cosquilleos. Pero la verdad era que, por un breve momento, había tenido una sensación aterradora e infinitamente placentera a la vez. Cuando, con la concentración suficiente, había conseguido fundir todas esas sensaciones en una sola, casi llegó a sentir que se disolvería, como una voluta de humo esparcida por el viento.

Pero eso había durado sólo un instante. No se permitió a si mismo volver a experimentarlo, y se pasó los restantes minutos de espectáculo sólo escuchando, viendo y sintiendo todo por separado.

- ¡Esto hay que repetirlo! –dijo, exagerando su júbilo, cuando por fin todo hubo terminado. Ahora, cuando lo recordaba, se daba cuenta cómo, en ese entonces, había pasado por alto aquella súbita sensación fascinante y el rotundo terror que le había provocado, y cómo, casi olvidándolas por completo, en aquel entonces le importaba mucho más ganarse la confianza del jovencito.

No hubo mayores novedades en aquella primera visita. Álvaro hizo algunas preguntas sobre materias escolares, determinó cuánto sabía el muchacho, en qué ramos necesitaba más ayuda, y se retiró. Pero no quedó indiferente a la admiración y la simpatía que empezaba a sentir hacia su alumno, por el novedoso pasatiempo que cultivaba.

- ¡Esto es *"hipermúsica"*¡ ¡Así es como la música va a llegar a ser algún día! –le dijo en otra ocasión, en un arranque de eufórica soberbia.

- Estoy de acuerdo –le replicó Álvaro, que no quiso dejar pasar la oportunidad- Pero, ve tú cómo te puede servir esto, Dorian... Puede ser que la hipermúsica que quieres llegar a lograr no esté en los aparatos que usas, sino en la música misma, en su origen... Puede que no necesites tanto buscarla en la tecnología que te provee el presente; puede que la encuentres más bien en el pasado...

- No entiendo.

- Mira... Sin que te des cuenta, tú sabes que la música no es simplemente un montón de sonidos agradables bien combinados. En el fondo, tú crees que la música es algo más; algo que todavía puede ser mejor logrado. ¿Cierto?

Fue la primera vez que Dorian lo miró con suma atención, sin responder:

- Bueno... Yo también creo eso... Pero, ¿cómo podemos saber qué es eso "más", que hay en la música?... Si todo lo que se hace hoy en música ya se hizo, ¿cómo vamos a encontrar algo mejor, *superior*, en el presente o en el futuro?

Fíjate: miles de años atrás, mucho antes de que hubiera civilizaciones y escritura... Antes de que los hombres construyeran las primeras ciudades, y tuvieran leyes e historia... Los sonidos debieron ser como la voz de los dioses y espíritus que formaban la Naturaleza; la voz de los árboles, el bramido del mar y de los vientos, el rugido del trueno... Para los humanos de aquellos tiempos, todas las cosas estaban vivas. Todas las cosas tenían un temperamento, una personalidad. Pero no todas eran aterradoras o amenazantes. A los esteros, por ejemplo, los oían cantar. Los cielos lloraban cuando llovía y el sol les sonreía cada mañana... Todo se manifestaba de todas las maneras en que podemos sentirlas todavía: podía verse, olerse, sentirse. Pero, fíjate que todo, de una u otra forma, sonaba también. Pudiendo escucharlo o no, todo emitía o sugería un sonido; decía algo o, más bien, cantaba... Aunque rugiese, bramase o susurrase, o simplemente guardase el total silencio, era un canto misterioso e inmenso lo que se entonaba. Muchos siglos más tarde, esta impresión ancestral sobreviviría en el "ohmmmmm" de la meditación del yoga. Y los seguidores de Pitágoras, incluso, hablarían de una supuesta "armonía cósmica" que ordenaba el movimiento de los astros según los tonos de las notas musicales... Incluso, la palabra "música", viene de la lengua griega musa. Musa es el nombre de ciertas diosas antiguas: las diosas del arte, de la inspiración...

Con tus aparatos, a lo mejor tú logras producir de nuevo esa experiencia ancestral, cuando consigues que se vea y se sienta el sonido. Eso, que ahora es sólo sonido, era más que eso cuando el humano lo experimentaba con todo su cuerpo. A lo mejor, lo mismo hacen, pero sin máquinas, los pueblos primitivos, con sus cantos y bailes rituales. A lo mejor, en ellos se encuentra la médula de la experiencia superior que buscas... no sé. Es sólo una idea... Te lo digo de otra forma: si lo de hoy es residuo, algo incompleto, ¿de dónde podría provenir? Entonces, su origen y su pasado tuvo que ser, necesariamente, plenitud. ¡No queda otra!

- Hmm... O sea, ¿tengo que llegar a creer en los dioses y en las leyendas? ¿Tengo que llegar a ver la Naturaleza como si estuviera hecha de cosas vivas, con monstruos y espíritus, como si fueran una realidad?

- ¡Probablemente! –respondió esa vez Vergara, sin ocultar una sonrisa de satisfacción.

Y Dorian había guardado silencio un buen rato, sintiendo de veraz que su profesor le estaba tomando el pelo.

- ¡Perooo!... ¡No puedo hacer eso!

- ¿Por qué no?

- Porqueee... Porque eso no es cierto...

- ¿Qué no es cierto?

- ¡Eso, poh!... ¡Todo eso en que la gente antigua creía!... Eso de que los ríos y el cielo son dioses, o que el diablo anda de noche por los caminos, y la Pincoya se lleva a los pescadores, y el Cuco le come el poto a los niños que se hacen pipí... Y eso de que, bailando y tocando un tamborcito, se puede curar a los enfermos o hacer llover...

Álvaro se rió gratamente de la forma en que su alumno se expresaba. Pero no dejó de tomarle el peso a lo que decía:

- ¿Qué es cierto, entonces? ¿Cómo son las cosas, según tú?

Dorian perdió la mirada en la distancia antes de hablar:

- Todo funciona como... como si fuera una inmensa fila de fichas de dominó cayendo y empujándose unas a otras... Flujos de materia ciega que choca y se entremezcla, formándolo todo: los átomos, las estrellas, los planetas, usted, yo... Venimos, pataleamos, nos comemos a otros, cagamos al resto, somos felices un rato... y, luego, nos vamos.

Álvaro recordó nítidamente el sobrecogimiento que le habían causado esas palabras. Se sintió transportado a una época remota de su propia historia personal. Y, por un instante, revivió la cruda sensación de vacío y orfandad qué el mismo había experimentado de adolescente, cuando reflexiones muy semejantes iban ganando terreno en su ánimo juvenil. Una mezcla de júbilo y tristeza casi lo llevan a abrazar a ese niño, como a un camarada reencontrado en medio de la desgracia. Pero se dominó:

- Pero, un creyente en Dios te preguntaría: "¿qué hace que la materia, las moléculas reaccionen entre si hasta formar un organismo vivo e inteligente, como es el hombre? ¿No tendría que ser necesario que hubiera ahí *Alguien* que ordenara todos esos millones de moléculas de manera justa para que funcionaran bien y formaran un cuerpo tan perfecto como el que tenemos y tienen también los animales y otros seres vivos?"

Dorian sonrió, meneando lentamente la cabeza. Había algo de conmiseración y de infinita melancolía en su mirada.

- Quisiera poder creer en todo eso, *sentir*, como tantos me dicen que sienten, a ese *Alguien* detrás de las cosas, en que todos dicen creer, amparándolo todo… Pero las cosas ocurren con demasiado desamparo. Aunque nos esforcemos en suponer que hay una especie de plan detrás de ellos, que *Alguien* nos conduce a través de ellos para que aprendamos o seamos mejores y más felices, la verdad es que no hay ninguna diferencia: las cosas negativas o malas igual pasan; igual perdemos a quienes queremos, y sufrimos, y terminamos desapareciendo. Haya "*Alguien*" o no, las cosas seguirán pasando, tal cual; son hechos, nada más.

- Hmm. Los crudos hechos… Las cosas sólo pasan… Es una mirada bastante nihilista del mundo, ¿no? Pero, dime, Dorian: una visión así, ¿no te despierta la curiosidad por saber qué hechos son los que pasan? ¿No te interesa saber por qué las cosas son así y no de otra manera, e intentar cambiarlas?... Quiero decir: ¡podrías ser un excelente estudiante con todo lo que ya sabes y conociendo más cosas aún!...

Pero Dorian se encogió de hombros y su rostro volvió a llenarse de fastidio.

- No sé... Tendría que convertirme en un científico. Pero las cosas científicas son todas tan aburridas, tan sin gracia... ¡Puedes ser un sabelotodo, como mi viejo, y nunca llegar a sentir nada!... ¡Nada, como lo que la música puede hacerte sentir!... ¡Por eso prefiero mil veces la música a todo lo demás!...

- Hmmm... Me parece un poco contradictorio eso que dices...

- ¿Qué?

- ¡Eso!... Que, por un lado creas que todo esté formado de fríos acontecimientos sin sentido, y que, por otro lado, te fascine tanto algo tan espiritual, tan sublime y mágico, como es la música...

Dorian lo miró, como si no supiera qué responder. Álvaro suspiró falsamente y continuó:

- ¡Ahhh! ¡Es triste que la música, eso tan bello y tan maravilloso, sea en realidad tan poca cosa!... ¡Una serie de compresiones de aire que golpean nuestros tímpanos, para luego desvanecerse por siempre en la inmensidad del tiempo!.. ¿No crees?

El joven bajó los párpados:

- Sí –respondió, con una melancolía infinita en la voz- Eso es... muy triste...

Y Álvaro lo había mirado atentamente, muy intrigado. Sentía que, poco a poco, estaba empezando a entender al muchacho, que estaba comenzando a penetrar todas las facetas de su melancólica personalidad, que a ratos se le revelaba como torturada por sentimientos furiosos y tristes.

Cierto día, en que el silencio hacía un paréntesis demasiado largo en su conversación, se le ocurrió decirle:

- Leí sobre tu papá hace poco... Salió en el diario un reportaje sobre él. ¡Es un hombre brillante!

Vio entonces cómo su joven alumno enrojecía de pronto, lanzándole una mirada extraña, entre confundida y furiosa, y ocultándola luego tras una expresión de indiferencia, con el conocido rictus que le torcía la comisura de los labios.

- ¿Qué?... ¿No te parece que tu padre es un genio? – insistió el profesor con toda alevosía.

De nuevo, la mirada extraña golpeó a Álvaro. El rostro juvenil se había vuelto una máscara curiosa en la que se entremezclaban una honda furia y una especie de amargura indefinible. Todo esto duró lo que un relámpago, que dio paso luego a la misma expresión de indiferencia de antes:

- ¡No! –dijo secamente- ¡La verdad, es que no me lo parece!

- ¿Cómo? Cualquiera pensaría que debieras estar... ¡No sé!... ¡Orgulloso de él!

- ¿Orgulloso? ¿Y por qué se supone que debería estar orgulloso?

- ¡Bueno!... ¡No todos pueden decir que su papá es un gran científico, reconocido internacionalmente; un Premio Nobel, que pasará a la historia!

- ¡Nunca entendí por qué le dan tanta importancia a lo que hace!

- ¿Qué por qué?... ¡Es el científico más notable que existe hoy en día!... ¡Como lo fue en su momento Einstein!... ¡Como lo fue Hawking!...

- ...

- ¡Digamos que, actualmente, nadie conoce el Universo como él!...

- ¡Es un tarado!

La voz de Dorian había retumbado por toda la pieza. Su expresión se había vuelto tan amenazadora y terrible que llegó a sumir a Álvaro en un sobresalto. La delgada figura del muchacho se puso de pie ante él. Y, desde su elevada estatura, mascullando cada palabra, dictaminó:

- ¡Mi padre es un pobre payaso, creído y mentiroso! ¡Todo en él es mentira! ¡Su fama, sus actuaciones, su nombre...! ¡Todo!

Los ojos desencajados de rabia desvariaron por unos instantes, como si buscasen asidero en algo. Pero muy pronto adquirieron de nuevo esa fijeza desafiante y temible:

- ¡Me doy cuenta que, igual que a todos, te ha dejado boquiabierto! ¡Bueno! ¡Así es él! ¡Viaja por el mundo, impresionando a las pobres gentes con sus historias sobre el Universo y sus cinco toneladas de efectos especiales! ¡Usa más equipo que una banda!... ¡Y el nombrecito! ¡Já!... "Elliot Dimitrrrri... An-dro-poulusss"... ¡El viejo ridículo! ¡Ha querido hacer creer a todos que tiene antepasados griegos! ¡Está loco!... ¡Todo lo que hay en esta casa, en este circo que tiene por casa, es producto de su locura!... ¡Y a nosotros, a la tonta de mi madre y a mí, nos tiene envueltos en toda esta porquería!... ¡Y todos le compran! ¡Todos le compran!

Dorian acercó su rostro lívido y descompuesto al de Álvaro. Asustado, éste no pudo evitar retroceder.

- Te voy a contar una cosa –masculló en voz baja, haciendo silbar las palabras- ¿Sabes por qué nunca viene aquí?... ¡Me tiene miedo! ¡Sí! ¡Me tiene miedo!... ¡No sabe nada de música! ¡No le gusta la música!... ¡No le gusta porque no la entiende!... ¡Y él, el supremo geeenio, el sabelotooodo, no quiere reconocer que *hay cosas que no entiende*! ¿Me vas a creer lo que me ha dicho el desgraciado? ¡Me ha dicho que hacer música es infantil e inútil! ¡Que, como él, yo debería dedicarme a la Ciencia!... ¡El maldito ha tratado de prohibirme todo lo que hago! ¡Quiere taponarme la cabeza con toda su basura...!

De un manotazo, barrió las elegantes colecciones de CDs que estaban ordenadas e intactas en un estante. Luego se cubrió la cabeza con los brazos, sin poder reprimir un sollozo. Y así se quedó, de espaldas, sin dejar escapar ningún sonido más, con los brazos sujetándose la nuca y ocultando todo lo que podía el rostro.

Álvaro suspiró. Estaba profundamente arrepentido de su interrogatorio. La violenta reacción del muchacho le había despertado una honda y sincera compasión. Dorian odiaba a su padre; había llegado a odiarlo, probablemente por el profundo desinterés que éste siempre habría manifestado hacia él. Nunca presente en los cumpleaños o en las navidades; siempre sabiéndose de él tan solo por las noticias que abundaban en detalles sobre sus triunfos y galardones... Herido, había huido a lejanos santuarios, alejados del dominio paterno, y había construido allí sus propias guirnaldas de flores, sus propios triunfos, para ofrendárselos desde el despecho y, de alguna manera, procurar conquistar así la atención que, de ningún otro modo, había conseguido obtener de él. Pero hasta eso: sus creaciones musicales, los frutos de su ardua búsqueda melódica en el destierro, lo más preciado de sí; hasta eso le había sido arrojado a la cara por el insensible progenitor: ¡"Inútil"!... ¡"Infantil!"!...

Álvaro casi podía sentir, como latigazos insufribles en lo más hondo de su ser, estas palabras de rechazo. Eso era Dorian para su padre, un inútil, indigno de su atención y afecto. La avasalladora visión científica del mundo, que era el padre mismo entronizado en su íntimo mundo personal, estaba sembrada en él como un cimiento inconmovible, frente al cual el placer estético de sus búsquedas sólo podía existir como una pura ilusión. "¡La música es superior!", se decía permanentemente. Pero lo decía sin dejar de creer, a pesar de sí mismo, que los principios y aparatos que hacían posible su música eran la Tecnología, la Ciencia misma que pretendía superar. Lo gritaba aún con el convencimiento trágico de que la sublime magia de sus armonías, sin la odiada Tecnología, no podía existir.

Así, mientras esa tarde, Álvaro abrazaba, conmovido, la figura larga y desfallecida de su joven amigo, se prometía a sí mismo que, en adelante, todo su esfuerzo estaría consagrado a mostrarle que, pese a lo que pudiese creer (la causa misma de su tormento), la verdad no estaba, y en realidad, nunca había estado, exclusivamente, del lado de las Ciencias…

$\pi = 3,14159\,26\ldots$

EL REFLEJO

... Se endereza y contempla su figura desnuda en el espejo. Pero algo le incomoda más que el frío terrible que le adormece los miembros mojados; más que la sombra impenetrable del lugar en que se encuentra. Es su cuerpo... Algo no está bien con su cuerpo. Está tan flaco, tan chupado... A lo mejor, por el frío se le habían desaparecido las pechugas... Pero... ¿Acaso alguna vez tuvo pechugas? ¿Acaso es mujer?... Con gran confusión, se tantea el pecho, y luego baja sus manos hasta la entrepierna... ¡Y encuentra un bulto irregular y velludo, que no puede ver por más que se esfuerza! "Entonces, soy hombre", piensa, tratando de hacer memoria, de hallar un recuerdo que le permita algún atisbo de confirmación. Pero no se acuerda de nada.

A tientas, busca una toalla para secarse y no la encuentra. Le da miedo chocar con algo y que la mugre se le pegue en las piernas mojadas. No quiere moverse. No quiere ensuciarse los pies más de lo que deben estar con la tierra que pisa. Se pregunta qué será ese zumbido. Esa especie de motor lejano y monótono que suena sin cesar. Y vuelve a mirarse en el espejo. Y entonces ve esa figura inconfundible de la Virgen María, reflejada detrás suyo; esa figura de yeso de la Virgen del Carmen, con el rosario de cuentas color sangre entre sus manos blancas, que su mamá tenía en la pieza. Y la imagen resplandecía como con luz propia. Y se da cuenta que es una aparición de la Virgen. "¡Dios mío! ¡Dios mío, la Virgencita!" se dice, casi con espanto, acordándose de golpe de toda su vida, de cómo era su mamá, de su papá con sus bigotes y su uniforme de general, con el que se veía tan grande y podía mandar a todos los regimientos; de su colegio, con sus profesores, con sus compañeras, con su amiga la Coni y las mellizas pesadas, y los uniformes de faldita escocesa que le gustaban tanto, y la parroquia con ecos... ¡"Entonces, soy mujer!... ¡mujer!... ¡Y entonces, por qué tengo esto!", piensa en voz alta mientras se tantea, asqueada. Y se espanta, y solloza cuando piensa que la Virgencita está ahí porque sabe que ha hecho cosas malas y va a castigarla. Y ese es su castigo: no ser más mujer; no tener más su cuerpo de mujer, porque había deshonrado su cuerpo; porque lo había entregado a quien no debía, y no lo había usado para tener hijos ni para formar un hogar, ni para obedecer los Mandamientos. "¡Dios mío! ¡Dios mío! ¡Perdóname, Virgencita! ¡Perdóname!". Con rabia pensó en aquellos a quienes tan ingenuamente creyó amar con todo su corazón, en aquellos tipos fascinantes a quienes, sencillamente, se les había regalado cuando... ¡oh, estúpida!... cuando llegó a creer que todo daba lo mismo, y que no había ninguna razón para no darse un gusto como cualquier otra... ¡Estúpida de ella! ¡Ahí estaba ahora, frente a la Virgen, pagando el precio de sus pecados y de su soberbia!

Y de pronto, lo entendía todo. Todo lo que le había ido pasando en su vida... ¡no había sido otra cosa más que pruebas! Inclusive, aquella cosa tan extraña que le había ocurrido después de la fiesta en la playa, el haberse perdido durante cuatro días sin poderse acordar de nada, y esos extraños sueños que tenía con hombres pelados y pequeños que la manoseaban y sobre los que la Gaby la había convencido que se trataba de extraterrestres que la habían abducido... ¡Y no era nada de eso! ¡Ni se había necesitado leer ninguno de esos libros sobre ovnis y avistamientos, ni hacer ninguna de esas tontas sesiones de hipnotismo! ¡Y pensar que estuvo tanto tiempo asistiendo a reuniones y charlas con esa Comunidad del Millenium y toda esa gente de blanco con la que viajaba en los solsticios al Valle de Elqui para esperar la venida de Jesucristo en un ovni celestial! ¡Y había llegado a creer tanto, tanto, en todas esas tonteras, y todo no eran sino pruebas que le estaba poniendo la Virgencita!... ¡Y ahí, en el espejo, empezaban a verse detrás de la Virgen, las cabezas peladas de esos hombres de los sueños, que ya venían a buscarla! ¡Y le daba tanta vergüenza que la vieran así, desnuda y con cuerpo de hombre! ¡Y quería arrancar y no podía! ¡Y los hombres se acercaban! ¡Y ya podía verles las manos que se levantaban hacia ella e iban a manosearla, como siempre! ¡Y podía sentir cómo susurraban, con susurros que parecían un zumbido de motores distantes...!

*   *   *

Dio un brinco en medio del zumbido, y la luz le inundó los ojos somnolientos. Aún estaba en el avión que la traía de regreso al país, y ya era de noche. Suspiró, aliviada e indignada a la vez con la desagradable pesadilla y echó una mirada tímida al sujeto sentado al lado suyo. Este dormía plácidamente; ni siquiera se había enterado de su sobresalto. Aún así, se desperezó con cautela por si era observada. Y estaba aún saliendo del sopor cuando sintió sonar su móvil. Era Elliot.

- Aló... –dijo, procurando que su voz tomara ese acento melodioso y suave que sabía que a él le gustaba.

- *Elisa... ¿No has llegado todavía?*

"¡Siempre tan amoroso!", ironizó para sí, sintiéndose desamparada por la frialdad del tono de Andropoulos

135

que, en medio de la somnolencia y las angustiantes vivencias soñadas, le había parecido brutal:

- No... Falta como media hora, creo –dijo, intentando distinguir los caracteres en su reloj-... ¿Y tú, cómo has estado?

- *¿Me traes buenas noticias?*

La total indiferencia hacia su nuevo intento por endulzar la conversación casi la hizo sollozar. Pero se dominó:

- ...Bueno. No sé qué tan buenas... Averigüé algunas cosas... No muchas. Todo lo relacionado con los avances del Geotrón parece estar bajo estricto secreto...

- *Bien... Quiero que me llames apenas llegues.*

"¡Okey, jefe!", pensó, odiándolo, mientras cortaba. Luego perdió la mirada más allá de la ventanilla, buscando consuelo en el cielo violeta del amanecer.

¿La quería este hombre, el último con el que casi había llegado a creer que se quedaría? Desde hacía un tiempo tenía grandes, casi terribles dudas, al respecto. ¡Todo se había dado tan bien en un principio! ¡Inclusive, mucho mejor que con sus dos relaciones serias anteriores... Claro que Elliot no tenía comparación. Era un hombre a otro nivel; un tipo con el mundo a sus pies. ¡Y tan atractivo!... Si inclusive Valeria, su hermana (¡"la perfecta casada", "la perfecta madre", la que todo lo había hecho bien en la vida y se complacía en echárselo en cara cada vez que se veían!), no había podido reprimir su envidia cuando lo conoció. Y ella... ¡Cómo estaba de sorprendida cuando él le había confesado sus sentimientos hacia ella! Se sabía bonita. Y no ignoraba que muchos de los hombres que conocía hubieran dado cualquier cosa por tenerla de pareja. ¡Pero nunca se había imaginado que un sujeto como aquél podría fijarse en ella! ¡Y había vivido un buen tiempo sin poder disfrutar de veras de su suerte, porque estaba literalmente aterrada! ¡Aterrada de pensar que todo no fuese más que un sueño! ¡Aterrada, como una niña, de descubrir que él no la quisiera más que como un pasatiempo!... Pero no. El no era un play boy, ni el típico millonario famoso que vivía al día, sumergido entre fiestas, mujeres y drogas, sin importarle nada más que pasarlo bien. Las noches que él le quitaba al sueño eran dedicadas por entero a su trabajo. Y, sobre todo, le había dado pruebas de su amor, pruebas que era difícil que cualquier hombre diera. Por ella, y casi sin que ella misma se lo hubiese pedido, se había divorciado...

Suspiró, recordando con placer los buenos momentos que habían pasado juntos en las playas de Acapulco y luego en Grecia. Le parecía verlo sentado sobre la proa del yate, con su camisa blanca y sus gafas, los rubios mechones soplados por la brisa cálida, con las islas rocosas y el agua esmeralda al fondo. Ya curada de sus antiguos temores, le pareció que, por primera vez en su vida, se sentía feliz. Y sentía que, por primera vez, amaba con toda su alma a un hombre... Pero eso no había durado. Ya de vuelta a Alemania, el proyecto que Elliot tanto quería (y al que en un principio ella se había consagrado por entero, ayudándole en todo lo que pudiese, sólo para hacerlo feliz), poco a poco les había ido quitando el escaso tiempo que tenían para ambos. Y hacía ya meses que él ya no era el mismo con ella; que, aparte del sexo, ni siquiera tenía para ella palabras cálidas o gestos de cariño, o cualquier otro signo de interés...

Sumergida en sus pensamientos, miraba las estrellas que aún desafiaban la poderosa luz del amanecer sobre el cielo bordado de nubes violetas y anaranjadas. Tardó en sorprenderse de que aquel lucero que, inconscientemente, más le había gustado por los hermosos colores que despedía en un parpadeo incesante, se iba haciendo cada vez más grande y se iba moviendo lentamente respecto de los demás astros. Cuando ya se había transformado en un globo de luz, Elisa cobró plena conciencia de la extrañeza del objeto, y se preguntó, perturbada, si acaso no seguía soñando. Se inclinó más cerca del vidrio de la ventanilla y descartó rápidamente la posibilidad de que se tratase de algún reflejo producido por luces del interior del avión. El objeto era ahora del tamaño de una pelota de fútbol, y sus colores cambiaban rápidamente en una variada gama, en la que pudo reconocer vagamente el rojo, el amarillo, el azul, el verde y el blanco. De pronto, empezó a achatarse, hasta que casi se convirtió en un óvalo. La palabra ovni asaltó su mente, en medio de una sensación de sobrecogimiento y fascinación, mientras intentaba distinguir otros detalles, aparte de la línea de finos puntitos que creía ver atravesando la figura en todo su largo. Pero, de pronto, el objeto empezó a ascender, acelerándose verticalmente hasta perderse en la altura, con una velocidad impresionante.

Elisa saltó de su asiento, poniendo las rodillas encima mientras pegaba todo lo posible la cara al vidrio y miraba hacia arriba, por si aun lograba ver el curioso fenómeno. Pero ya no había ni rastro de él. Confundida y emocionada, pero vagamente feliz también, volvió a sentarse. No pudo dejar de sonrojarse cuando se dio cuenta que el hombre del asiento de al lado se había despertado y la miraba, con un gesto de gran sorpresa en el rostro. Tuvo el primer impulso de disculparse. Pero sentía que no le saldría la voz y prefirió hacerse la tonta y olvidarse de que existía. Y no le costó mucho trabajo, puesto que su cabeza hervía en conjeturas e ideas atropelladas a causa de su inesperada experiencia.

Terminó por convencerse de que lo que había visto no era una ilusión. Y de que, por supuesto, tampoco había sido una estrella, o la Luna, o un globo sonda... Se lamentó por no haber traído su cámara; por el hecho de que los viajes ya no representasen para ella ningún atractivo turístico. Pensó con desazón y molestia en Elliot. ¡Nunca le creería! Casi parecía estarlo viendo, con su gesto irónico y despectivo, desautorizando su relato, desarmando uno a uno todos sus argumentos, demostrándole inapelablemente que nunca había visto nada... En medio de su decepción, se le ocurrió que quizás alguien más en el avión también pudo haber sido testigo del fenómeno. Lo pensó unos instantes, pero, al final, no tuvo el valor para averiguarlo. Decididamente, no se veía a si misma preguntando, asiento por asiento, a todos esos extraños si, por casualidad, habían visto por la ventanilla una luz rara o algo así...

Se dijo a si misma que por nada del mundo iba a repetir todas las ridiculeces que la Gaby la había hecho hacer por esa loca idea suya de que había sido raptada por extraterrestres, y de que ese era el motivo por el cual, después de aquella fiesta en su adolescencia, se había perdido varios días. Por supuesto que, cuando desapareció, todos debieron pensar que se había ido con alguien. Pero los que la conocían se preocuparon de inmediato, porque sabían que, ni bebida, habría aceptado la invitación de un desconocido; menos aún cuando, por entonces, no estaba pasando por su mejor momento emocional y que, recién terminado su primer noviazgo, tenía la peor opinión hacia todos los hombres... El hecho es que, cuando por fin la hallaron, ella no recordaba absolutamente nada. Pero las extrañas circunstancias que rodeaban su reencuentro no dejaban de estar plagadas de misterio, y fueron estas las que habían encendido, en la imaginación de su extravagante amiga, aquella fantástica explicación de una abducción. En efecto, caminaba, taciturna y vacilante, por la misma playa, en dirección a la casa en la que, días atrás, había sido la fiesta, cuando el dueño de aquella la divisó. Pero, a pesar de ser cerca de las cuatro de la tarde y reinar un sol abrasador, no estaba ni siquiera bronceada. Traía el mismo vestido de noche con el que había desaparecido, sin la menor suciedad, sin el olor a sudor que cabría esperar en ropa que ha sido usada por tanto tiempo y, aún más extraño... ¡todavía con el aroma del perfume que había usado aquella noche!... Y, quizás lo que le había resultado a ella más perturbador que todo cuando, años más tarde, lo supo: al examinarla, el médico había encontrado signos de que había sido violada...

... O, por lo menos, eso era lo que el doctor había concluido, al constatar el himen roto y los rastros de semen del agresor. Porque ella era virgen antes de su desaparición. Con veinte años, formación católica, hija de una madre conservadora y viuda de un militar de rango, que se esforzaba, todavía en aquella época, por conservar las apariencias, su ex novio no había tenido oportunidad de llegar tan lejos con ella. Dolida pero sensata, la señora exigió, con el máximo de privacidad, el análisis de las muestras y la investigación que permitiera dar con los culpables. Pero otra nota misteriosa fue el hecho de que ninguno de los asistentes a la fiesta, ni ninguno de los demás sospechosos, conocidos de la joven o cercanos a ella por alguna razón, sometidos a pruebas comparativas de ADN, resultó ser identificado como el responsable de la agresión.

Nada le había contado su madre acerca de su condición, ni tampoco, de la secreta investigación que se había llevado a cabo en relación con ella. Sólo años después, a raíz de las recurrentes pesadillas que tenía, y a cierto sentimiento de rechazo que experimentaba en las relaciones íntimas con su segundo novio, le dio vueltas a esa extraña laguna que tenía en su vida... Fue, según recordaba, una época muy, muy nefasta, de mucho cuestionamiento de sí misma, de muchas contradicciones entre la fuerza de sus convicciones religiosas y su vida profesional, que comenzaba por entonces a abrirse paso en los medios televisivos. ¡Curioso giro ése, que empezaba a tomar su vida, después de completados sus estudios de postgrado en Física (estudios que, para ella, siempre habían sido nada más que una forma de reafirmación personal ante la constante presión a que la sometían la madre y la hermana mayor)! ¡Curioso y, a la vez, afortunado, porque este segundo amor de su vida, un periodista, la había convencido de que su potencial profesional se estaba perdiendo en medio de los cerrados mausoleos de una facultad y le había permitido descubrir en ella algo más que la capacidad de esconderse de las descalificaciones de su familia! Siendo animadora de reportajes y programas de divulgación científica, había llegado a sentirse realizada, inclusive, exitosa. Había sido entonces que, en parte por querer brindarse una tregua y abandonarse a la frivolidad del ambiente, había aceptado iniciar su vida sexual con Igor, el periodista. Pero, casi desde el mismo momento en que esto pasaba, habían comenzado los problemas: sus pesadillas, su rechazo por las caricias, sus contradicciones, su sentimiento permanente de angustia y de culpabilidad...

Pero... ¿De qué era culpable? Su primera relación sexual no había sido como esperaba: escabrosa y tensa, no había tenido placer, pero tampoco había habido sangre, y ni siquiera un poco de escozor. Se dio cuenta de inmediato que algo no estaba bien con ella; que, en algún momento de su vida, algo le había ocurrido. Y su memoria siempre se detenía en esa sórdida laguna del pasado, de la que nadie nunca quería hablarle con franqueza y ante cuya evocación todos sus familiares respondían con evasivas. En cierto momento, la disparatada interpretación de su amiga llegó a parecerle, cuando menos, más consoladora que cualquier otra. De creer en ella, si efectivamente la habían violado, por lo menos no había sido ningún asqueroso vago o borracho que se hubiese aprovechado de ese misterioso ataque de amnesia suyo... Y visto de esa manera, más que una "violación", su desvirgamiento podía considerarse

resultado de los brutales sondeos de exploradores
alienígenas; en todo caso, como una situación en la que
ella, desde cualquier perspectiva, no podía considerase
a si misma de ninguna otra forma más que como una
víctima...

*   *   *

La noticia de la muerte de Dorian, le pareció al
universitario una razón más que suficiente (o la excusa
perfecta) para no asistir a clases durante esa tarde.
Álvaro premió su interés con una ronda de cervezas, que
pronto le permitió la entrada a una larga sucesión de
confesiones. El joven se había conocido con Dorian
durante el tercero medio, a raíz de un aviso que éste
había publicado en el diario mural del colegio, para
formar una banda musical. Él, aficionado a la guitarra,
había sido como el quinto en contactarlo, y le había
encantado el trabajo que Dorian hacía con los teclados:

- ...Tenía unos temas muy imaginativos, medios darks y
heavies... A él también le gustó cómo yo tocaba y yo le
dije que, aunque tenía cosas hechas por mí, no me
importaría si él sólo quería usar mi guitarra... Hicimos
como dos o tres presentaciones en el colegio y en
algunos locales de por aquí. Al final, se sumó una mina,
y se fue metiendo de a poco en todas las decisiones
que se tomaban. Yo capté que el Dorian se había
agarrado de ella, porque la dejaba hacer y deshacer. Al
final, no le importó ni siquiera que algunos se fueran
yendo por culpa de ella. ¡Bueno! Yo me quedé porque
no tenía rollos con ella.

El estudiante se explayó largamente en todos los
detalles que llenaban la historia de la breve carrera
musical que había seguido junto a Dorian y de cómo ésta
prometía muchos éxitos futuros si a su joven compañero
no lo hubiesen retirado del colegio, perdiendo todo
contacto con él.

- ...Lo lamenté mucho -continuó-. Hasta llegué a pensar que su aislamiento de mí había sido también por culpa de algún consejo de la galla esa. Pero después supe de sus problemas de notas y de conducta, de sus dramas familiares, de que a lo mejor el Dorian andaba metido en drogas, y cualquier cantidad de otras cosas que se dijeron de él... Al final, me conformé, y alcancé a tener otro grupo antes de egresar... Pero igual, lo eché caleta de menos. Era un gallo a la pinta, súper humilde, y súper inteligente también. Creo que esta mina lo echó a perder un poco... ¡No sé!... ¡En todo caso, ella aprendió harto con él! ¡Claro que te reconozco que era talentosa! ¡La mina era talentosa! ¡Pero yo sé que si no hubiera conocido al Dorian, no le hubiera ido tan bien!

Álvaro no pudo esperar a preguntarle si sabía cómo ubicar a la renombrada. Y, junto con la respuesta, obtuvo una expresión de divertido pesimismo:

- ¡Nnno ssé, compadre!... ¡Como te digo, a la Tamara le ha ido ssúper bien! Sale en la tele, tiene dos CD grabados, ha hecho varias giras por el país y creo que hasta la están pescando afuera, ¿captai?... De poder ubicarla, tendría que ser a través del sello, y me parece que debe estar viviendo en Santiago, no aquí...

Esa misma tarde, y siguiendo la detallada descripción que el joven le diera de la carátula, del nombre y de los títulos, Álvaro se dirigió al primer local de música que pudo encontrar y compró, sin dudarlo, los dos CDs de los que el estudiante le había hablado. No pudo menos que declararse sorprendido.

Las obras habían sido editadas por el sello MIMEX. El primer CD databa de hacía un año. La carátula estaba salpicada de hojas otoñales sobre un fondo verde intenso, en donde podían verse los vagos contornos de una silueta femenina desnuda. En el centro, de un color dorado parecido al ocre de las hojas, destacaba la palabra: "*Amara*". En la carátula del otro CD dominaba el mismo tono dorado y ocre, enmarcando el dorso de unos delicados pies morenos recostados, con un pequeño botón de rosa entre los dedos. El título decía: "*T-Amara... por siempre*".

Movido por el entusiasmo y la gran curiosidad que sentía, gastó casi la totalidad del dinero que le restaba y que el doctor le había dado para gastos, en una radio para poder escuchar los CDs (algo de ese dinero le había servido ya para cubrir una parte de la deuda de arriendo que tenía, alejando de ese modo la amenaza de expulsión que se le venía encima). Una vez en su pieza, desempaquetó el aparato y lo conectó, no sin desconfianza, en el oxidado enchufe. Y lo que escuchó, confirmo plenamente lo que esperaba.

¡Esa era la música de Dorian! ¡El estilo, el sonido, los ritmos...! ¡Todo, o casi todo, era de Dorian! El excompañero de su joven amigo tenía razón. Esta Tamara, o Amara, había aprovechado buena parte de la creatividad del jovencito para saltar al estrellato... Aunque era evidente que su talento como vocalista, como arreglista y, quien sabe, como promotora de su propia imagen artística, no se podía discutir, inclusive en las letras de las canciones podían advertirse rastros de la extraña poesía sonora de Dorian. Respecto a esto, una de las canciones del primer álbum llamó poderosamente la atención de Álvaro.

La canción se titulaba "*Saltando al toro*". Era de un ritmo frenético, agobiante, acompañado con una melodía de una emotividad incomparable. La voz de la joven recordaba a las entonaciones, ya tan antiguas, del post punk de Souxie; era tan vigorosa que bien podría confundirse con la de un contralto masculino. Y la letra hablaba, brutalmente y sin el menor eufemismo, de cómo se iniciaba la sexualidad en los adolescentes, y de cómo la decisión de ser hombre, mujer o ambos, dependía de cómo se eludía y se sobrevivía a la embestida de ese terrible toro que, tarde o temprano debía ser enfrentado. A Álvaro le asombró recordar el mural que había visto en la casa de Dorian; ese que reproducía la escena de la dura iniciación de los jóvenes cretenses, grabada en uno de los muros del Palacio de Cnossos en Creta. Le asombró también darse cuenta de que, incluso la androginia, la indefinición sexual de los jóvenes allí representados, hubiese sido tan sutilmente tomada en cuenta en el tono indefinible de la voz en la canción.

Por todo esto, su deseo de entrevistarse con la joven (la persona de la cual Dorian probablemente había estado enamorado y que, seguramente por lo mismo, mejor había llegado a conocerlo), se le volvió imperioso. Debía ir a la capital. Al otro día, visitó al doctor en el hospital para pedirle el dinero que necesitaba. Pero éste no estaba muy contento con las escasas noticias nuevas descubiertas hasta ese entonces y no dudó en expresárselo de un modo un tanto desagradable. Álvaro le explicó las razones de su entusiasmo y, a todo eso, agregó que la madre del muchacho se encontraba también en la capital, por lo que aprovecharía doblemente el viaje. Escéptico, el médico sacó algunas cuentas rápidas y firmó un cheque por una cantidad menor que la dada inicialmente. Álvaro no le dijo nada; conforme con el solo hecho de contar con medios para el viaje, se despidió, no sin antes tener que soportar una amenaza velada acerca de lo que pasaría si no volvía con algo interesante.

$$\pi = 3,14159\mathbf{2}6...$$

EL PODER

Seguía pensando en Dorian, y en aquella, que fuera una de las más intensas conversaciones que ambos habían tenido, mientras subía por las escaleras del hospital, a enfrentarse con el doctor. Sabía lo que pasaría. Su viaje había resultado completamente inútil. No sólo no había logrado hallar a la misteriosa ex polola del muchacho, sino que tampoco había podido localizar a su madre. Domínguez le pediría cuentas. Le recordaría las advertencias que le había hecho antes del viaje. Lo humillaría, quizás... Pero, no ¡No podía permitir que todo se acabase ahí! Lo convencería, insistiría en que le diese otra oportunidad. Sólo de ese modo podría continuar haciendo algo por la memoria de su joven amigo.

Entró a la sala de espera, que estaba totalmente vacía. Antes que llegase junto a ella, la secretaria le dijo que el doctor no estaba, que no volvería sino hasta la tarde. Y un alivio momentáneo calmó su inquietud. Respiró hondo al salir. Sentía que tenía, por lo menos, una tregua; algo más de tiempo. Y se puso a pensar en una salida. Volvía a acordarse de las conversaciones que sostenía comúnmente con Dorian, cuando una idea fue tomando cuerpo en su mente: Su padre, el físico, el señor Andropoulos... Había oído bastante de su renombrado proyecto; inclusive, había asistido a la multitudinaria conferencia que diera hacía unos meses atrás. Aun no pudiendo sino verlo y oírlo desde lejos, sabía en qué consistía lo que estaba haciendo y hasta tenía sus propias conjeturas sobre ello. Ahora, si este señor estaba en la ciudad, lo visitaría, lo entrevistaría y, a la tarde, ya tendría algo con qué presentarse ante el psiquiatra.

Llamó a la mesa central de la Universidad. Casi de inmediato le confirmaron la presencia del famoso investigador en la Facultad de Ciencias, pero le negaron la posibilidad de que pudiese atenderlo ese día. Sin importarle, se dirigió hacia la casa de estudios. Cruzó el inmenso arco, adornado de bajorrelieves a la entrada principal del campus y caminó por los monumentales jardines, salpicados de estatuas y estudiantes. Los vigilantes le sugirieron que buscara al físico en las propias instalaciones de su proyecto: unos pequeños edificios de vidrio azul, que habían sido donados por la Universidad y habilitados para los nuevos fines del proyecto de Andropoulos.

Los edificios resplandecían bellamente bajo el sol del mediodía en lo alto de los cerros que rodeaban la avenida principal del campus. Sólo podía llegarse hasta ellos subiendo una escarpada cuesta pavimentada y tomando agotadores atajos de escaleras cada cierto trecho. Los cerros formaban una medialuna en cuya ladera interior los edificios se disponían a distintos niveles y se conectaban unos con otros mediante túneles transparentes. Los árboles y la diversa vegetación que rodeaba las construcciones parecían verdes nubes que daban una sensación abismante y realzaban el aspecto, más que futurista, casi surrealista, de aquella maravillosa ciudadela.

Por un largo puente, Álvaro llegó hasta una puerta de vidrio opaco, que se encontraba a dos pisos del suelo. La puerta abrió por si sola sus dos hojas para dejarlo entrar. Un amplio hall, con innumerables pantallas de televisión que cubrían el alto muro del fondo, lo recibió. Enfrente de él, una recepcionista jovencita y pequeña lo miraba, con aire sorprendido, desde detrás de un elegante mesón.

- Buenas tardes, señor... ¿Quién lo espera? –preguntó con un dejo de timidez encantador, acentuado por su rostro de niña y el diminuto micrófono que cruzaba su mejilla.

- Buenas tardes... Busco al señor Andropoulos.

- ¡Ah!... ¡Bueno!... El doctor es una persona muy ocupada. No creo que pueda...

- ¿Podría usted preguntarle si puede atenderme? ¡Cinco minutos! ¡No le quitaré más que cinco minutos de su tiempo! –insistió.

- Mire, señor. No se permite la entrada a vendedores... –dijo la joven ensayando un tono de firmeza muy poco convincente.

- ¡No soy un vendedor! –exclamó Álvaro, actuando un poco de molestia-. Necesito hablar con él de algo muy personal. Es sobre su hijo... *¡Su hi-jo!*...

No supo si había hecho bien en precipitarse a anunciar algo tan delicado. Pero advirtió la momentánea perturbación de la jovencita. La veía acomodándose sobre el respaldo y tantear, indecisa, su micrófono para comunicarse, cuando unos pasos violentos detrás suyo lo hicieron volverse.

- ¡Vergara! ¡Pero qué está haciendo aquí, hombre!

Era el doctor Domínguez, que se dirigía a su encuentro con el rostro colorado y los ojos desorbitados de rabia. Detrás de él, un hombre alto y delgado, vestido con un elegante traje gris, lo miraba también con el ceño algo fruncido por la curiosidad.

Álvaro experimentó una especie de estremecimiento, pero no por la agresiva actitud del psiquiatra, sino por la persona que estaba detrás de él. Ese rostro... Esa expresión altiva... Esa mirada... No podía creer lo que veía. Y, sin embargo,... Sin embargo... ¡Era él!... ¡Él, más viejo y, quizás, más alto! ¡Pero era él! ¡Era Dorian!...

El médico barbotaba palabras que Álvaro, sumido en la impresión, no escuchaba. Un par de disimulados tirones, con los que Domínguez intentó arrastrarlo hasta la salida, lo hicieron reaccionar.

- Doctor Andropoulos... El señor deseaba hablar con usted –dijo la recepcionista con un hilillo de voz. La poderosa mirada de Elliot la apabulló casi hasta hacerla encogerse como un caracol, mientras se acercaba.

- ¿Siiií? ¿En qué puedo ayudarlo? –contestó cuando casi estuvo a su lado, dejando caer todo el peso de su mirada ahora sobre Álvaro.

Pero estaba demasiado sorprendido y confundido para responder de inmediato. Empezaba a asimilar el parecido extraordinario de Andropoulos con Dorian. Al fin y al cabo, eran padre e hijo. Pero... ¿qué hacía Domínguez ahí mismo, con Andropoulos? ¿Habría decidido hacerlo todo por su cuenta, y se le habría ocurrido lo mismo que a él: entrevistar derechamente al físico? ¿Sería por eso que se le veía tan molesto por encontrarlo allí? ¿Y si había metido la pata con ir?... Una especie de pavor se apoderó de su ánimo al ver, de pronto, como inminente, la interrupción del único ingreso económico del que podía disponer.

- ¿Señor? –insistió Elliot, impaciente.

- ¡Eeeeh! ¡Bueno!... ¡Buenas tardes!... Yooo... venía a verlo para hacerle algunas consultas... Pero no seeee si el doctor yaaa...

- ¡Cállese, hombre! ¡Y váyase! ¡El doctor no tiene tiempo para atenderlo! –barbotó el rostro colorado del psiquiatra, reanudando sus tirones de manga.

- Domínguez, un momento... ¿Quién es este señor?

- ¡No-o-o-o!... ¡Nadie, doctor!... ¡Un paciente mío que no debería estar aquí!... ¡Pero no-no-no se preocupe-e-e! ¡No lo va a molestar más!... ¡Vamos! ¡Váyase!

Elliot volvió su mirada intrigada hacia la recepcionista, quien agrandó los ojos como si se viera de pronto enfrentada a un terrible peligro. Y, sin que hubiera necesidad de hacerle preguntas, musitó:

- ... D-dijo que... que quería decirle algo sobre su hijo...

El rostro de Andropoulos sufrió una extraordinaria transformación. Fue tal el tono con que llamó la atención a Domínguez que éste se detuvo, sorprendido.

- ¿Es cierto eso? –interrogó a Álvaro en forma imponente, casi amenazadora.

- Sí... Claro... –dijo éste, dubitativo, sin dejar de mirar el semblante furibundo de Domínguez. Tras unos momentos de tenso silencio, Elliot comentó, con cierta confusión:

- Decirme algo sobre mi hijo... ¿Qué podría ser? Mi hijo falleció hace años.

- Sí, ya sé, señor. Lo lamento mucho... Yo lo conocí. Le hice clases... Éramos... ¡Bueno! Yo le tenía mucho aprecio a su hijo...

- ¡Oh! –dijo Andropoulos después de un instante- Ya entiendo. Usted debe haber sido el último profesor que tuvo. Es un placer conocerlo.

Álvaro estrechó la larga mano, igual de blanquecina y delicada que la de su difunto amigo. Y no pudo dejar de sentir un nuevo estremecimiento.

- ¡El gusto es mío, señor!

- ¡Bueno, bueno! ¡No moleste más al doctor! ¿Quiere? —insistió Domínguez, ahora pálido y sudoroso, mientras trataba de empujar, más suave pero no menos firmemente, a Álvaro hasta la salida.

- ¡Pero doctor! ¡Qué le pasa, hombre! ¡Me sorprenden sus modales!... —lo increpó Andropoulos, al darse cuenta- ¡Déjelo tranquilo, vamos! Me complacería mucho escuchar lo que tiene que decir el señor... el señor...

- Vergara... ¡Discúlpeme!... Mi nombre es Álvaro Vergara.

- Don Álvaro Vergara... ¡Tenga la bondad!

Asombrado y ya sin recursos, con la boca abierta y los brazos caídos, el doctor contempló cómo Álvaro aceptaba, visiblemente feliz, la invitación de Andropoulos y se encaminaba a su lado en dirección al ascensor. Y, desolado, sólo atinó a seguirlos, proponiéndose al menos no perderse ni un detalle de la conversación.

*   *   *

Apenas transcurridos unos minutos de haber comenzado a hablar, ya leía en el gesto inmutable y altivo del científico una imperceptible sonrisa de desprecio, que Álvaro no podía atribuir sino al hecho de estar dejando entrever lo absurdo de su propósito. Después de todo, venía a remover en aquél hombre imponente la dolorosa memoria de su hijo loco... ¿Para qué? ¿Para decirle que, en verdad, no estaba loco, poniéndose con ello en contra de toda la evidencia psiquiátrica que respaldaba lo contrario y que contaba, además, con una furibunda autoridad allí presente, ansiosa de descalificarlo? ¿Para decirle, encima, que las rarezas de su hijo, locuras o no, habían sido el resultado de su pésima actuación como padre?... Tarde se daba cuenta de lo incómoda que era la situación en la que estaba por no meditar mejor la razón con que había justificado su visita. Pero ya nada podía hacer. Nada, sino tratar de llevar sus palabras hasta el final, pasase lo que pasase:

- ...No quiero tampoco que se sienta incómodo... ¡Quiero decir, no pretendo... no quiero meterme en algo que no me incumbe! Perooo...

- ¡Vamos hombre! ¡Al grano, por favor!

Vio el rostro torcido del psiquiatra, contemplándolo como quien soporta con repugnancia la presencia de alguien.

- ... ¡La música!... ¡Sí! ¡La música! –exclamó de repente, con una especie de felicidad por haber hallado aquellas palabras- La música de Dorian era... era algo especial. Nunca escuché nada igual... O más bien, debería decir que nunca sentí una cosa parecida... No era un simple afán por hacer canciones comunes y corrientes. El buscaba lograr algo con su música. Buscaba desarrollar *algo más que simple música*, ¿me entiende?

- ¡Hmm! Su hobbie, sí... A mí siempre me pareció una estupidez.

Al oír la dosis de desprecio que contenía esta expresión, Álvaro sintió el rostro encendiéndosele de rabia. Una especie de carcajada extraña, furibunda, se le escapó de la garganta. Pero supo controlarse.

- Es decir... ¿Usted ha escuchado su música?

- ¿Música?... Ni siquiera sé si sería apropiado llamarle así...

Mientras decía esto, Andropoulos ensayaba un despectivo gesto de interrogación. Luego, continuó:

- Miii... hijo, cometió muchas extravagancias mientras estuvo enfermo... Lo lamento, señor Vergara. Pero, al confesarme que ha tomado en serio eso que hacía él, me parece que usted fue víctima de una de ellas...

Álvaro sintió una nueva oleada de ira acosándole el rostro... ¡Pensar que esa misma actitud era la que había hecho tanto daño a Dorian! Sumido en la indignación, lo pensó durante algunos instantes y, finalmente, decidió irse de allí, no sin antes soltarle alguna cáustica indirecta a semejante desgraciado:

- ¡Bueno! –dijo, mientras se levantaba con aire desafiante- ¡Discúlpeme! ¡Me equivoqué!... ¡Parece que yo guardo una memoria más amable de las cosas de Dorian que usted...! No debí haber venido a molestarlo... ¡Con permiso!

- ¡Usted ha escuchado su... música...! ¿No es así?

- ¡Sí, señor! ¡Así es!

- Y... ¡Bueno!... ¡Cual es su opinión!

Álvaro se lo quedó mirando con desconfianza.

- ¡Es... sencillamente genial! ¡Me parece increíble que usted, precisamente usted, no sea capaz de verlo! –dijo con una fascinación que rayó en la afrenta; tanto, que el físico pestañeó levemente, percibiendo la actitud insultante que llevaban cargadas esas palabras.

Pasaron algunos segundos de pesado silencio. Satisfecho, Álvaro se dispuso a salir. Y ya se dirigía hasta la puerta cuando el físico, una vez más, lo detuvo:

- ¡Señor Vergara, un momento, por favor!

- ¿Sí? –contestó, volviéndose apenas.

- ¿Usted aceptaría una oferta de mi parte?

Intrigado, enfrentó el rostro sonriente y diáfano de Andropoulos.

- ¡Usted dirá!

- ¿No le gustaría formar parte de mi equipo?

De reojo pudo ver como el doctor Domínguez pegaba un cómico salto en su asiento. Pero estaba demasiado sorprendido como para tomarlo en cuenta.

- Dice usted... ¿en su proyecto?

- ¡Por supuesto!... ¡Como un ENIU oficialmente neuro-integrado al OBI-PSY!

El médico, boquiabierto, se volvía una y otra vez hacia Andropoulos y Álvaro. El físico sonreía, sin mirarlo, disfrutando de su estupefacción. Mientras tanto, Álvaro no daba crédito aún a lo que escuchaba. El proyecto del científico era uno de sus temas preferidos. Sabía todo sobre él (por lo menos, todo lo que, con su preparación y la información colectada de revistas y diarios, podía dominar). Y, por lo tanto, alcanzaba a darse cuenta que él, un simple profesor de Física con formación de pregrado, no podía cumplir ni cercanamente los estándares de exigencia que se requerían para formar parte del equipo de unidades analizadoras en tan compleja empresa. Una mezcla de alegría inmensa y temor se agolparon en él: ¿Y si, sin saberlo, después de todo, su intelecto era compatible con semejante tarea? ¿Si, tal y como pensaba siempre, ésta era una de esas sorpresas con que uno suele toparse, justamente cuando cree que ya nada nuevo puede ocurrir?... ¿Sería ese el fin de la larga serie de desventuras que había tenido que soportar a lo largo de su vida?

Tanto era su júbilo, que no se permitió ni siquiera el más mínimo remordimiento. Ahogó de un golpe el primer impulso que había tenido, de sincerarse con aquél hombre y confesarle que no se sentía apto, que no podía tener la competencia necesaria para semejante trabajo. ¡Estaba harto de ser honesto, de jugar siempre limpio, de no aprovechar nunca los resquicios que le brindaba el azar, y no cosechar nunca ningún reconocimiento por ello! ¡Estaba harto de aparecer ante todos como un fracasado, sólo porque el mundo no tenía lugar para sus virtudes! ¡Pues, esta vez, el destino le ofrecía una enorme oportunidad! ¿Iba a desperdiciarla, por un estúpido arranque de honradez?

- ¡Bien!... ¡Bien!... –balbuceaba casi, temblando de emoción- ¡Es genial! ¡Si usted cree...! ¡Si le parece...!

Andropoulos se levantó de golpe y posó pesadamente su mano sobre el hombro de Álvaro, soltando una risa afectaba y amable.

- ¡Vamos! ¡Veo que está muy emocionado! ¡Debe estarlo, hombre!... ¡Pongo en sus manos un privilegio que muchos se quisieran! ¡Y créame que sé muy bien a quién lo concedo!

Sintió como si la mirada del físico penetrase hasta lo más profundo de su alma.

- ¡Muchas gracias!... ¡Muchas gracias! –era todo lo que se le ocurría decir, mientras estrujaba la larga mano de aquel hombre, sin poder eludir la sensación estremecedora de estar estrechando la de su amigo muerto.

Y al recordar a Dorian y darse cuenta de que tanta dicha pudiera provenir de esa aparición suya, se le hizo un nudo en la garganta y los ojos se le llenaron de lágrimas.

*   *   *

Ya al comienzo de la segunda semana, antes de la cual Álvaro había sido sometido a toda clase de pruebas físicas, clínicas y sicológicas, fue llevado al edificio de los ENIU. La doctora Alice Frampton era la supervisora directa del denominado grupo local, del cual formaría parte junto a otras veintidós personas. Con parquedad, llevó a Álvaro a conocer la sala de módulos y lo instruyó sobre cómo conectarse los equipos. Antes de darse cuenta, Álvaro se había quedado solo, en medio de una gran sala gris, repleta de módulos hexagonales.

Entró al suyo y disfrutó unos instantes de la comodidad inusitada del sillón. Luego, ajustó unas anchas abrazaderas a sus brazos y piernas y se puso el casco. No tuvo ni siquiera que oprimir un botón antes que una especie de mundo apareciera a su alrededor. Luz de día, un cielo celeste, más hermoso que el verdadero, y miles de objetos desconocidos, moviéndose o pulsando, lo rodeaban. Justo enfrente, un letrero semitransparente decía: "ÍCONOS". Y, debajo, una lista interminable de figuras se deslizaba lentamente, apareciendo desde el piso y desapareciendo a la altura de sus ojos. Las figuras eran tipos de cabello, rostros y vestimentas que podían arrastrarse con las manos por ese espacio electrónico y fundirse. Al hacerlo, inmediatamente formaban imágenes de personas diferentes, vestidas de distintas maneras. Una vez construidas, bastaba tocarlas para verse convertido en ellas.

Álvaro estaba maravillado. Por supuesto, no demoró en elaborar un ícono personal, lo más semejante a la forma en que le gustaría verse y que lo viesen: un cuerpo más alto, un rostro más elegante... y una chaqueta de solapas levantadas y larga cola, a la usanza de los "poetas malditos" del siglo diecinueve. Así provisto de su nueva imagen virtual, a la que nombró ostentosamente como Rimbaud, atravesó el portal de los iconos y comenzó a recorrer el fascinante mundo virtual que lo rodeaba.

- ¡Buenos días! –dijo una voz gastada al lado suyo- Soy Tycho, el programa tutor que lo instruirá acerca de cómo interactuar con el IBI-PSY desde el escenario virtual en que se encuentra.

- ¿Tycho?... ¿Tycho Brahe? –preguntó Álvaro, reconociendo el nombre del famoso astrónomo danés y admirándose de la reproducción cibernética que se hacía de él: un hombrecito gordo con una nariz metálica, vestido con jubón y medias. Sintió que coincidía absolutamente con la descripción que, en alguna parte, había leído sobre él.

Lo siguió, sin necesidad de caminar, porque le bastó con mover una pierna para desplazarse livianamente en la dirección deseada. La sensación era sobrecogedora y deliciosa, como la de ciertos sueños en que se ve uno flotando por encima de las casas. Pero esta sensación se convirtió en vértigo cuando se dio cuenta que el supuesto piso que tenía debajo suyo no era más que una gran banda rectangular que terminaba bruscamente, dejándolo sobre un abismo repleto de fragmentos de piso parecidos, esparcidos en total desorden por un abismo azul que parecía infinito.

Pasada la primera impresión, le tomó el gusto al vuelo. No dejaba de pensar en la escena marcadamente surrealista que estarían protagonizando, así vestidos a la usanza de épocas tan disímiles y flotando por el aire, cuando llegaron frente a una inmensa estructura, parecida a un edificio y a un palacio a la vez. Las columnas y vigas lo formaban sin tomar contacto entre si. Miles de personajes, tan extravagantes como ellos, lo rodeaban como abejas en torno a un gigantesco panal. Ellos entraron por una gran puerta de doble hoja, decorada con motivos medievales. Una suave melodía de clavicordios los acompañó en su recorrido por el corto pasillo que seguía. Pero, al final de este breve corredor, el aspecto ultramoderno de un panel de controles contrastaba bruscamente con la atmósfera barroca que los había recibido.

- Esta es la entrada a su portal personal. Su password está inscrito en la palma de su icono. Basta que levante su mano enfrente de este lector para que pueda ingresar.

Así lo hizo. Y, de pronto, los comandos que formaban la pared los rodearon, encerrándolos.

- ¡Ahora ya está adentro! –dijo Tycho, con una expresión exageradamente feliz en su rostro bonachón- Desde aquí podrá interactuar con el IBI-PSY cada vez que lo desee.

- Y... ¿puedo también navegar por INTERNET? – preguntó Álvaro, sin ocultar su entusiasmo.

- ¡Por supuesto! Desde este link, a su derecha, tiene acceso a la INTRANET del proyecto, en la que puede conversar con otros ENIU en el foro o en salas virtuales privadas. O, si lo prefiere, puede salir, por este otro link, a la web abierta... Aunque no es necesario. En la INTRANET puede encontrar todo lo que necesita en cuanto a aplicaciones e información.

Experimentó una especie de estremecimiento de alegría al imaginar todo lo que podría ver; las infinitas posibilidades que se le abrían. Si, como lo había hecho durante toda su larga vida de desventuras, recorriendo las bibliotecas, tomando apuntes de revistas o de libros prestados y robando hojas sueltas de diarios ajenos, había conseguido aprender todo lo que sabía, ¿cuánto más podría llegar a conocer ahora?... Conmovido, revisó el escenario de links que mostraba el portal de búsquedas de la web abierta: "ciencias"... "filosofía"... "enigmas"... "literatura"... "biografías"... ¡Tanta abundancia, después de tantas privaciones!

Y Álvaro se aplicó con decisión al que era su nuevo trabajo. Pero, tal como se lo temía, desde un principio halló grandes dificultades en entender los problemas que, en palabras, ecuaciones y diagramas flotantes, se le presentaban, exigiéndole que ensayara una solución y replanteándosele una y otra vez si no la daba. Se sentía igual que un escolar, tratando de contestar una prueba sin haber estudiado. Pero no estaba dispuesto a darse por vencido. Lo último que deseaba era renunciar y perder todas las oportunidades que ahora tenía a la mano. Con todas esas herramientas disponibles, ¿cómo no iba a poder aprender lo que le faltaba para llegar al nivel de la exigencia que le imponía la neuro-anexión?

*　　*　　*

Por primera vez, la vida parecía sonreírle. Un adelanto quincenal le había bastado para dejar la miserable pieza y el húmedo suburbio en que habitaba. Se había dado el lujo de trasladar sus apuntes hasta la elegante habitación nueva, situada a escasas cuadras de la universidad. Se había permitido, inclusive, el inofensivo desplante de presentarse elegantemente vestido ante la agria señora que le arrendaba, para pagarle lo adeudado en billetes grandes, sin esperar vuelto. Eso le había bastado como revancha: mostrarle (aunque solo pudiera hacerlo en el bárbaro lenguaje de la opulencia) que no era un pobre diablo merecedor de sus abusos y desprecios. No necesitaba de ninguna represalia, de ninguna venganza contra nadie. Gozaba ahora de una paz interior que, quizás, nunca antes había tenido... Por supuesto, muchas cosas en su vida no parecían tener remedio. Pero, en cambio, había muchas otras que podrían mejorarse sustancialmente. Se compraría un computador, contrataría una conexión a INTERNET... Un escritorio con una silla cómoda, un equipo de música, algunos muebles, libros verdaderos... Y un automóvil, y una casa... ¿Por qué no?...

Pensaba en eso aquella mañana, mientras subía las empinadas escaleras hacia los edificios de vidrio, que reverberaban, como inmensos diamantes, bajo el sol matutino. Y fue entonces que la vio.

El Sedán amarillo entró por un recodo y se detuvo en una plaza del estacionamiento, debajo de los frondosos árboles. Su melena ensortijada, su piel clarísima y su figura delicada, bajando del auto y encaminándose hacia

160

las puertas del edificio, le despertaron una extraña sensación; algo así como un recuerdo vago e impreciso. La siguió, procurando no llamar su atención. La vio intercambiar algunas palabras con otras mujeres en la antesala, y luego, dirigirse hacia la sala de equipos. Anotó la identificación del módulo al que la vio subir y corrió hacia el suyo. Una vez en su oficina virtual, consultó la identidad de la mujer: "Elisa Momberg"... Y aunque el nombre no le dijo nada, no dejaba de sentir que la conocía.

Decidido a averiguar más sobre ella, a entablar contacto si era posible, se desplazó hasta su sitio en la web. Al llegar, el escenario personalizado de su página no pudo menos que sorprenderlo. Las estructuras flotantes formaban comandos y marcos de colores suaves. Todo simulaba hojas de otoño, miel, panales y abejas zumbantes. "Todo evoca el otoño", pensó Álvaro. "Un otoño suave y amigable, pero, de alguna manera, también triste".

Se fijó en uno de los campos, el más adornado de todos. Las imágenes mostraban fotografías antiguas y mal enfocadas de ovnis, y la leyenda rezaba: "Sólo para creyentes". Sin dudarlo, tocó el icono y, de inmediato, se vio envuelto en un pequeño escenario que, al igual que la habitación de un coleccionista, se hallaba repleto de imágenes de avistamientos, de relatos y reportajes de diarios y, sobre todo, de links que comunicaban hacia infinidad de otros lugares virtuales relacionados con el tema.

Fascinado y alegre, Álvaro se dijo a si mismo que el hobby de la bella mujer no andaba nada alejado de sus propias aficiones. Supo qué, de todo lo que sabía, podría llamarle la atención. Y, pensando en ello, buscó el icono del chat para entablar contacto con ella. El nombre de su icono personal era Coppélia...

Se armó de valor para el encuentro. Dudó, inclusive, si cambiar su icono personal o no... Al final, decidió que aquél no estaba mal, y prefirió pensar en la forma de presentarse. Pero no estaba ni medianamente preparado para lo que le esperaba.

El chat abrió una sala privada casi inmediatamente después de su saludo. Y una especie de parálisis se apoderó de él cuando vio, por fin, a Coppélia. Ante su mirada, atónita e incrédula, apareció una niña de unos quince años, vestida con malla, velos y diminutos zapatos de baile... ¡Era ella!... ¡Ella!... ¡La bailarina que danzaba eternamente en la inmensidad! ¡Su rostro angelical, de labios finos y ojos ingenuos!... ¡El mismo rostro que había visto una vez bajo la tenue luz de un gimnasio, y con el que soñaba frecuentemente, desde hacía tantos años!...

El icono personal de Elisa respondió a su saludo y esperó por largos instantes a que ese desconocido virtual explicara su visita. Preguntó un par de veces qué deseaba. Pero la voz delicada y dulce no ayudaba a Álvaro a salir de su éxtasis. Por fortuna, en medio de su confusión, a Rimbaud se le ocurrió que su silencio podía llegar a asustarla, y no quería, por nada del mundo, que eso ocurriese. Hizo un esfuerzo sobrehumano para sobreponerse y entablar una conversación razonable:

- Eeeeh... Vi tu página: "Sólo para creyentes" y... Yyyy... ¡Bueno! Es... maravillosa.

El halago despertó en la niña una sonrisa suave, que devolvió a Álvaro todo el valor perdido.

- Gracias... Me da gusto conocer gente abierta al tema.

- Bueno... Quizás no sea tan creyente como tú... -dijo, preguntándose si hacía bien sincerándose tan luego, pero no queriendo tampoco crear una falsa expectativa.

- ¡Ah! –exclamó ella, con algo de decepción.

- Sin embargo –se apresuró a replicar Álvaro-, a veces, somos más cercanos de lo que parecemos.

- ¿Por qué? ¿Nos conocemos?

- En persona, no... Pero formo parte del Proyecto Brahe... Al igual que tú, supongo.

Ella asintió con simpatía. Y prosiguieron conversando del proyecto y de otras cosas afines, hasta que, tal como lo deseaba Álvaro, volvieron a tocar el tema de su afición:

- ... Pero, dime. ¿A qué te refieres con eso de "ser creyente" en el tema de los ovnis?... ¿Crees simplemente que hay ovnis? ¿O crees en la interpretación que todos le dan al fenómeno?

Lo miró hermosamente, con inteligencia, preguntando:

- ¿Y cuál es esa "interpretación que todos le dan"?

- Bueno... ¡Que son extraterrestres!... ¡Que vienen de otros planetas!... Como físico, sabrás que en los planetas del sistema solar no se ha hallado ningún rastro de civilizaciones capaces de efectuar viajes interplanetarios... Y estarás consciente de lo lejos que se encuentran sistemas solares con alguna evidencia de poseer planetas habitables...

El icono en forma de niña se movió, como si danzara. Su voz sonó contrariada cuando preguntó:

- Y, si no son seres venidos de otros mundos... ¿Qué otra cosa podrían ser?

Álvaro sonrió, lamentando que su icono no pudiera reproducir su expresión. Había logrado herir el amor propio de la mujer. Y sabía cómo seguir.

- Ven... Quiero que veas algo.

En el icono flotante del buscador, digitó el nombre de un sitio. Instantáneamente, se sintieron lanzados por un túnel. El portal hasta el cual los llevó era una hemeroteca de publicaciones antiguas. Sin dudar, Álvaro seleccionó una fecha, un lugar y el suplemento de un diario local:

"31 – Octubre – 1999 - «La Gaceta del Sur» - Nº 1307"

Con algunas fotografías, que más parecían alusivas que testimoniales, se presentaba el siguiente texto:

"La sigla OOPARTS («Out of Place ARTifacTS»: «artefactos fuera de lugar»), refiere una serie de objetos, los cuales, debido a su data, a la fecha en la que fueron creados, han sido desechados de la cronología normal. La ciencia los ha obviado, y esto simplemente porque no se pueden explicar..."

A grandes rasgos, el artículo hablaba de objetos hallados a lo largo de todo el mundo, cuyo origen era claramente producto de una elaboración inteligente, pero cuya data los remontaba millones de años antes de la aparición del ser humano. Entre los más impresionantes, estaba un martillo de hierro, encontrado en un paseo familiar en Texas, en 1934, con el mango de madera petrificado e incrustado en una roca de 60 millones de años; y algo muy semejante a una huella de calzado, hallada en el Desierto de Gobi, en medio de cuyo tacón aparecía aplastado nada menos que un trilobite (un crustáceo extinto, cuyos restos se encuentran en estratos del período Cámbrico, hace 500 millones de años...).

- ¿Qué te parece?

El icono de Elisa recorría, con mal disimulado asombro, las palabras finales que se desplegaban, suspendidas ante su mirada. Cuando se apartó, dijo, sin mirarlo:

- Pero... ¿Será cierto esto?

- Si esta fuera una crónica aislada, totalmente inventada para entretener a lectores ociosos, lo que informa no aparecería en otros lados…

Y mientras decía esto, Rimbaud digitaba en varios buscadores flotantes, palabras como "Antikitera", "Abidos", "Ica", "Nazca", "Palenque", "Tiahuanaco", e iba mostrando a su amiga las sorprendentes imágenes e informaciones que se desplegaban.

- Es fascinante, sí –respondió ella, forzando un tono sobrio y desinteresado- …¡Pero, en todo caso, esto reafirma la existencia de seres venidos de otros mundos!

- Te repito: las estrellas están demasiado lejos de nosotros…

- Pero, ¿de qué otro modo, entonces, se podría explicar la presencia de restos tecnológicos en épocas en que no había aún ninguna especie inteligente sobre la tierra?

- Por una humanidad futura –respondió Álvaro-. ¡Una humanidad increíblemente desarrollada que, envuelta ya en el paroxismo tecnológico que nosotros apenas estamos inaugurando, hubiese ideado una manera radical para escapar al vacío de sentido de sus vidas, mediante el dominio de la variable más esquiva de todas: el tiempo.

- ¿Cómo?

- ¡Viajeros del tiempo!... ¡Seres humanos; o, en todo caso, post-humanos, capaces de desplazarse hacia el pasado y el futuro con la misma eficiencia con que nosotros, los actuales, nos movemos en ambos sentidos por una autopista!... Es fácil ver cómo esta hipótesis amarra muchos cabos sueltos. En primer lugar, da explicación a los avistamientos en todas sus facetas: como por ejemplo, a la desaparición repentina de los ovnis del campo visual y a la forma invariablemente "humanoide" de los supuestos alienígenas (seres famélicos y cabezudos, que tan curiosamente encajan con la tendencia evolutiva que sigue el hombre contemporáneo). En segundo lugar, explica los inéditos hallazgos de OOPARTS que hemos visto. ¿Quién, yendo de excursión aérea a selvas inaccesibles, no ha perdido un celular o una brújula y, con ello, dejado en lugares absolutamente vírgenes, objetos que resultaría inexplicable encontrar allí si no es aceptando la posibilidad de tales viajes? En tercer lugar, da respuesta a las pinturas rupestres de hombres con escafandra y a los conocimientos astronómicos extraordinarios que debieron poseer ciertos pueblos antiguos para producir prodigios científicos, de los que la precisión del calendario maya y la gran pirámide de Giza son sólo dos de los ejemplos más conocidos… Y, en cuarto lugar, lo más importante, creo yo: esta hipótesis coloca, como causante de todos estos hechos misteriosos, al único ser conocido capaz de producirlos, y cuya existencia es indiscutible: ¡nosotros mismos!

- ¡Muy convincente! –reconoció Elisa, con tono escéptico- ¡Pero todo esto es literatura! ¡A lo más, ciencia-ficción!… El viaje a través del tiempo no es más que una conjetura…

- ¡Una conjetura, sí, pero apoyada por fenómenos físicos bien demostrados!

- ¡Ah, vamos!… ¿Cuáles?

- El efecto Casimir –terminó Álvaro, con recalcitrante lentitud, mientras disfrutaba del desconcertado silencio en que yacía sumido el icono personal de Elisa.

- Sabemos –prosiguió- que, a distancias inferiores al átomo, en escalas de Planck, sólo la Mecánica Cuántica puede ofrecer descripciones con resultados comprobables. Y el Principio de Incertidumbre, en el que se fundamenta, indica que, en el espacio subatómico hay una probabilidad diferente de cero, de que pares de partículas y antipartículas se crean y se aniquilan antes de poder ser detectadas con algún instrumento. A escalas subatómicas, entonces, el espacio no está vacío: sería como un burbujeo incesante de creación y destrucción de partículas, también conocido como energía del vacío cuántico.

En mil novecientos cuarenta y ocho, Hendrik B. G. Casimir, físico holandés, demostró que dos placas metálicas extremadamente lisas, sin carga eléctrica, instaladas en paralelo y a una distancia muy pequeña una de la otra, podrían disminuir la energía del vacío cuántico, porque habría menos pares de partículas creándose y aniquilándose entre tales placas que en el entorno exterior. Es decir, la presencia de las placas crea una región de energía y presión negativa respecto del entorno, lo cual provoca, a su vez, que las placas se atraigan entre sí. Semejante fuerza no es una fantasía. Fue medida por primera vez en el año dos mil por Steve Laureaux, del Laboratorio Nacional de Los Alamos, y por Umar Mohideen y Anushree Roy, de la Universidad de California.

Ahora bien, acuérdate del lenguaje geométrico de la Teoría de la Relatividad General de Einstein: si aparece una fuerza de atracción, es porque se ha producido una curvatura en el espacio-tiempo. Y si la energía negativa tuerce el espacio-tiempo, al igual que la gravedad, entonces, con energía negativa es posible crear túneles en este espacio-tiempo, que conecten puntos distintos de él. Estos túneles espacio-temporales permitirían que uno pudiese viajar más rápido que la luz, al igual que los túneles practicados a través de una montaña permiten llegar al otro lado en más breve tiempo que recorriendo sus laderas. Pero sabemos que lo más rápido que podemos recorrer el espacio-tiempo es a la velocidad de la luz. Si lográsemos recorrerlo más velozmente aún a través de uno de estos túneles, llegaríamos a destino antes de haber partido… ¡Habríamos hecho un viaje hacia el pasado!

Coppélia estuvo silenciosa varios segundos, como si reflexionara:

- Es buena tu teoría –dijo, melancólica- Pero… no puede ser cierta. No puedo creer que los humanos estemos tan aislados, tan desamparados, tan solos… que seamos los únicos causantes de todo lo que nos rodea.

- ¡Somos –exclamó Rimbaud- los únicos causantes del "mundo" que nos rodea! ¡Y estamos tan solos, tan desamparados y vacíos, que seguimos llenando este mundo nuestro con fantasías tecnológicas cada vez más refinadas, para engañarnos a nosotros mismos, para esquivar la pavorosa verdad de nuestra soledad y lo inútil que es todo lo que sufrimos! ¡Dios no nos protege de la adversidad y de la muerte, no porque sea malo, sino porque sencillamente, no puede! ¡Es una más de nuestras ilusiones! ¡Y tú, Coppélia, y yo, Rimbaud, tampoco somos otra cosa, sino eso: fantasmas virtuales, creados por nuestro horror al desamparo y a la falta de significado que tiene el sufrimiento! ¡Fantasmas en los que depositamos toda nuestra nostalgia de felicidad y de sentido!

Ella miró largo rato al "poeta maldito". Y Rimbaud sintió que lo había escuchado; que, de alguna manera, había tocado algo muy hondo en su corazón. Y el suyo dio un vuelco cuando advirtió que la maravillosa imagen de la niña se acercaba y tocaba su mejilla con su delicada mano, como si desease consolarlo:

- No pienses así… ¡Es tan triste!... Yo sé que no estamos solos ni desamparados en esta inmensidad. Yo los he viiisto, ¿entiendes?... Ellos, "los visitantes", han venido por nosotros. Y no son sólo seres extraterrestres inteligentes. ¡Son enviados de Diooos! ¡Mensajeros que han venido a salvarnos en Su nombre!

Álvaro creía desfallecer de dicha. ¡Con qué ganas se hubiera dejado llevar en el dulce consuelo que le prodigaba aquella caricia; en esa arrebatadora invitación a la fe que su eterna amada le hacía! ¡Pero era tanto el dolor y el resentimiento que sentía! ¡Tanto, lo que se le había negado y arrebatado en la vida! ¡Si tan solo ella…!

- ¿Sabes? –le dijo, conmovido- Yo te he conocido mucho antes de ahora.

- ¿Sí?... ¿Cuándo? –preguntó ella. Y su voz virtual delató una suspicacia peculiar.

- Hace mucho, mucho tiempo... –explicó, sin abandonar su tono enigmático-... Cuando era un escolar, y estudiaba en el Colegio San Sebastián, de aquí de la zona... Especialmente, durante un recreo que, desde entonces, nunca he podido olvidar...

La expresión impertérrita del icono no lo dejaba apreciar el efecto que surtían sus palabras.

- ... Te gustaba ensayar danza durante los recreos largos... Y lo hacías muy bien. ¡Maravillosamente!... ¿Todavía lo haces?

El rostro virtual negó lentamente. Permanecía inmutable, pero mostraba cierta vacilación en sus movimientos, y un casi imperceptible alejamiento de él. Álvaro sentía que la estaba perdiendo. Se sentía desesperar y, a medida que eso ocurría, iba perdiendo también el control de lo que decía:

- ...Yo te miraba, cuando podía hacerlo... ¡Disculpa si no debía! ¡Pero es que me encantabas! ¡Me encantaba verte!... Creo que, inclusive...

Dudó en decirlo. Supo que, tal vez, una vez más, lo echaría todo a perder. Y que, tal vez, se estaba condenando a extraviarla por otros veinticinco años o para siempre ahora... Pero su destino parecía ser el azar; el nunca saber a qué atenerse en sus opciones; el nunca vislumbrar si el viento soplaba a favor o en contra; el nunca poder descubrir, en los signos y señales, si se estaba salvando o condenando con sus actos... Y, una vez más, se lo jugó todo:

- ...Me enamoré de ti... Y todavía te amo... Con toda el alma, todos estos años, mi vida entera... ¡Te amo, Coppélia! ¡Te amo... Elisa!

Era como si todo se repitiera. Ella, con la misma expresión ausente, mirando a un lado y otro, incómoda. Hasta la intensa luz que los rodeaba, hasta el vértigo, eran los mismos. Sólo que, esta vez, dijo algo antes de irse:

- El colegio... La danza en el gimnasio... Sabes todo eso... todo eso es cierto, pero... ¡Perdona! ¡Me confundes con esto que me dices! Me halagas. Pero yo... Creo que no lo merezco... Además, apenas te vengo conociendo. ¿Qué te puedo decir? Sólo que eres... ¡Bueno! Eres gentiiil, inteligennnte, tieeerno... Pero yooo... Yo estoy comprometida, ¿entiendes?

Y se fue...

Se fue de nuevo, una vez más, igual que antes. Como si él no hubiese sido más que un incómodo pensamiento...

*   *   *

No hacía un mes que Álvaro trabajaba en las instalaciones del Proyecto Brahe, y ya era objeto de cierta curiosidad, cuando no de abierta distancia y franco desprecio, por parte de los demás integrantes del "grupo local". A la hora de almuerzo, todos solían salir de sus módulos y reunirse en una confortable sala comedor, a colacionar y conversar. Álvaro, "el nuevo", muchas veces prefería aprovechar esa corta hora en sus navegaciones, y cuando bajaba, el súbito silencio de los que estaban allí le indicaba que acaso él era el tema de esos comentarios. Trataba, empero, de no tomarlos en cuenta, e igual se acercaba a todos con una sonrisa, intentando ser agradable. La mayoría de las veces no lograba mucho más que respuestas en monosílabos y miradas evasivas, aunque fuesen también cordiales. Por supuesto, al poco tiempo de darse cuenta de que tales conductas eran algo más que una impresión suya, su ánimo comenzó a sufrir las consecuencias de siempre. Inquieto, se preguntaba qué les estaría pasando con él; qué habría hecho que pudiera despertar semejante rechazo. ¡Si tan solo pudiera preguntarle a alguien sin temor de llamar más todavía la atención sobre sí!.

Un día, se dio cuenta, con cierto júbilo, que no era el único del grupo que no parecía agradar a los demás. En una pequeña mesa apartada, que nadie más ocupaba, siempre había un sujeto moreno y de aspecto desaliñado, pelado hasta la mitad de la cabeza y con una larga melena negra y despeinada en la mitad restante. Pensando en que no tenía nada que perder, se acercó:

- Buenas tardes... ¿Puedo acompañarlo?

No recibió por respuesta más que una mirada asiática y un gesto agrio, que pronto dio paso a una expresión burlesca. Como esperaba algo peor, Alvaro quiso interpretarlo como un asentimiento, y se sentó con su plato.

- Me llamo Álvaro Vergara... –dijo. Pero el otro siguió comiendo como si nada.

- Usted... ¿está hace mucho acá?... Soy... ¡Bueno! Llegué hace poco y... La verdad es que no conozco nada sobre las... reglas de convivencia que tienen ustedes... Me refiero a que... ¡Bueno! Noto como cierta frialdad en la gente de aquí...

Decía eso y veía cómo el otro comía, agachado y groseramente. Y, por supuesto, pensaba que bastaba con eso para que nadie se le acercase. Sin embargo, estaba decidido a sacarle algo a ese ermitaño. E insistió:

- ...Me he estado preguntando si, a lo mejor, he hecho alguna cosa... ¡Usted sabe! Algo que no se debía hacer. Algo que ofendiera a alguien... ¡Esto de las reglas de convivencia es tan complicado!

El hombre lo miró y se enderezó mientras masticaba con la boca repleta. Luego, se rió emitiendo un ruido gangoso por la nariz. Extrañado, pero feliz por lo menos de haber logrado esa reacción, Alvaro se rió tímidamente también. Y después del silencio que siguió, volvió a preguntarle:

- Eeeeh... ¡Bueno! ¿Qué piensa usted?

Lo miró un largo rato con expresión escrutadora. Y, como si hubiese tomado todas las palabras de Alvaro como tonteras, con voz absolutamente autoritaria, le preguntó:

- ¿Qué ehtai' haciendo voh acá? ¿Ah?

La pregunta lo dejó helado. Sintió como si lo hubiesen pillado *in fraganti* en algún delito. El delito, lo sabía bien, era no ser apto para el lugar que estaba ocupando en el módulo. De alguna manera, ese sujeto lo había descubierto. ¿Lo sabrían también todos los demás? Aún atemorizado por estos pensamientos, se apresuró a responder con astucia:

- Hago lo que puedo... Como todos ustedes también... ¿O es que me perdí de algo, y alguno ya logró la Unificación?... ¡No lo creo!

El tipo lo contempló con una gran suspicacia brillándole entre los párpados ojerosos. Envalentonado por su silencio, Álvaro continuó:

- Mire... Me doy cuenta que todos actúan raro conmigo... Solo me gustaría saber por qué.

- Es desconfianza –barbotó el hombre, con sequedad.

- ¿Desconfianza?... ¿Desconfianza de mí? Pero, ¿por qué?

De nuevo, el sujeto lo contempló un momento antes de responder:

- Piensan que no eres físico... o que no fuiste seleccionado, sino colocado para vigilarnos.

- Yyyy... ¿Por qué piensan eso, se puede saber?

- Porque te portas muy raro. Haces preguntas raras, como de alguien que no tiene mucha idea de lo que está preguntando. Te lo pasas en la "web" y nadie ha recibido de ti ningún comentario a sus contribuciones...

- ¡Ahhh!... ¡Entonces es eso! ¡Porque les parezco raro!... ¿Y por qué no opinan eso mismo, por ejemplo de ti?

Lo miró, de nuevo con gesto divertido por la clara indignación que comenzaba a hacerse evidente en los gestos de Álvaro:

- ¿No sabes quién soy yo?

- No... La verdad, no.

- ¡Eso si que esta bueno! –rió pausadamente, como quien no está habituado a hacerlo. Álvaro se dio cuenta que estaba a punto de escucharle algo novedoso. Por eso, a pesar de su molestia, no se atrevió a interrumpirlo.

- ¿Sabí'? –le dijo cuando hubo parado de reírse- Voh no so' un "sapo". No. Esos estúpidos están convencidos de eso. Pero no... No tení' la pinta... ¡Pero déjalos creer eso! ¡Déjalos! ¡Y no tratí' de acercarte a ellos! ¡Es mejor para ti!

- ¡Bueno! —respondió Álvaro- Pero... al final, ¿quién es usted?

- Soy Zapp, encargado de seguridad y comunicaciones en las redes –dijo el hombre, mientras parecía crecer en su asiento – Y ahora dime tú... ¿Quién diablo eres?

Álvaro respiró hondo a su vez y dijo, lo más sinceramente que pudo:

- Le prometo que, a veces quisiera ser otro... Pero no soy nadie más que el que usted ve. Y estoy aquí por lo mismo porque están todos ustedes. Lo que pasa es que, a lo mejor, no lo hago tan bien como debería... Pero todavía llevo muy poco tiempo... Además, no creo que, sólo por eso, deban desconfiar tanto. ¡Sospechar de alguien sólo porque no se porta como el resto me parece una exageración! ¡Una tontera, perdóneme!

Por primera vez, creyó vislumbrar en el gesto del hombre algo así como un rictus de simpatía:

- Sí... Ya te dije que son unos imbéciles. Son imbéciles, porque se creen muy inteligentes y, en realidad, son sólo títeres. Pero tienen algo de razón en ser tan tímidos. Aquí, "el que pestañea, pierde", y eso, todos ellos lo saben muy bien... Pero tú no...

- No entiendo.

Tras dudar un momento, Zapp miró a todos lados mientras acercaba su rostro enigmático a Álvaro:

- Te voy a contar algo que no deberías saber... Pero lo haré porque ya me di cuenta de que no eres un peligro para nadie aquí... (para nadie más que para ti mismo)... Y te lo voy a contar para que estés prevenido...

¡Porque, la verdad, es que no me gustaría ver que esos sobrados hagan puré contigo!

Álvaro escuchaba con suma atención.

- Ayer escuché a "la gringa" hablando con "gran jefe" muy indignada, acerca de ti... Parece que la primera evaluación de tu desempeño no salió nada de bien y que era de esperarse por lo que decía tu diagnóstico sico-orgánico... Entonces, "la gringa" le preguntaba a "gran jefe" cómo era posible que un individuo no calificado fuese admitido... Parece que tus días están contados aquí... A menos que...

- A menos que... ¿Qué? –inquirió Alvaro, palideciendo ante la inquietante posibilidad que el sujeto le planteaba.

- A menos que no haya habido ningún error y Andropoulos te haya traído con otro propósito, distinto del de calcular la Unificación. Ahora, dime tú: ¿cuál podría ser ese propósito?

Álvaro se encogió de hombros, intrigado también. Su semblante demacrado era tal que el hombre no pudo dudar de su sinceridad.

- ¡O sea que ni tú mismo lo sabes! ¡Vaya!... ¡Este Andropoulos es, en verdad, un gran titiritero!

Escuchó apenas el comentario, porque en ese mismo minuto, su atribulada cabeza le daba mil vueltas al asunto:

- Si estoy aquí por otra razón... Tendría que ser por algo relacionado con su hijo –reflexionó.

- ¿Cómo?

- ¡Claro!... Yo le hice clases a su hijo... Entonces, si me tiene aquí, es porque, de algún modo, le interesa lo que yo pueda decirle de su hijo.

La faz asiática del hombre adoptó una expresión extraña. Los ojos le brillaron debajo de las rasgaduras de los párpados, como si hubiese visto de repente algo espectacular y magnífico:

- ¡Su hijo!... ¡Su hijo, ¿he?! –barbotó, iniciando de nuevo su risa gangosa - ¡Así que, después de todo, era cierto!...

- Era cierto... ¿Qué?

- ¡Ohh!... Es algo sobre lo que se rumoreaba hacía tiempo, entre los primeros que empezamos a trabajar en este proyecto... –explicó, entre barboteos- Es algo que yo, por casualidad, averigüé entre mis amigos "hackers"... Pero nunca creí que fuera cierto...

- ¡Qué!

- ... Es algo que... ¡Te lo voy a decir! ¡Sí, te lo voy a decir, porque, por último, no vas a durar mucho tiempo aquí y...! ¡Bah, qué me importa que se sepa o no!

- ¡¡Qué!!

- Andropoulos nunca tuvo un hijo... No, por lo menos, de la manera convencional. Era imposible porque su señora siempre fue estéril...

Álvaro estaba pasmado. No acertaba a entender lo que le estaban diciendo.

- ¡Pero!... ¡Pero, entonces...! ¡No! ¡No es posible! ¡Dorian no podría haber sido adoptado! ¡Se parecía demasiado a Andropoulos!

- ¡Obvio! –barbotó de nuevo el grotesco sujeto, sin dejar de reírse- ... ¡Era un clon!...

*　　*　　*

El icono personal de Zapp en la "web" era, ni más ni menos, una versión exagerada de su apariencia real: una especie de guerrero de contextura musculosa y brazos gruesos como troncos. "Como el legendario Caupolicán, el glorioso toqui de mi pueblo", le había comentado con orgullo en respuesta a la curiosidad que Álvaro le había manifestado al respecto, lo más delicadamente que había podido. Pero en los ocasionales encuentros que solían tener, ya fuese en los escenarios virtuales o en la sala de descanso, el arrogante sujeto no devolvía a Álvaro la misma delicadeza, ni siquiera algo de amabilidad. Cansado de este trato, Álvaro había decidido alejarse definitivamente, cuando recibió su inesperada visita en su portal:

- ¿Querí' dar un paseo?

A Álvaro le alegró verlo, aunque su tono no parecía nada de amistoso. Sin embargo, conociendo la gran habilidad de Zapp, sabía que cualquier paseo con él no podía sino resultar tremendamente instructivo y, por demás, interesante.

- ¡Claro! –le respondió, entusiasmado- ¿Adónde?

- Te lo voy a decir sin rodeos, para que no te hagai' falsas ilusiones… "Gran jefe" me encargó una misión y necesito un señuelo; alguien que me ayude a distraer los sistemas de defensa del lugar adonde voy. Y te escogí a ti no porque seas muy inteligente, sino que todo lo contrario…

La risa del "toqui" barbotó burlonamente. Alvaro no se inmutó:

- ¡Te crees tan inteligente, y ni siquiera sabes cómo pedirle un favor a alguien!… ¡Yo que, según tú, no me comparo contigo, sé que lo que menos hay que hacer es empezar insultando!

- ¡Ya, ya, hombre! ¡No te enojes!… Esto es realmente importante para el proyecto. Si me ayudas, puedo hacer que tu delicada situación mejore.

Álvaro sintió como si una especie de alivio se posara en su alma.

- ¿Qué hay que hacer?

- Se trata de la competencia. ¡Hay que averiguar qué están tramando!

- ¿Häusserman?

El icono de Zapp pareció sorprendido:

- ¿Cómo sabes eso?

- No soy tan tonto e ignorante como tú crees. Hace muchos años, cuando todavía apenas conocía el proyecto de Andropoulos por los diarios y revistas, supe de la rivalidad entre él y Karl Gottfried Häusserman... Luego, con toda la información a escala mundial a la que se tiene acceso aquí, no me ha sido difícil seguirle la pista a esa pelea... Sé, por ejemplo, que el alemán ha logrado instalar un gigantesco acelerador de partículas, que orbita la Tierra... Y eso debe tener a Andropoulos muy molesto.

- "Molesto" no es la palabra más adecuada a lo que "gran jefe" siente. Es muy cursi... Pero por ahí va la cosa... Por eso es muy importante que yo consiga entrar a los sistemas de esa máquina para conocer las especificaciones de su diseño... Y sobre todo las energías de colisión que alcanza, para poder saber si son lo suficientemente altas como para poner a prueba las predicciones de las teorías de supercuerdas candidatas a la Unificación... ¡Ya!

- Dijiste que me usarías de señuelo... ¿No es peligroso?

- ¡Oh! ¡Para ti, no!... Cuando los programas anti-hacking te detecten, se reirán de tu inocuo e indefenso perfil... Pensarán que eres un navegante aficionado y no perderán el tiempo contigo. Mientras tanto, yo habré tenido tiempo suficiente para identificar las vulnerabilidades del sistema y penetrarlas...

- ¡Fantástico! –dijo Álvaro, no sin cierto nerviosismo, pero ilusionado con la expectativa de salvar su deteriorado prestigio.

Partieron de inmediato, a través de un link de *e-commerce*, para despertar el menor número de sospechas posible. Cuando llegaron al portal principal, estaban rodeados de cientos de otros iconos navegantes. Entonces, Álvaro tuvo una agradable sorpresa. Allí, revisando las características de una vitrina virtual, y flotando entre varios otros iconos de apariencia femenina, estaba Coppélia:

- ¡Es ella! –exclamó, feliz, antes de alcanzar a darse cuenta de su reacción.

Como era de esperarse, Zapp se volvió para verla. Miró de nuevo a Álvaro por un momento, y no necesitó más para comprender:

- ¡Así que "Coppélia"! ¿Eh?... ¿Me vai' a decir que también te gusta la "mina" del jefe?

- ¿Cómo?... Ellaaa... ¿Ella es *algo* de Andropoulos?

La risa grotesca de Zapp gorgoteó de nuevo detrás de su icono:

- ¡Claro que sí, poh'!... ¡No iba a serlo!... ¡Con lo "rica" que está!...

Entraron por el portal de una de las miles de tiendas que flotaban por doquier. Álvaro la perdió de vista mientras recordaba con tristeza la última conversación que había tenido con ella y la inútil declaración que le había hecho de su amor. Ahora que sabía a quién se refería ella cuando se había disculpado por estar "comprometida", entendía la talla del rival al que, desde entonces, había planeado disputársela. Y maldijo su suerte...

Zapp se detuvo enfrente de una vistosa chaqueta que se movía y giraba como si estuviese suspendida libremente en el agua, mientras un enjambre de letras y rótulos revoloteaban alrededor, indicando sus características.

- Falta poco... –dijo el "toqui", mientras miraba su reloj.

De pronto, la chaqueta sufrió una especie de colapso y, en su lugar, apareció un pequeño portal negro, de aspecto borroso:

- Es uno de mis links fantasmas... ¿No es precioso? ¡Los tengo repartidos por toda la "web"! –explicó Zapp, sin disimular su orgullo.

Luego de que el "toqui" pulsara algunos comandos, entraron. Estuvieron algún tiempo recorriendo un túnel gris y opaco, en el que sus propias figuras se deformaban de manera inquietante. Por fin, llegaron hasta un inmenso escenario, tan impresionante como el del IBI-PSY.

- ¡Anda, acércate a la estructura más grande! ¡Rápido! –le dijo Zapp antes de desaparecer.

Tomado por sorpresa, Álvaro no supo sino obedecer. No tenía otra salida más que confiar en que el excéntrico "hacker" no lo abandonaría allí a su suerte. Pero no hizo sino empezar a avanzar, cuando una luz roja lo rodeó por completo, paralizándolo. Podía ver girando alrededor suyo a varios iconos pequeños y comprendió que debía tratarse de los programas anti-hacking. Se propuso quedarse tranquilo, a pesar del intenso y aterrador ruido que las formas cambiantes y afiladas emitían. Pero el miedo inicial comenzó a convertirse en pánico cuando las figuras empezaron a lanzarle largas cuchillas, que sentía atravesándole el cuerpo y abriéndoselo, aunque sin dolor. Vio su mano cortada, saltando sin dedos enfrente de él, junto con unos restos de su chaqueta decimonónica. La horrorosa vista de su cuerpo virtual cada vez más despedazado lo llevó hasta el paroxismo de la desesperación. Sin poder moverse, ni siquiera gritar, creía llegada su muerte, cuando la luz que lo envolvía se apagó y los implacables iconos escaparon en distintas direcciones tan súbitamente como habían llegado.

Álvaro experimentaba una fuerte vibración en el pecho y los hombros. No podía orientar su mirada, y se dio cuenta que de su cuerpo virtual no quedaba sino su cabeza y parte de su hombro derecho. Restos de sus miembros flotaban por todas partes y lo abrumaba la onírica desesperación de no tener manos con qué recogerlos.

- ¡Ya lo tengo! ¡Vámonos! –ladró de repente la voz de Zapp, mientras un velo negro le cubría la vista y se sentía lanzado a gran velocidad.

La sensación duró hasta que el velo desapareció y se vio de nuevo entre las familiares estructuras virtuales del IBI-PSY, junto al icono del "toqui".

- ¡Eres un desgraciado! –le gritó, furioso y lamentando no tener con qué golpearlo- ¡Me dijiste que no era peligroso!

- ¡Bueno, bueno!... ¡Si no te ha pasado nada! ¡Atacaron tu icono con antivirus para inutilizarlo, por si acaso! Pero sólo dañaron el programa que integra las sensaciones cinestésicas. El informático lo arregla en un rato... ¡Pero, gracias a ti, a mi ni me vieron!...

- ¡Siiií! ¡Gran consuelo para mí! –reclamó Álvaro, íntimamente feliz, sin embargo, de enterarse que la terrible experiencia no había tenido más consecuencias que la horrible sensación de ser despedazado.

- ¡Ahora, quédate callado! –le ordenó Zapp-. Necesito hablar urgentemente con "gran jefe", y vas a tener que esperar a que termine para que te ayude a salir...

Obedeció, resignado, dejándose tirar como un pequeño bolso repleto de piezas sueltas. Zapp pulsó un comando flotante del "chat" y, tras un saludo breve, citó a Andropoulos a una sala privada.

Ya en la sala, esperaron un momento, antes de que el enorme icono de un hombre de rostro alargado y negra barba, con un pomposo babero plegado a la usanza del siglo dieciséis, hiciera su entrada... "¡No podía ser otro el icono personal de Andropoulos para su proyecto!", pensó Álvaro, sinceramente admirado de la metáfora que el personaje del icono representaba: ¡Johannes Kepler, el discípulo de Tycho Brahe; el modesto aprendiz que, sin embargo grande en su intelecto, había sabido aprovechar la vasta información astronómica recopilada por su maestro para deducir las tres leyes del movimiento planetario!

- Cuéntame, Zapp –preguntó Kepler, con voz imponente.

- ¡Usted no se espera esto, jefe! –le anticipó el "toqui". Y, sin demora, extendió su brazo y tocó un rótulo flotante, que decía: "attach".

Inmediatamente, una imagen virtual en tres dimensiones se desplegó ante ellos. Una serie innumerable de satélites, sincronizados en órbita estacionaria, daban la vuelta completa a la Tierra. Al llegar a cada uno de estos, el plano holográfico mostraba cómo los haces de protones y antiprotones que viajaban en sentidos opuestos, sufrían una leve desviación, lo que les permitía ir cambiando su dirección con efecto mínimo de pérdida de energía. Además, cada minisatélite era, en realidad, un poderoso electroimán superconductor, que daba a cada haz de partículas un nuevo impulso acelerador, logrando inducirle una energía cinética inmensa. Sólo en dos de ellos, los más grandes, había instalados detectores de última generación, destinados a registrar las nuevas partículas que se producirían como resultado de las colisiones. Lo que indudablemente parecía lo más novedoso, era la descripción que se hacía del "blindaje": un haz cilíndrico de neutrones que, viajando junto al paquete de protones y antiprotones, actuaban como escudo protector contra el viento solar, la radiación cósmica y los poderosos campos magnéticos de los cinturones de Van Halen que rodean al planeta. Además, el anillo entero de satélites estaba protegido por campos electromagnéticos, producidos desde ellos mismos y controlados desde la Tierra, para contrarrestar las fluctuaciones de los campos de Van Halen y otras alteraciones típicas de la ionosfera.

Pese a su incómoda condición de "bulto", Álvaro no cabía en sí de fascinación. Aquello era, con toda seguridad, el más grande salto que la tecnología humana había podido lograr. Las energías esperadas en los choques entre las partículas aceleradas superaban todo lo imaginable con aceleradores terrestres. Si alguna de las teorías de supercuerdas era correcta, no sólo el bosón de Higgs, sino todas las partículas exóticas que forman la materia oscura, serían fácilmente producidas. Incluso, miniagujeros negros podrían ser generados y las dimensiones compactadas a escala de Planck predichas, podrían ser rastreadas en los inusuales efectos macroscópicos que desataran. La estructura misma del universo mostraría fácilmente todos sus secretos. ¡Y, quien sabía hasta qué límites, los descubrimientos experimentales que se lograran en la vasta máquina conseguirían acotar efectivamente las múltiples divagaciones y rutas extraviadas de la teoría, en su búsqueda de la Unificación de todas las fuerzas de la naturaleza!... Había que admitirlo: a pesar de lo imposible que parecía, Häusserman había conseguido potenciar la tecnología de los aceleradores a un nivel suficiente para someter las teorías de la Unificación a la prueba experimental. Y, en esas circunstancias, el enfoque puramente teorético e inductivo de Andropoulos quedaba del todo superado.

- ¡Es una monstruosidad! –masculló Kepler, sin reprimir en lo más mínimo su contrariedad- ¡Qué desperdicio de recursos!... ¡Es increíble! ¡Increíble que se haya permitido llegar con esto hasta el final!... ¡Y tú, eres un inútil! ¿Cómo no pudiste acceder a estos datos antes?

- ¡Pero...! ¡Usted sabe que no podíamos conocer más que lo mediático!... ¡Usted sabe que todo estaba demasiado bien resguardado!...

- ¡Sí...! ¡Pero a ti te correspondía confirmar si no eran más que bravatas, exageraciones! ¡Y a tiempo! ¡No ahora, que ya no podemos hacer nada!... ¡Incompetente!

Y allí estuvo Álvaro mucho tiempo, como un ignorado testigo, escuchando a su pesar los injustos e iracundos reproches que el físico arrojaba sobre el desconsolado Zapp, que intentaba inútilmente defenderse. Y, por mucho tiempo también, debió presenciar las furiosas gesticulaciones con que el icono personal de Andropoulos recorría y manoteaba todos los detalles de la imagen, como si cada nuevo detalle que descubría en el sofisticado aparato fuera una afrenta insoportable.

*   *   *

Sintió un escalofrío cuando leyó, en su e-mail, el recado firmado por la secretaria. Andropoulos requería verlo de inmediato. No deseaba pensar en el motivo. Pero no podía ser otro: hacer notar su pésimo rendimiento y, con seguridad, comunicarle su expulsión del proyecto.

184

Se cubrió el rostro con las manos. Primero, Elisa… Y, ahora, esto. Estaba perdido. Todo aquello había sido como un breve sueño; un hermoso sueño sobre cosas felices y gratas, que estaba a punto de terminar.

Resignado, salió de su módulo y caminó hasta las oficinas de Andropoulos. Se esforzaba por imaginar qué le respondería; cuál sería la manera más digna de irse sin dejar nada pendiente por aclarar. No podía decidir si ser grosero o mostrarse indiferente. Y, cuando pensaba en Dorian, no podía dejar de sentir rabia. ¿Por qué haber traído a Dorian al mundo y abandonarlo, dejándolo crecer sin un referente paterno? ¿Y por qué, encima de todo, despreciar los esfuerzos del joven por afirmar su precaria autovaloración?

Mientras caminaba, su ánimo pasaba de la ira a la tristeza más honda. ¡Eso!… ¡Esa conciencia espantosa de no ser más que un ser desechable…! ¡Esa conciencia terrible de no valer nada, de no tener ni un mísero lugar en el mundo era, tal vez el germen que le había roído el alma y lo había llevado a la perdición! ¡Era, quizás, la explicación que justificaba su delirio, repleto de símbolos relacionados con el mito minoico: el laberinto, la parálisis catatónica en la postura de un toro!… ¡Como un acto de suprema rebelión hacia el mundo de su padre, Dorian se había recreado a sí mismo en un monstruo: el legendario Minotauro; un castigo semejante al que los dioses le habían infligido al rey Minos, por su soberbia!

La secretaria lo miró de reojo cuando lo sintió llegar. Sin mirarlo, pulsó el citófono y lo anunció. Álvaro respiró profundo, e intentó, por todos los medios, tranquilizarse. Tras la señal de la secretaria, caminó hasta la puerta, giró la perilla y la abrió.

- ¡Señor Vergara! ¡Adelante, por favor!

La voz de Andropoulos le sonó extrañamente amistosa. Pero sabía que no era sincera. Lo miró de frente para responder a su saludo. Y, entonces, se dio cuenta que había alguien más con él. Era una mujer. Pero no una desconocida.

- ¡Tome asiento!... Mire, le presento a la señorita Tamara Solís… Amara, para quienes la conocen por sus discos…

- ¡Hola!...

Álvaro apenas pudo disimular su sorpresa. ¡Allí, frente a él, estaba la tan buscada muchacha! ¡La ex pareja de Dorian, quien tan eficiente provecho había sacado de su genio!

- Tamara llegó recién, y no sabía que poco antes yo lo había mandado llamar… Ella forma parte de un nuevo enfoque que queremos implementar para motivar al personal en su tarea. ¡Su propuesta es tan singular, tan de vanguardia, que no me cabe duda de que dará excelentes resultados!... Quizás sea un poco prematuro anunciarlo; pero… ¡Bueno! ¡Que usted lo sepa ahora, *no tiene ninguna importancia*!...

No pudo evitar un estremecimiento al escuchar estas últimas palabras.

- Haremos, escuche bien,... ¡un *reality* del proyecto!... ¡Sí, sí! ¡Como lo oye!... ¡Instalaremos cámaras en las salas de descanso, en el comedor, en los pasillos…! ¡Inclusive grabaremos sus actuaciones en los escenarios virtuales, para que no se nos escape absolutamente nada de lo que hagan! ¡El desempeño de cada ENIU será evaluado por el más imparcial e implacable de los jueces: el público!... ¿Le parece descabellado? ¡Pues, no! ¡No lo es, se lo aseguro! ¡Como ha pasado invariablemente en todos los programas de ese tipo, surgirán controversias, romances, héroes y villanos! ¡Y, sobre todo, el deseo de triunfar, de llegar primero a la meta anhelada, se exacerbará hasta el límite! ¡Antes de lo que pensamos, habremos logrado la ansiada Unificación!... ¿Qué le parece?

Álvaro se quedó mudo. No estaba preparado para eso y, sinceramente, no sabía qué contestar.

- Bueno, cariño... Necesito hablar a solas con el señor Vergara. Espérame, ¿sí?

Sinuosa, como una gata, la mujer se levantó. Besó a Andropoulos en los labios y, dirigiéndose a Álvaro, se despidió con expresión indiferente:

- Adiós... Señor Vergara.

El incisivo acento con que pronunció la palabra "adiós" volvió a provocarle una seria inquietud. Sin responder, miró a Andropoulos mientras ella salía.

- Asiento –invitó éste en un tono repentinamente frío, que lo llenó de inquietud. Obedeció. Y, con el valor que le daba la indignación que todavía sentía, se preparó.

Pasaron varios segundos, sin que Andropoulos pareciera decidirse a hablar. Al fin, con una expresión indefinible, preguntó:

- ¿Qué sabe usted sobre el llamado "problema de la medición" en Mecánica Cuántica?

Álvaro pestañeó. No se esperaba en lo más mínimo una pregunta semejante. Pero, pese a su sorpresa, no estaba dispuesto a creer que el físico no escondía ninguna intención solapada al hacerla. O bien... ¿Sería posible que estuviese tan solo probando sus conocimientos?

- El problema de la medición –repitió con lentitud, mientras comenzaba a hilvanar su respuesta-... Es uno de los dilemas más perturbadores de la Física moderna; tan perturbador que, inclusive, compromete lo que podemos o no entender como realidad... ¿No es así?

- ¿Podría explicarlo de manera más precisa? ¿Con menos poesía, por favor?

- Con todo gusto –prosiguió Álvaro, sintiéndose muy cómodo con la petición que le hacían.

De pronto, le pareció que la misteriosa razón por la que había sido citado se resolvía en una espacie de prueba. E, ignorando la ironía y procurando explicarse lo más claramente posible, comenzó:

- Se trata de un hecho conocido en Mecánica Cuántica, que cuando se desea realizar un experimento con objetos subatómicos, sólo es posible describir sus propiedades mediante probabilidades. Puede ocurrir que sea igualmente probable hallar, por ejemplo, a un electrón en cualquiera de dos sitios. Pero, en Mecánica Cuántica, no puede hacerse una interpretación realista de esta probabilidad. Es decir: no se puede suponer que el electrón está escondido, o bien en uno o bien en otro de dos lugares posibles, más allá de la probabilidad. En otras palabras, no es correcto creer que la partícula existe en una localización exacta si la función de onda predice que es igualmente probable que esté en las dos localizaciones. Los experimentos de correlación llevados a cabo desde mil novecientos setenta y dos, principalmente por Alain Aspect, han probado que dicha interpretación realista es errónea, porque conduce a descripciones equivocadas del comportamiento de los objetos subatómicos.

Para todos los efectos de los principios cuánticos, entonces, el electrón se encuentra en indefinición de estados: es decir, no está ni allá ni acá, antes de observar su localización. Por otra parte, al momento de intentar detectar la posición del electrón, a este siempre lo encontramos o en una o en la otra posición. Claramente, hay un "salto" desde la indefinición descrita por la función de ondas a la definición de una u otra localización; salto que se conoce como *colapso* de la función de ondas. Aunque muchos físicos están de desacuerdo, Eugene Wigner, en un ensayo famoso, ha planteado que una interpretación correcta de este problema de la medición cuántica implica aceptar que es "la conciencia del observador" la que define las propiedades del objeto observado en el momento en que las observa.

Me acuerdo que Schrödinger se burlaba de esta interpretación subjetivista del problema, aportando un ejemplo muy simpático. Ponía por caso que se metiera un gato en una caja herméticamente cerrada, con un frasco de gas venenoso adentro y un dispositivo capaz de romper el frasco. El dispositivo estaba basado en un fenómeno cuántico: la desintegración de una partícula en un tiempo dado, una vez transcurrida su vida media. Se preparaba la partícula de modo que su función de onda describiera un cincuenta por ciento de probabilidad de desintegrarse en ese tiempo, y un cincuenta por ciento de probabilidad de no desintegrarse. Sólo si había desintegración, el dispositivo rompería la botella de gas y el gato moriría. Si la desintegración no ocurría, el gato seguiría vivo. De ninguno de los dos resultados podríamos enterarnos hasta que abriésemos la caja y comprobásemos el estado del animal. Pero, dado que la desintegración o no desintegración de la partícula está suspendida por la indefinición, esta misma indefinición compromete al dispositivo, al frasco y hasta al gato. Recordemos que es incorrecto suponer que la partícula, el dispositivo, el frasco y el gato tiene un estado definido antes de abrir la caja y ser constatado su estado por nosotros, los observadores… La pregunta que, entonces, se nos viene encima es: ¿cómo debemos interpretar un "estado indefinido" para objetos macroscópicos, tales como un dispositivo o un frasco? ¿Cómo podría un frasco, por ejemplo, estar, al mismo tiempo, roto y no roto?… Peor aún: ¿qué debemos suponer que le pasa al gato antes de que nos decidamos a abrir la caja? ¿Estará congelado en una extraña condición simultánea de vida-muerte?... Y, por último: ¿no resulta, por lo menos, caprichoso que nosotros podamos "hacer real" una u otra suerte del animal, por el solo hecho de convertirnos en testigos del experimento?

Creo que fue Hugh Everett III, de la Universidad de Princeton, quien propuso una solución que, la verdad de las cosas, es que nos arrastró a una visión del universo francamente extravagante. Everett argumentó que los estados igualmente probables descritos por la función de ondas no constituyen una indefinición, sino más bien una superposición de los estados posibles. Siguiendo su idea, las localizaciones igualmente probables de un electrón en distintos puntos del espacio existen simultáneamente antes de la medición, pero en "mundos paralelos" distintos de esta secuencia de acontecimientos del mundo en que nos encontramos. En el instante en que medimos dónde se encuentra la partícula, la serie total de acontecimientos que sigue este universo actual se desdobla en dos universos alternativos, en donde nos volvemos "testigos" de una localización definida o de la otra. Según este señor, la paradoja del gato queda así resuelta. En esta interpretación de los "muchos mundos", hay que asumir que existen muchas copias de cada uno de nosotros; una en cada uno de muchos universos paralelos (todos aquellos en los que se han dado las condiciones para que lleguemos a nacer). Pero nos experimentamos a nosotros mismos como si, en el tiempo, viviésemos sólo en una de estas líneas de acontecimientos. Por otro lado, en esta visión, somos despojados de libertad y de capacidad de decisión; simplemente, discurrimos mecánicamente, junto a todas nuestras copias, a lo largo de un multiverso infinito, en donde cada versión de un universo particular se conecta con otras en determinados nudos, que experimentamos como situaciones en que enfrentamos estados cuánticos superpuestos.

Claro que, bajo esta visión radicalmente determinista, la necesidad de considerar a la conciencia del observador en el colapso de la función de onda, desaparece: el colapso es aquí sólo una bifurcación de acontecimientos preestablecidos, que la función de onda muestra como superposición de estados cuánticos. En la interpretación de mundos múltiples de Everett, aplicada a la paradoja de Schrödinger, pues, la función de ondas de la partícula en estados superpuestos de desintegración, estaría prefigurando dos mundos alternativos. En uno de ellos, la partícula se habrá desintegrado, el dispositivo habrá roto la botella y encontraremos al gato muerto. En el otro mundo, nada habrá ocurrido, y seremos testigos de ver salir al gato de su caja con completa salud. Pero, del mismo modo, ¡sólo cuando abramos la caja, sabremos en cuál de los dos mundos paralelos nos encontramos!

- Fascinante, ¿no? –comentó Andropoulos con indiferencia, mientras encendía un cigarrillo.

- Bueno... Claramente, es una idea ridícula, además de fantástica…

- ¡Pues, se equivoca!

La seca réplica del físico lo sobresaltó. No había tenido la más mínima intención de provocarlo. Lo que menos deseaba era darle un motivo en su contra. Pero, hasta ese mismo instante, no se había percatado de que, pese a su aire desinteresado, Andropoulos parecía ocultar mucha simpatía hacia la extravagante teoría de Everett.

- ...Sin considerar la consistencia descriptiva y predictiva de la idea, que se ha mantenido intacta por casi setenta años –continuó Andropoulos-, hay, además, demasiada evidencia concordante;

demasiadas hipótesis que terminan apuntando en la misma dirección... La teoría cosmológica del ruso Andrei Linde, por ejemplo, está basada en la probabilidad de que en ciertas regiones del vacío cuántico, en la ínfimas longitudes de Planck (donde el Principio de Incertidumbre predice que espacio y tiempo están en indefinición de estados), se estén formando, a cada instante, infinitos universos, quizás dotados de propiedades y leyes físicas muy diferentes a las del nuestro. El agudo profesor Sidney Coleman, de Harvard, sugirió, además, que el elevado valor de la energía del vacío, descrita por el Modelo Estándar de la Unificación podía estar siendo cancelado por una energía del vacío de otros universos paralelos a éste, lo que explicaría el valor cercano a cero que tiene la energía del vacío cuántico medida experimentalmente. De hecho, si la energía del vacío fuese tan enorme como la describe dicha teoría, el espacio-tiempo estaría tan torcido que, a cien metros, ya no podríamos ver ninguna línea recta y, a un kilómetro de distancia, sólo apreciaríamos un velo negro.

¿Se da cuenta usted cómo la idea de "mundos múltiples" vuelve a ser encontrada por todas partes?... Pero hay, aún, una tercera evidencia por la que yo sostengo que esta hipótesis no puede ser falsa...

Andropoulos exhaló el humo de su cigarrillo con exagerada fuerza. Se le veía particularmente incómodo.

- Le voy a hacer una pregunta –continuó- y quiero que, antes de responder, piense con mucho cuidado... ¿Se acuerda usted de cuál es el séptimo dígito decimal del número pi?

"¡El séptimo dígito del número «pi»!", repasó Álvaro, intentando comprender la pregunta. El número pi, conocido por el signo griego π, es una constante geométrica que resulta de dividir la longitud de la circunferencia de un círculo por su diámetro. El valor de π es un decimal infinito no periódico. Pero las cifras que Álvaro recordaba de este valor no pasaban del cuarto dígito decimal:

- ...El séptimo dígito de pi... No. ¡La verdad es que nunca me he fijado!

Andropoulos sacó una calculadora del bolsillo interno de su chaleco y se la pasó.

- Véalo, por favor.

Álvaro pulsó la tecla con el símbolo griego y, de inmediato, las cifras se desplegaron hasta llenar la pantalla:

$$3,1415926...$$

- Es... ¡seis!

- *¡Ahora* es seis!... Pero *antes* no era seis... —comentó vagamente Andropoulos, con una expresión extrañamente extática.

Álvaro no comprendió. El físico hundió su cigarrillo en el cenicero y respiró hondo. Se recostó luego sobre el respaldo de su silla, como si el asunto del que debía hablar le resultase particularmente agobiante:

- Fue algo que pasó hace muchos años —comenzó-, cuando preparaba mi doctorado en Ginebra. Uno de mis pasatiempos favoritos por esa época era, justamente, especular y bromear con la paradoja del gato de Schrödinger, que usted ha tenido la gentileza de exponer... Bueno, por ese entonces, cuando nos juntábamos a beber, yo animaba las fiestas preguntando: ¿qué pasaría si, en vez de un gato, me instalaba yo mismo, como "observador consciente" de un fenómeno cuántico, para experimentar, en carne propia, la tan debatida "indefinición de estados"?... ¡Por supuesto, omitiría la mortal botella de gas y reemplazaría el dispositivo indicador del colapso por algo más inofensivo, como una luz!... Confieso que, en mi euforia nunca vislumbré lo que, analizado con mayor detenimiento, es evidente: que el testigo consciente no se encuentra jamás en una "indefinición de estados"; que, como observadores de fenómenos cuánticos, somos siempre sujetos íntegros, en torno a los cuales el universo entero es lo que se desdobla en estados superpuestos... Y me acuerdo que, en mi ímpetu juvenil, en una de aquellas ocasiones en que quise gastarle una broma a una de mis compañeras de estudio, la convencí para que me asistiera en la burda prueba que proyectaba.

Se llamaba Natasha. Su padre era ruso y su madre, alemana. Era una estudiante sobresaliente y tenía los ojos más hermosos que jamás he visto. Creo que la amaba... Recuerdo cómo ella se había vuelto casi tan importante para mí como mi pasión por revelar la estructura del mundo...

Conseguí prestado, con unos profesores del CERN, una lámina de Indio, un detector de centelleo de Yoduro de Sodio y un analizador multicanal. Instalé el detector y el analizador dentro de un refrigerador en desuso, conectados a un pequeño led. Mediante bombardeo con neutrones, preparé la lámina, hasta obtener el isótopo Indio 116, de modo que, al cabo de una hora, podía ocurrir una desintegración o podría no ocurrir; la función de ondas arrojaba un cincuenta por ciento de probabilidad para cada uno de estos eventos. Si algún átomo de Indio 116 llegaba a sufrir desintegración en el transcurso de este tiempo, el detector y el analizador acusarían las partículas radiantes emitidas y encenderían el led dentro del refrigerador, avisándome así del hecho.

Lo tomé como el juego que era. Bromeaba con Natasha, preguntándole qué haría si, luego de la prueba, yo desapareciera de este universo para siempre, o si salieran del refrigerador dos Elliots: uno del universo en que había habido desintegración y el otro de aquél en el que no... Finalmente, entre sus risas y pellizcos, me encerré. Estuve mucho tiempo completamente a oscuras. Natasha me vigilaba, llamando cada quince minutos a mi celular. No estoy seguro de en qué momento la luz se encendió...

Siempre he tenido muy buena memoria. Una de las cosas que, creo, nunca olvidaré, es la sonrisa de Natasha... Esa semisonrisa en su rostro eslavo, que recordaba la enigmática expresión de la Mona Lisa... ¡Y una de las cosas que me ha quitado el sueño desde entonces es cómo ese dulce aire sonriente, justo después de la prueba, nunca más lo volví a ver!... ¡Simplemente, desapareció de su rostro! ¡Como si no hubiese sido más que un vano efecto de luz; como si nunca hubiese existido!... Y, con éste gesto, pareció desvanecerse también todo lo que nos unía. Desde ese día, sin que hubiese alguien más que llamase mi atención o la suya, ya no sentíamos el mismo deseo de vernos, la misma alegría de estar juntos. Inexplicablemente, nos fuimos alejando, hasta que, terminado el doctorado, tomamos rumbos distintos y nunca más la volví a ver...

Le he hablado de la razón de mi insomnio de a veces. Pero no todavía del motivo de todos mis afanes; del por qué insisto en llevar a cabo todo esto... ¡Usted no puede imaginarse el espanto que se apoderó de mí, cuando comprobé otro cambio en el mundo que me recibió después de salir de ese refrigerador!... Puedo aceptar que me haya equivocado sobre un semblante y sobre el sentimiento que guardaba. Puedo resignarme a vivir pensando que ella nunca me amó y que yo, engañándome, quise ver en ella todo lo que vi... ¡pero, jamás me equivocaría sobre una cifra! En aquella época me sabía todas las constantes y podía recitarlas por lo menos hasta el décimo dígito decimal... ¡Y estoy seguro de lo que digo cuando digo que el séptimo dígito del número pi *era siete* antes de aquel experimento estúpido, y no seis *como es ahora*!

Terminó clavando con furia, repetidas veces, el índice sobre el escritorio, como si quisiera acallar de antemano cualquier voz, cualquier pensamiento inclusive, capaz de poner en duda lo que afirmaba. Pero su mirada, extática y terrible, no estaba enfocada en Álvaro. Veía más allá, muy por detrás de él. Desafiaba a un auditorio invisible de oyentes, a un inexistente ejército de espectadores hostiles.

- ¡Y se perfectamente qué fue lo que ocurrió! ¡Por descabellada que parezca la explicación, no puede haber otra!... ¡El universo paralelo al que transité; este universo en el que estamos, no sólo es diferente al anterior en el hecho de que el átomo de Indio se desintegraba en el tiempo esperado! ¡También es diferente en que la geometría de su espacio-tiempo es ligeramente más torcida! ¡Es la única razón por la cual la constante pi pudo variar!... ¡No puedo probarlo, es cierto!... ¡Aún no tengo las ecuaciones para identificar y recuperar ese universo que dejé! ¡Pero ya las voy a tener! ¡Ya falta poco! ¡Muy poco!...

Aún sabiendo que no era visto, Álvaro asentía lentamente con la cabeza. Asentía para sí mismo, porque creía haberlo comprendido todo. Sumido en su propio éxtasis de indignación y dolor, no temía ya perder su puesto en el proyecto. Había abandonado incluso cualquier cuidado por lo que iba a decir. Cada gesto del hombre le hacía presente a Dorian. Pero le mostraba también a aquél de allí enfrente, que había precipitado su miseria y su muerte.

- ¿Fue por eso que lo hizo? —preguntó, en un tono pausado pero durísimo.

La mirada perdida de Andropoulos fue arrancada de su extravío como si alguien le hubiese gritado.

- ¿C-cómo? –preguntó, sorprendido pero amenazante, como si hubiese intuido la agresión.

- ¡Lo que hizo!... ¡Anuló a Dorian!... ¡Arrasó con todos sus valores: su vocación, su obra, su autoestima, su identidad!... ¡Destruyó su personalidad y, después, lo abandonó a su suerte, como a un desecho!... ¿Es por eso que lo hizo?... ¿Porque, más importante que él, era lograr la Unificación a cualquier costo?... ¿Porque, más importante que él y que cualquier otra cosa en su vida, era comprender el mecanismo supremo del universo para intentar reencontrar lo que había perdido durante aquel experimento irresponsable?... ¿Porque lo único verdaderamente importante para usted ha sido siempre recuperar a Natasha...? ¿A esa Natasha suya de la sonrisa enigmática?... ¿A esa Natasha, única e irrepetible entre todas las posibles?... ¿A esa Natasha extraviada en los infinitos mundos paralelos que quedaron detrás de aquel acontecimiento cuántico, para siempre?... ¡¿Y por esa obsesión ridícula, por esa estúpida... creencia suya, dejó que Dorian se volviera loco y se dejara morir?!

Con el rostro desencajado y lívido, Andropoulos no acertaba a decir palabra. Era como si los dichos de Álvaro hubiesen calado muy hondo en su alma. Imposible decidir si era furia, miedo o angustia lo que sacudía su ser de aquella manera.

- ¡¡Cómo...!! ¡¡Cómo te atreves...!! ¡¡Quién te crees que eres!! –balbuceó, vacilante, como si estuviese al borde de un colapso nervioso.

Álvaro sostuvo la mirada terrible. No hizo nada, cuando la figura amenazante lo agarró por las solapas de la camisa y parecía disponerse a masacrarlo.

- ¡¡A mí naaadie me habla asíii!! ¡¡Naaadie!!

- ¡Dorian no se merecía eso, Elliot! –continuó gritándole Álvaro, poseído por un valor inusitado, mientras era sacudido con furia-... ¡Dorian no se lo merecía!... ¡No se lo merecía!...

- ¡¡Dorian era mi hijo, desgraciado!!... ¡¡Mi-hi-jo!!

- ¡¡Mentira!! ¡¡No era tu hijo!! ¡¡Lo fabricaste a partir de ti!! ¡¡Pero, nunca!! ¡¡Nunca lo sentiste como un hijo!! –reaccionó, mientras, de un poderoso empujón, lanzaba al físico sobre el escritorio, haciéndolo barrer un sinnúmero de objetos en su caída.

- ... Para ti... sólo fue... un pedazo de carne, salido de ti. Una vulgar... copia... Nada más... Otro experimento tuyo que falló porque no compartía tus mitos científicos y porque, para colmo, construía un mundo que los negaba... ¿Verdad? –continuó diciendo, con los ojos inundados en lágrimas-... Y él lo sabía... ¡Tarado miserable! ¡Él sabía lo que era!... ¡Ni siquiera los guachos de antaño pudieron haber sido tan desdichados! ¡Y a ti no te importó un comino!... Pero él era mi amigo, ¿entiendes?... Era... *mi amigo*... ¿Puedes entender eso?...

Pero Elliot no podía entenderlo. Tendido sobre los papeles y accesorios revueltos del escritorio, ofuscado hasta el límite, sólo lo detenía un instintivo temor ante la fuerza inusitada que, con tal violencia, lo había despedido. Y luchaba por impedir también que la fuerza, quizás más poderosa, de aquellas palabras acabase por vulnerarlo. Se enderezó todo lo que pudo y, a tientas, sin dejar de mirarlo, pulsó el citófono y gritó un par de órdenes en inglés. Casi de inmediato, sus guardaespaldas hicieron saltar la puerta, irrumpiendo en la oficina. Todo el recinto se llenó de los chillidos de la secretaria y los ladridos de los tipos enormes que lo amenazaban con sus armas, agitándolas para que se apartase de Andropoulos. Sin atinar a nada, los dejó acercarse hasta que una contracción brutal en el estómago lo dobló. Entre relámpagos, chasquidos, las estelas intolerables de dolor que le iban invadiendo el cuerpo y la desesperación por respirar, apenas alcanzó a darse cuenta de que lo golpeaban.

De pronto se percató de que estaba en el piso, que apenas podía moverse y que una nube negra le velaba la vista. Oía las voces alteradas, como gorgoteos lejanos detrás de una pared, y el sonido irreconocible que hacía su propia garganta. Los vio, por fin, parados junto a él, como gigantes. Entonces, Andropoulos se arrodilló frente a él y lo tiró de la camisa, acercando su rostro espantoso.

- ¡Te traje aquí y te hice parte del proyecto porque tenía la esperanza de que pudieras decirme algo sobre Dorian! –masculló-... ¡Algo que yo no supiera sobre sus aparatos; algo que me fuera útil!...

- ...Algo útil... ¿Técnicamente útil?–musitó débilmente Álvaro, esbozando una burla- ... ¡Pobre ignorante! ¡Aunque tengas sus aparatos, no encontrarás en ellos nada que te sirva!

- ¡Te equivocas! –contestó el físico, devolviéndole la expresión burlona con una mueca-... ¡Su hipermúsica me servirá! Ya lo hemos comprobado. ¡No son los sonidos solamente, sino la forma en que se combinan simultáneamente con toda clase de sensaciones: kinestésicas, táctiles, olfativas, visuales...! Cuando podamos reproducir, con tales aparatos, las combinaciones correctas, lograremos un estado neurológico alterado, capaz de transformar la conciencia ordinaria y concentrarla. Ya descubrimos que las habilidades de cálculo y el pensamiento lógico se elevan a niveles increíbles, porque no sólo el hemisferio izquierdo del cerebro, sino que todo el sistema nervioso se moviliza hacia la resolución de los problemas...

- ... Todo el sistema nervioso de todos esos crédulos, tan vanidosos como tú, desprendido de sus tareas vitales y concentrado en *tu problema* –comentó Álvaro, con sarcasmo, mientras recordaba la extraña sensación de disolución que experimentara aquella tarde en que Dorian lo había conectado a su máquina- ...¡O sea, desenchufarás sus conciencias y crearás un estado catatónico! ¡Qué bonito!

- ¡Oh, síiii! –exclamó el físico, sinceramente sorprendido- ¡Justamente, es una especie de síndrome catatónico, pero controlado! ¡No hace falta ser tan dramático ni moralista con las nuevas tecnologías! ¡Acuérdate que Pasteur inoculaba gérmenes patógenos como medio para curar las enfermedades! ¡Y hoy nadie se escandaliza con la pequeña fiebre que suelen provocar algunas vacunas!... Esto es lo mismo... ¡Pero, bueno! No espero que lo entiendas. Ni me interesa. Tuviste tu oportunidad, y no me serviste para nada... ¡La verdad es que tuve mucha suerte al enterarme de Tamara y de su relación con Dorian! ¡Más bien, tuve suerte de que a ella se le ocurriese venir a proponerme esto del reality y, de paso, me contara todo lo demás!... Ella lleva bastante tiempo usando sus melodías... ¡Juntos, descubriremos las combinaciones correctas! ¡Y, de paso...! ¡Bueno!...

El grotesco gesto de vanidad y malicia, le bastó a Álvaro para entender. Pensó en Elisa; la amada Elisa, que nunca lo amaría a él. La enamorada Elisa, en cuyo corazón ilusionado no había espacio para nadie más que para ese ser enceguecido y despiadado. Y su ira recrudeció:

- ¡No importa que toda la razón del mundo esté de tu lado! ¡Tú has sido siempre el loco y no Dorian!...–le gritó, a pesar del agarrotamiento con que el dolor lo atenazaba- ¡Mírate, Elliot! ¡Mira todo el daño que haces! ¿Y todo por qué? ¡Por un delirio! ¡Por una alucinación que tienes sobre el universo!... ¿Es que, con todo lo que sabes, no te has dado cuenta de que las concepciones del mundo no han sido nunca más que eso: delirios y alucinaciones?... ¡Piensa, Elliot! ¡Piensa!... ¿Cuánto tiempo duró la Tierra como el centro del universo? ¿Cuánto duró el universo como el único posible?... ¡Ptolomeo fue refutado por Copérnico! ¡Newton fue refutado por Einstein! ¡Einstein, por Heisenberg!... ¡Y tú, que estás dispuesto a destruir todo lo que sea necesario, que estás dispuesto a encadenar a todos a tu locura!... ¿Cuánto crees que va a durar el reinado de tu miope alucinación de los "universos paralelos"?

Haciendo una mueca de profundo desprecio, Andropoulos se levantó:

- ¡Sáquenmelo de aquí! ¡No quiero verlo más! ¡Get him out! —ordenó a sus guardaespaldas.

- ¡¿Vale la pena, Elliot?!... ¡¿Vale la pena?! —gritaba Álvaro con desesperación, mientras era recogido y arrastrado fuera de la oficina.

En ese mismo momento, Zapp llegaba. Sorprendido, había descubierto a la secretaria que, temblorosa en un rincón, recién se estaba recuperando de su histeria. Y, dubitativo y atónito, había cruzado el umbral de la puerta derribada poco antes de ver a los enormes sujetos sacando a rastras al "nuevo".

- ¡Qué se te ofrece! —le dijo Andropoulos, de mal humor, mientras se secaba la frente con un pañuelo.

- ¡Eeeeh!... ¡Perdone!... Venía a contarle que ya conseguí las claves para ingresar a los sistemas del Geotrón...

Andropoulos lo miró. Una sonrisa perversa comenzó a iluminarle el rostro.

- ¡Bieeeen!... ¡Procede, entonces!

Y el hombre, feliz de haberlo complacido, le devolvió una sonrisa mecánica, mientras sacudía nerviosamente la cabeza...

$\pi = 3,1415926...$

LA ANOMALÍA

Lo botaron al lado afuera del edificio, como a un saco de basura, y volvieron a entrar, conversando animadamente.

Aún le costaba respirar. No podía abrir un ojo y el dolor en las costillas todavía era intenso. Pero le dio vergüenza pensar que alguien pudiera verlo ahí tirado. Por eso, hizo todo lo posible para ponerse de pie. Sin embargo, con gran esfuerzo, apenas pudo sentarse.

Miró, sorprendido, su camisa. Estaba rota y salpicada de sangre. Y un profundo desaliento empezó a apoderarse de su ánimo. ¡Estaba tan harto de su desgraciada vida! ¡Tan colmado de ese destino suyo, que no terminaba nunca de maltratarlo!... ¿Qué haría ahora? ¿Qué le quedaba ahora, después de haber sido arrancado tan humillantemente de todas las posibilidades de una vida digna? "Pero no debo pensar así", se decía a si mismo, intentando buscar consuelo en la idea de que una vida semejante, atada por siempre a tan radical servidumbre, no tenía, en verdad, nada de digna. Sin embargo, en el fondo de su corazón, sabía que eso, la servidumbre, parecía ser el precio ineludible de la seguridad y el respeto ante el mundo, y que, quizás, nunca tendría de nuevo una oportunidad como aquella para lograrlos.

Por fin, pudo ponerse de pie. Todas sus preocupaciones de antaño, que ya creía superadas para siempre, volvieron a instalarse en su alma. ¿Qué iba a hacer en adelante?... ¿Con sus papeles y libros?... ¿Con sus apuntes y escritos eternamente inconclusos?... ¿Con su vida, o lo que quedaba de ella?... ¿Volvería a la húmeda pieza en el suburbio? ¿Se pasaría los días de nuevo buscando cualquier trabajo, en lo que fuera, a merced de la prepotencia y las humillaciones de sujetos infinitamente más ignorantes, pero infinitamente más capaces, también?... ¿Hasta cuándo podría soportar todo aquello?

Caminó a lo largo de la terraza sólo para alejarse del edificio y de todo lo que allí quería olvidar. Pero estuvo un largo rato sin decidirse a tomar un rumbo. Afirmado en la baranda, contemplaba desde lo alto las fuentes de agua cubiertas por el follaje de los árboles circundantes. Y, a lo lejos, el gran anfiteatro que formaban los cielos despejados junto con el resto de las instalaciones de la universidad.

El destello de una luz muy intensa le llamó la atención desde el rabillo del ojo adolorido, cuya visión apenas empezaba a recobrar. Pensó en el reflejo del sol sobre los edificios. Pero, a esa hora, el sol estaba en su cenit y no se veía, sobre los grandes paneles de vidrio azul, ningún reflejo. Hundido en su pesadumbre, no reaccionó con la suficiente rapidez y el fulgor desapareció antes de que pudiese determinar su origen.

Sin prestar mayor atención a lo ocurrido, se volvió hacia el magnífico paisaje que había estado contemplando. Entonces fue que sintió la presencia de alguien a su lado. Miró y, allí, enfrente de él, se encontraba un hombre de su misma estatura y completamente calvo. Un gesto de lástima le torcía el rostro:

- ¡Uuuuuuy!... ¡Me acuerdo bien de cuánto dolía eso! –dijo, refiriéndose obviamente a sus heridas. Álvaro atribuyó el comentario del desconocido al recuerdo de alguna experiencia propia, tan penosa como la suya. Y estaba a punto de darle las gracias por esa expresión de solidaridad, cuando fue advirtiendo en él algo extraño.

- Buenas tardes... –lo saludó Álvaro, con voz apenas audible.

- Buenas tardes... –le respondió el sujeto. Y al oír otra vez su voz, Álvaro sintió como si, de algún modo, lo conociera.

- No sabes quién soy... ¿verdad? –continuó el hombre, luego de unos segundos de silencio, durante los cuales parecía esperar algo de Álvaro.

- No... La verdad, no... Pero me parece haberlo visto antes...

El sujeto sonrió enigmáticamente. Sin responder, levantó el brazo y le indicó el panel de vidrio de un fichero que estaba a sólo unos pasos. El reflejo de ambos se destacaba con toda nitidez.

Álvaro contempló las imágenes y miró al hombre dos veces, intentando comprender lo que quería decirle. Pero, tras breves instantes de confusión, se dio cuenta de algo que lo sobrecogió. La sensación que tenía de haber visto antes al sujeto provenía, en realidad, de su parecido con él... ¡Un extraordinario parecido!

Presa de un asombro creciente, lo miró una vez más para escrutar su rostro. Y avanzó hasta el improvisado espejo para verse de nuevo a si mismo más de cerca. Se le ocurrió que podía ser algún pariente desconocido.

- No, Álvaro –dijo entonces el hombre- No soy pariente tuyo...

Y Álvaro se quedó helado. ¿Cómo sabía su nombre? ¿Cómo se había enterado de lo que recién aparecía en su mente?... ¡Era como si aquél sujeto misterioso le hubiese leído el pensamiento!

- ¡Pero...! ¿Q-quién es usted?

- No tengo mucho tiempo... Así es que te lo voy a decir de una vez. Sé que te va a costar aceptarlo, pero, hasta cierto punto, ya estás preparado...

Se acercó hasta él, mirándolo fijamente. Y le dijo:

- Soy tú mismo... dentro de diez años...

Álvaro soltó una risita nerviosa, mientras miraba a todos lados la terraza desierta. Lo primero que se le vino a la cabeza es que estaba siendo víctima de alguna broma... ¿Andropoulos?... ¿Sería posible que, encima de todo lo que había pasado, ahora quisiera tomarle el pelo?

- No, Álvaro –dijo el sujeto, de nuevo haciendo gala de su misteriosa telepatía- Nadie te está jugando una broma... ¡Mira!

Le indicó con su dedo una profunda cicatriz en su ceja izquierda, y luego, lo apuntó hacia él. Instintivamente, Álvaro se volvió de nuevo hacia el panel de vidrio. Con estupor, comprobó que su reflejo le mostraba una gran herida sobre su ojo... ¡En la misma ceja que el hombre!

- ¿Ves?... ¡Soy tú!

- ¡Pero!... ¡Pero...! ¿Cómo?

- ...El Efecto Casimir... Los viajes por el tiempo... La civilización del futuro que busca, en esta forma radical de turismo, escapar al vacío de una existencia sin propósitos... ¡Todo eso es exactamente como tú lo suponías!... ¡O, más bien, como lo suponía yo cuando todavía era tú!... ¡Pero, bueno! ¡Da lo mismo... ¡*Somos el mismo*! La vida no se acabó aquí, como crees tú ahora; como yo mismo lo creía cuando me estaba pasando todo esto... Tendrás todavía unos años duros por delante. Vagarás por páramos dignos de la peor de tus pesadillas (¡y estoy siendo absolutamente literal cuando te lo digo!)... ¡Pero, descuida! Ese no será el fin. Precisamente, en medio de ese infierno, ellos, los descendientes de la humanidad, te encontrarán... Serás "abducido", como se dice por estos años. Y, al cabo de un tiempo de gratificarlos inmensamente con tu saber de épocas ancestrales, inconcebibles en su abstracto mundo de cifras; después de llenarles la vida, como nunca otro pudo hacerlo, con tu pasión por los relatos, ellos te recompensarán de esta manera. ¡Te ofrecerán volver, para que puedas enmendar todo lo que debió ocurrir de otro modo para ti!

- ¡No, no, no, no, no...! ¡No es posible! –balbuceaba Álvaro, incrédulo- ¡No me vas a engañar!... ¡Podría llegar a aceptar tu fantástica historia de que vienes del futuro y todo!... ¡Pero eso de que eres yo!... ¡Eso no tiene ninguna lógica!

- ¡Por el contrario! ¡Tiene toda la lógica que puede esperarse!... Lo que pasa es que tú todavía rechazas la imagen de los "universos paralelos", que, por extravagante que te parezca, ayuda a manipular las matemáticas del efecto Casimir y operar con los túneles espacio-temporales en las ínfimas longitudes de Planck... Sucede que es una imagen intuitiva que nos facilita la operación lógica y matemática. ¡Igual que la imagen del punto que se desplaza por un plano, dejando como rastro una línea continua, ayuda a desarrollar el álgebra con la que puede estudiarse el movimiento de los cuerpos en la Mecánica Clásica, asimismo, la idea de los "universos múltiples" ha probado ser insuperable para los cálculos que requiere el "turismo espacio-temporal"!... Tú existes, físicamente aquí y ahora, en uno de tales universos, junto con toda la historia que te ha dado origen y que marcha hacia tu destino. Yo ya he sido tú, pero en un universo distinto, en el cual, tu futuro ya ha ocurrido. Y una tecnología de ese universo mío, ya madura para ello, me ha permitido desplazarme a través de un agujero de gusano, un túnel espacio-temporal, hasta este universo tuyo, en donde, inicialmente, yo no existía, pero en mi lugar, estabas tú y ahora estamos los dos... ¡Pero, bueno, bueno!... ¡Ya tendrás harto tiempo para digerirlo!... La cuestión es que ahora quiero que te enteres de ciertas cosas, justamente para estar seguro de que tu futuro no sea tan diferente a mi pasado... Necesito que la historia no cambie de aquí en adelante, ¿entiendes?

A pesar del profundo estupor que lo embargaba, Álvaro alcanzaba a percibir cierta ansiedad en la petición que le hacía su doble. Por más cierto que fuese todo lo que ese perturbador álter ego le decía, sentía instintivamente que sólo buscaba sacar un provecho personal de la situación, sin tomar en cuenta las consecuencias que ello tuviera para nadie más.

- Pero... ¿cómo pudiste saber, hace un momento, lo que yo estaba pensando?

- ¡Oooh! ¡Es sencillo!... No es la primera vez que vengo a visitarte... O, por lo menos, no a ti, sino a otros dobles tuyos a quienes han acabado de pegarles hoy en otros tantos universos alternos... ¿Creerás que todos me dicen lo mismo? ¿Cómo no me lo iba a aprender de memoria?

- Así es que... has regresado varias veces... ¿Por qué?

- ¡Buenooo! –se encogió de hombros el sujeto- Lo que pasa es que ellos insisten... Les atrae la variedad, ¿entiendes? Para ellos, esto es como un programa de televisión; como una telenovela o un reality. ¡Adoran el suspenso, las intrigas y dramas humanos, el heroísmo y la vileza, el horror de la guerra o el desenfreno!... ¡Por eso, han estado presentes en todos los conflictos bélicos y en todos los acontecimientos importantes de la historia humana! ¡Toda la tortuosidad de lo que somos (de lo que ellos mismos han sido) los hace gozar sobremanera! ¡Y, sobre todo, el vértigo de las alternativas, la posibilidad de manipular y presenciar "lo que pasaría si...", los pone frenéticos!...

- ¿Ellos… manipulan la historia para su entretención?... ¿Te usan a ti para hacerlo?

- ¡Vaaamos, hombre! ¡Siempre en este punto me haces lo miiismo! ¡Te me pones moralista!

- …¡Lo que no entiendo es que tú aceptes todo eso tan tranquilo! –continuó, asumiendo por primera vez en serio la posibilidad de que aquella alucinante situación fuese cierta- ¿Cómo es posible que tú puedas estar de acuerdo, si yo nunca lo estaría?

Y, con esta frase, por primera vez también, parecía haber conseguido vulnerar la permanente actitud festiva de su álter ego:

- ¿Cómo sabes que "nunca estarías de acuerdo"? – exclamó aquél, súbitamente rabioso- ¡No te conoces, Álvaro! ¡Cuando llegue el momento de la gran decisión, te aseguro...! ¡Yo te aseguro que ni siquiera lo vas a pensar! ¡Porque será tu oportunidad única e irrepetible, de salvarte! ¡Porque, por primera vez en tu minúscula, desdichada y vergonzosa existencia, tendrás todo lo que deseaste siempre!

Se le acercó, con los ojos desencajados por la ira, hasta casi rozarle el rostro:

- …Tendrás a Elisa, ¿entiendes? –le susurró, mientras le señalaba algo por encima de la baranda.

De nuevo sin comprender lo que quería decirle, Álvaro siguió el gesto.

Allá abajo, a lo lejos, pudo ver a Andropoulos y Tamara, caminando hacia el estacionamiento. Los vio detenerse y volverse como si alguien los hubiese llamado. Vacilante, Elisa apareció por el lugar hacia el cual miraban. Movía vagamente los brazos, mientras meneaba la cabeza, en un gesto de incredulidad. Tamara retrocedió prudentemente, mientras ella se acercaba a Elliot. Por varios momentos, el físico la contempló, impertérrito como siempre, mientras los ademanes de ella se volvían cada vez más dramáticos. En un momento, el hombre simplemente le dio la espalda, subió al automóvil junto a la mujer y se alejaron.

Y ella se quedó allí, de pie, inmóvil, como paralizada por un hechizo, diminuta y desamparada en medio del enorme estacionamiento, ahora desierto.

- ¡Elisa!... –musitó Álvaro, con el corazón encogido y los ojos llenos de lágrimas, mientras evocaba de nuevo la lejana escena en el patio del colegio y maldecía el despiadado hado que parece mantenernos a todos siempre atados a pasiones imposibles -¡Mi dulce Coppélia! –susurró para sí, con una profunda tristeza embargándole el alma- ... ¡Ahora, estás tan sola como yo!...

Pero sintió rabia cuando el tipo (¡que, definitivamente, no podía ser él mismo!) posó fraternalmente la mano sobre su hombro, en un gesto de apoyo y consolación:

- ¡Lo que ella te ha hecho, así le es devuelto!... ¡Un poco de *justicia cósmica*!... ¡No es malo! ¿Verdad?

- ¡No tiene sentido! ¡No tiene ningún sentido!... ¡Si tan solo todo este sufrimiento sirviera para algo!

- ¡Pero si siiirve!... ¡Sirve para aprender! ¡Para aprender qué es lo que vale la pena escoger y qué no!... ¡Para aprender a valorar la o-por-tu-ni-dad, y a aprovecharla!

- ...Ella nunca me amará...

- ¡Te equivocas!... ¡Te e-quivocas, mi inocente doble!... ¡Ella será tuya!... ¡O ya ha sido tuya!... ¡Depende de cómo lo pongas!

Álvaro lo miró, de nuevo hundido en la confusión, pero con un inquietante presentimiento rondándole el alma.

- ¿Qué quieres decir?

El otro le respondió con una risa sarcástica y satisfecha. Y agregó:

- ¡No tienes nada por lo que sufrir, hombre!... ¿Ves cómo las cosas por las que sufrimos mortalmente terminan por no ser más que insignificancias?... ¡Elisa ya fue mía! ¡Sí!... ¡Lo que significa que también será tuya en tu futuro!... ¿Cómo?... Comprenderás que ese fue el primer deseo que pedí me fuera concedido. ¡Y lo pedí con refinamiento!... Volví hasta la época de su más tierna juventud, durante una fiesta a la que asistía en una casa en la playa. Esperé el momento en que caminaba sola y, simplemente, me la llevé... No me hizo falta drogarla mucho para que se me entregara con un frenesí inesperado. Y el hecho de que todavía fuera virgen, lo tomé como un regalo adicional... ¡Oh, era tan deliciosa que me habría quedado con ella!... Pero decidí devolverla, ¡previa amnesia inducida, claro!... cuando me di cuenta que mis "benefactores" podían termina haciéndole algo monstruoso ¿Comprendes?...

Una amargura infinita atravesaba el corazón de Álvaro. Estaba asqueado de sí mismo, de ese sí mismo que tenía enfrente, en el que parecía ser que, tarde o temprano, acabaría convirtiéndose, y que confesaba, con tanta indolencia, haber sido capaz de hacer semejante daño a la persona que más había amado en la vida.

- Oye... Sé cómo te sientes ahora... –replicó el sujeto, con tono comprensivo pero no menos frívolo- No necesito obligarte a hacer nada... Sólo necesito que vivas, que continúes viviendo y tomando opciones a lo largo de tu vida... ¡Las opciones que quieras!... ¡Todo lo que hagas sirve, querido doble mío! ¡Para mis "benefactores" (que, en definitiva, ahora serán también los tuyos), todo es farándula! Y, para nosotros, insignificantes parias del tiempo, en el inconmensurable Imperio que lo rige..., pues bien: ¡eso es bueno! ¡Panem et circenses! ¡Pan y circo, como en la antigua Roma! ¡Es todo lo que ellos valoran y todo lo que nosotros debemos desear para poder sobrevivir!... ¡Así es que, por favor, evítame un bochorno y, después de que me vaya, no saltes por esa baranda!... ¡Te lo digo porque te lo he visto hacer demasiadas veces! ¡Eres libre de hacer lo que sea! ¡Lo que sea! ¡Sólo te pido ese pequeño favor! ¡Que te aguantes las ganas de matarte! ¿Sí?... Eso sí, no puedo irme sin antes contarte algunas cosas...

*　　*　　*

Todos los miembros del grupo local y los administradores del proyecto asistían, aquella tarde, al cóctel en el que se haría el importante anuncio. Claro que la mayoría ya se había enterado de qué se trataba. "Un giro de estilo al carácter del proyecto, para motivar el trabajo y mejorar la convivencia": esto ya sonaba bien. Pero... ¡Ser televisado a cada minuto, conocido y admirado por cada habitante del planeta y salir, sino triunfante como el descubridor de la Unificación, cuando menos como parte del equipo de científicos que pasaría a la historia, famoso a nivel mundial!... ¡Eso, por sí solo, era una experiencia única en la vida a la que nadie podía querer sustraerse!

212

Por supuesto, había muchas celebridades y mucha prensa; transmisión por todos los canales importantes y cobertura internacional. Andropoulos jamás habría dejado pasar semejante oportunidad para hacer brillar su proyecto. Menos ahora, cuando más necesitaba que Häusermann se hundiera en el olvido. Por eso, como siempre, sin desesperarse, con mucho cálculo y cuidado, jugaba sus cartas. Y ésta era una jugada clave.

Carlos Mayorga, el diputado, también estaba allí. Lo primero que había hecho al llegar fue saludar a Andropoulos, felicitarlo por su proyecto (¡fuese lo que fuese de lo que se tratase aquello de la Unificación!) y adular a la indiscutiblemente hermosa artista que andaba junto a él por todas partes. Sin perder la ocasión de ensayar un sutil coqueteo, le había dado a entender que conocía sus canciones y se había declarado como uno de sus más fervientes fans. Saludó también a un extraño sujeto, con una calva extravagante y mirada torva, que también insistía en andar pegado a la pareja. Luego de una larga ronda de saludos posteriores a eminencias científicas menores y otros invitados ilustres, decidió buscar su copa y algún grupo de conocidos, en el cual iniciar, con relajo, algún lobby.

Estaba en estos menesteres cuando, en un recoveco del salón, y apegado a la pared como si se escondiera, se encontró a un sujeto de mediana estatura, que lo miraba fijamente con una expresión extraviada.

- ¡Pero...! ¡Áaaalvaro!... —exclamó, reconociéndolo en el acto, mientras éste lo tiraba de un brazo, chistando y haciendo disimulados gestos para que guardase silencio.

- ¡Por favor, hombre...! ¡Qué te pasó! —le preguntó en voz baja, alarmado por el tremendo corte que su amigo lucía en la ceja y el resto de las severas señas de lucha que éste exhibía en toda su persona.

Pero Álvaro, sin contestarle nada, sólo continuó mirándolo en la misma forma extraña. Carlos pensó que, tal vez, estaba ebrio. Sin embargo, de inmediato, recordó el triste encuentro que habían tenido hacía un tiempo, y entendió que, fuese lo que fuese lo que le ocurría, necesitaba de su ayuda. Ya se disponía a persuadirlo de ir a dejarlo a su casa o, mejor aún, de llevárselo a la suya para hablar con él, cuando éste le dijo:

- ¿Qué estás haciendo aquí?

- ¡Buenooo...! ¡Fui invitado también!... ¡Es uno de esos privilegios que tiene la política, como tú sabrás! –le dijo, forzando una broma.- ...¡Pero, mejor, vamos, viejo! ¡Vámonos de aquí, a conversar tranquilos a otro lado! ¿Ah? –le suplicó, súbitamente incómodo, mirando a todos lados.

- ¿Por qué?... ¿Por qué tenemos que irnos? ¿Ah?... ¿Por qué tienes miedo de que alguien nos vea juntos? –masculló, calándole la mirada con sus ojos afiebrados. Y Carlos, recordando de golpe el aire inflamado de otra época, en la que la rebeldía desafiante del marginado hacía temblar al mundo, comprendió perfectamente lo que quería decirle... Pero aquella era otra época, estaban en otro mundo y él era otro Carlos...

- ¿Que por qué? –replicó fríamente, bajando los ojos un instante, pero volviendo a levantarlos de inmediato- ¡Porque no soy estúpido! ¡Y porque no quiero tampoco que tú hagas alguna estupidez!... ¡Ahora vamos!

Intentó empujarlo disimuladamente y escabullirse hacia la salida, pensando que sería fácil en su estado. Pero se equivocaba. Álvaro esquivó hábilmente el empellón, dejándolo, frustrado y furioso, a un metro enfrente de él.

De pronto, un poderoso tintineo retumbó largos instantes en toda la sala. De pie frente a una mesa, Andropoulos llamaba la atención haciendo sonar una cuchara contra su vaso frente al diminuto micrófono en su solapa:

- Damas y caballeros!... ¡Damas y caballeros!... ¡Por favor! —exclamaba, sonriendo afablemente en medio de sus serios guardaespaldas.

Y todos, personas, celulares y cámaras, pusieron sobre él una atención casi inmediata.

- ...¡Me complace mucho tenerlos aquí esta tarde! —continuó- ¡Especialmente esta tarde maravillosa, en la que tenemos una magnífica noticia que anunciarles!... En primer lugar... ¡Bueno!... Es un placer presentarles a la señorita Amara. Esta hermosa y talentosa artista, a quien todos ustedes ya conocerán por sus canciones...

La estancia se llevó de chiflidos y aplausos que impidieron oír el resto de las palabras de Andropoulos. Pero sólo duraron lo que el célebre personaje demoró en levantar las manos, pidiendo silencio:

- ¡Gracias!... ¡Gracias!... ¡Los quiero mucho!... —respondía la mujer, meneándose sensualmente mientras la sonrisa parecía querer salírsele de la cara.

- ¡Bueno, bueno!... ¡Pero esta belleza no está aquí hoy sólo para hacernos una visita, no!... ¡Ella ha venido para inaugurar una nueva etapa en nuestro proyecto mundial...

Carlos, a quien todo esto había distraído, se acordó de pronto de Álvaro. Ahí estaba todavía, enfrente suyo, con el rostro ensangrentado y los ojos inyectados en la pareja. Lo vio volver la mirada con lentitud hacia él, y cambiar su expresión demencial por una de infinita nostalgia:

- ¿Te acuerdas de los recreos del colegio?... ¿Cuando salíamos a caminar, y hablábamos de Nietzsche, de la voluntad de poder, del eterno retorno y del superhombre?... ¿De Zaratustra?

Carlos lo escuchaba, perplejo. Un terrible presentimiento empezaba a cobrar forma en su ánimo mientras Álvaro, en voz baja, comenzaba a recitar:

"Porque hay maderos tendidos sobre el agua, porque hay puentes y parapetos a través del río... Sólo por eso, no se cree a nadie que diga: todo fluye.

Y más cuando viene el frío invierno, el domador de todos los ríos... Entonces, incluso los más maliciosos aprenden a desconfiar. Y no son sólo los imbéciles los que exclaman: en realidad ¿no estará todo inmóvil?...

Pero, tarde o temprano, y más temprano que tarde a veces, llega el viento del deshielo...

El viento del deshielo... ¡Un toro que no labra, un toro furioso y destructor, que rompe el hielo con astas coléricas!... Y el hielo que, por su parte,... ¡rompe los puentes!

¡Oh, hermanos míos!... ¿No fluye todo, ahora?..."

Nuevos aplausos los distrajeron. La voz amplificada del físico volvía a dominar el recinto:

- ¡... porque, en definitiva, no debemos ser retrógrados ni románticos! ¡Porque, muchas veces, las modas revelan nuevas sensibilidades en las personas! ¡Las personas actuales quieren ver la realidad tal como es! ¡Hay que permanecer abiertos a los nuevos tiempos y aceptar que todo ha cambiado...!

- ¡¡¿Y qué es lo que ha cambiado?!!

El grito de Álvaro retumbó con tal fuerza que el físico calló y todos los presentes, asombrados, se volvieron hacia él en medio de un zumbido de murmullos.

- ¡Qué estás haciendo! –le susurró Carlos, gesticulando dramáticamente y llevándose luego la mano hasta la frente, como si un agudo malestar lo aquejara.

Pero Álvaro no le hizo caso. Pálido, ojeroso, con la frente partida y la ropa ensangrentada, parecía salido de una película de horror. Avanzó unos pasos en medio del espanto de la concurrencia que, de inmediato, despejó el espacio que mediaba entre él y Andropoulos. El primer impulso de los guardaespaldas fue tomar sus armas. Pero el físico, sin mirarlos, los detuvo con un leve ademán.

- ¿Qué es lo que, según usted, ha cambiado, doctor?... –volvió a preguntar Álvaro con voz colérica- ¡Lo único que ha cambiado es que la hipocresía ya no se expone sólo en el trabajo y en la vida familiar, sino que también en la televisión! ¡Ahora es en la web donde nos mostramos de manera diferente a cómo somos! ¡Ahora es también en el chat donde engañamos a otros y nos engañamos a nosotros mismos!... ¡Pero seguimos siendo, en esencia, los mismos hipócritas de siempre!... Claro que tenemos buenos motivos para tener miedo. Hay demasiado vacío; demasiada incertidumbre. Pero, en vez de ayudarnos, de enfrentarlo juntos, ¿por qué insistimos en querer encadenar a todos los demás a ese miedo nuestro?

- ¡Miedo!... ¡Pero, señor Vergara! ¡Aquí nadie tiene miedo! –dijo Andropoulos muy tranquilo y en tono casi burlón.

Álvaro lo miró un instante. Sonrió de manera enigmática y se llevó una mano hasta el bolsillo de su chaqueta. Carlos lo vio todo como si soñara. La sala se llenó del rugido de los guardaespaldas, que sacaban sus armas, y del griterío de la gente que se agachaba y huía.

Álvaro se rió débilmente, hasta que su risa fue el único sonido que reinó en el recinto. Ignorando negligentemente las tensas pistolas que lo apuntaban, sacó de su bolsillo un pañuelo y se lo mostró a todos:

- ¿Ve, doctor? ¿Ve cómo ni siquiera usted sabe decir lo que siente?... Si esto que siente ahora no es miedo, entonces, ¿qué es?

Por toda respuesta, el gaznate del físico subió y bajó varias veces.

- El *miedo* es lo que, en vez de dueños, nos hace esclavos del Poder, señores... ¡Sí; del Poder, en términos sustantivos!... ¡Es el Poder del que hablaba Heidegger! ¡El Poder que "coloca, requiere y provoca", porque es suma del delirio compartido de todos aquellos que, al igual que usted, mi soberbio doctor, por su miedo terrible al vacío, quieren creer en un orden, una ley natural y una realidad clara y rigurosa! Lo peor para ustedes, aquello que no se resignan a aceptar en su cobardía demencial, es que nada de eso existe: ni "órdenes", ni "leyes naturales", ni "realidad" alguna. Sólo estamos, arrojados en el misterio que somos, en medio de significados heredados y resignificándonos incesantemente, en este semiensueño que llamamos vida. Nada más hay que eso; sobre nada más hay algo seguro. El resto es sólo conjeturas, oscuridad y misterio. O las mentiras, vestidas de razón, que usted y aquellos como usted se cuentan a sí mismos y pretenden que todos asumamos como propias. Pero... ¿Y los demás? ¿Qué podemos hacer los demás, cuando es justamente nuestra locura (ese delirio personal que hemos convertido en virtud y vocación para exorcizar al vacío), lo que no es "útil" al que nos administra y nos paga, ni sirve para "ganarse la vida" en un mundo que funciona de acuerdo a principios racionales y técnicos? ¿Estamos condenados a escondernos o a disimular, para no ser tachados de "locos" y expulsados de este mundo racional y técnico, que hoy pareciera ser la única vida posible?

- ¡Vaaaamos, señor Vergara! –le dijo de nuevo Andropoulos, que ya había recuperado totalmente la compostura y estaba decidido a terminar pronto aquella penosa escena- ¡El Proyecto Brahe satisface la vocación de todos los que estamos aquí!...

- ¡¡*Su proyecto*, doctor Andropoulos, satisface tan solo *sus ensueños personales y su vocación personal*, al precio de anular los ensueños y esclavizar las vocaciones de todos los demás que estamos aquí!!

Tras la furiosa réplica, el silencio reinante se hizo todavía más tenso. Uno de los gringos decidió castigar la insolencia de Álvaro y, sin guardar su arma, se le aproximó, con clara intención de agredirlo. Pero una exclamación rotunda del físico lo detuvo.

- ¡A ver!... –dijo éste, con una voz imponente y temible- ¿Hay alguien aquí que se sienta "obligado" a estar en este proyecto?...

Todos se miraron, sin atreverse a articular ni un sonido.

- ¿Lo ve, señor Vergara? –continuó, satisfecho- Todos están aquí sólo porque comprenden la grandeza de esta obra. Todos desean estar aquí. A nadie se le obliga a quedarse. Usted no es esclavo. Es libre de irse cuando quiera...

- ¡Ooooh, síiii! ¡Por supuesto! ¡Naaaadie está obligado!... ¡Pero si todo fuese tan simple como cambiarse de lugar, no habría problema!... Sin embargo, nadie aquí dice la verdad de lo que siente, justamente por temor a que se le diga lo mismo que tú me estás diciendo a mí: "si no le gusta, váyase"... La vieja pregunta es: "¿qué queda afuera para aquellos que quisiésemos irnos?"... Si tu megalomaníaco delirio se ha convertido en la razón imperante, en lo que es correcto y bien visto hacer, ¿existe algún "exterior" digno adonde se pueda uno ir?

Impávido y con expresión burlona, Andropoulos exploró a la concurrencia, buscando el refuerzo psicológico que necesitaba para ridiculizarlo. Ante aquel discurso esotérico que nadie parecía seguir, bastaba una risita para lograr el efecto que deseaba. Pero Álvaro prosiguió:

- ¿No entiendes, todavía, cuál es el precio que nos estás haciendo pagar a todos por tu obsesión?... ¡Esta mañana mandaste a ese hacker que está a tu lado, a colocar un virus en los sistemas del Geotrón de Häusermann!... ¡La máquina quedó inutilizada! ¡Ganaste! ¡Derrotaste, por fin, a tu archienemigo! ¡Ahora, tu proyecto es el único que queda en el mundo! ¡Braaavo!... El virus debía forzar la potencia del acelerador, para destruirlo mediante una sobrecarga. ¡Pero, eso hizo que, antes de averiarse, produjera una colisión de partículas a una energía nunca antes lograda!... ¡Se creó, entonces, una extraña distorsión en el espacio-tiempo próximo a la colisión! ¡Una especie de rasgadura cósmica!... Es un fenómeno inédito, que nunca se había producido antes (como la totalidad de los fenómenos generados en el laboratorio, que siempre han sido, literalmente hablando, creaciones conceptuales nuestras). Desgraciadamente, esta vez la imprudencia fáustica que usted, doctor, ha venido protagonizando, corrió con la peor de las suertes. ¡Usted nos ha condenado a todos, porque el fenómeno no puede controlarse!... Quizás sea posible comprenderlo en el contexto de las matemáticas de la Unificación. ¡Quién sabe! Dentro de unos meses, ustedes mismos lo bautizarán como una "anomalía topológica"... Pero eso no es todo, señores. Parece que el virus hizo una especie de puente electromagnético con el lugar desde el que fue transmitido: ¡estas instalaciones! ¡Gracias a ello, tendrán la Anomalía que provocaron en su propio patio! ¿Qué les parece?... ¿No me creen?... ¡Miren por la ventana!... ¡Miren!

Nadie quería hacerle caso. Y ya se escuchaban algunas tímidas risitas, cuando alguien repitió la orden con voz muy alterada. Uno a uno, todos se fueron dirigiendo hacia la gran ventana e iban reflejando en su faz todo el asombro y el temor por lo que presenciaban... Efectivamente, afuera, el gran anfiteatro, que conformaban los cerros, el cielo y los edificios de la universidad, aparecía como cruzado por una especie de fractura inmensa, que distorsionaba la visión de los objetos del fondo, del mismo modo que un vidrio roto. El fenómeno parpadeaba, mostrando, alternativamente, regiones completamente negras y otras que despedían un fulgor irresistible, con toda la abigarrada variedad de colores entre ambos extremos. En muchos puntos, surgían vientos violentísimos, rayos como en las tempestades eléctricas y objetos entrando o saliendo por sus innumerables hendiduras transparentes. Las diversas manifestaciones cambiaban permanentemente, se estiraban y se encogían, surgían o desaparecían, exhibiendo un dinamismo impredecible y aterrador.

- ... También descubrirán que la Anomalía crece con el tiempo y se ramifica... En el lapso de un año, la geometría del espacio-tiempo será tan compleja como la copa de un árbol. Estará repleta de campos electromagnéticos, radiactividad, hoyos negros y túneles espacio-temporales... Habrá lugares en los que la gente quedará aislada para siempre y otras regiones en las que no será posible alejarse ni un kilómetro sin extraviarse... No tendremos mapas ni brújulas que sean capaces de orientarnos en este caos cósmico. Con tal desorden de túneles de espacio-tiempo abriéndose y cerrándose sin cesar, seremos invadidos por hordas de seres de "mundos paralelos"; muchos de ellos, quizás, muy similares al nuestro, pero muchos otros regidos por principios físicos radicalmente distintos. La visita de nuestros dobles desde esos universos nos multiplicarán hasta el vértigo, pero la preferiremos mil veces a la de bestias y monstruos u otras civilizaciones del pasado o del futuro, para las que sólo seremos esclavos o presas... La única salvación, provisional y sin garantías, será esconder bien nuestros cuerpos y nuestras maquinas y quedarnos en los espacios de la web, en forma permanente, condenados para siempre a una vida virtual...

¡Es, incluso, lógico este caos!... Si, pese a lo que siempre hemos creído, la realidad está hecha en buena parte de nuestra mente, la locura que ya no tiene espacio allí tiene que instalarse en otro sitio... ¡O sea, afuera de nuestras mentes! ¡Por primera vez, la esquizofrenia, damas y caballeros, se ha desquitado con ustedes, los "señores de la razón"! ¡Se ha vuelto objetiva!

Andropoulos, quien había sido el último en acercarse al tumulto de la ventana y ver la monstruosa herida espacio-temporal, ahora miraba a Álvaro y parecía ser el único que todavía lo escuchaba. Boquiabierto y pálido, el físico se volvió hacia los hipnóticos fulgores que restallaban a lo lejos. Álvaro estuvo unos instantes más, contemplando el asombro y el pavor que se apoderaba de la gente y los enfrascaba en comentarios incoherentes, violentas discusiones o llantos desesperados. Luego, lentamente, y sin que nadie se diera cuenta, caminó hasta la puerta del salón y salió...

*   *   *

Llevaba algún tiempo disfrutando del suave vértigo que le provocaba el desplazamiento del gran pedazo de ciudad, que flotaba como uno más de los infinitos objetos a la deriva en un escenario imposible de definir. Era como vivir dentro de un inmenso cuadro de Dalí, con grandes masas de tierra que giraban suspendidas en la altura, bestias enormes y fabulosas que se paseaban a veces por horizontes fragmentarios, cielos multicolores y distorsiones increíbles de la perspectiva, la distancia y el tiempo...

Pero, durante los meses (¿o años?... ¿o sólo horas?) que llevaba en la Anomalía, había aprendido que no todo allí era caos... O, cuando menos, había descubierto que inclusive el caos requería de un cierto "orden referencial" para existir. En el pedazo de ciudad en el que estaba, había locales comerciales abandonados, desde donde podía sacar comida sin problemas. Sin embargo, sabía que eso no duraría. Y no solo porque, tarde o temprano, la comida se acabaría, sino también porque no siempre lo que, en un instante, estaba ahí, al momento siguiente seguía estando. Las cosas cambiaban de lugar, aparecían y desaparecían a un ritmo, a veces, vertiginoso. Los pisos se licuaban bajo los pies, las bebidas se solidificaban. Objetos brotaban de la nada o se contraían hasta desaparecer. Cierta vez, escombros que parecían tranquilizadoramente alejados, girando en ingravidez a una aparentemente gran distancia, destrozaron un trozo de edificio a escasos metros de donde él estaba... Y, no sin asombro, había visto renovarse, en minutos, la tela gastada de sus mangas y una taza despedazada recomponerse, saltando desde el suelo hasta la mesa... Por todo eso, era mejor estarse moviendo constantemente; y cuidar de alejarse de cualquier signo de cambio.

Sintió que la inmensa isla de cemento que contenía el conjunto de edificios en el que estaba, ya no se movía. Allá, a lo lejos, como un astro opaco y amenazador, una especie de nube de rocas hervía, gorgoteando y lanzando fragmentos en todas direcciones... Pero, lo que echaba en verdad de menos, era aquella inmensa gota de agua que, como una lente colosal, se abría a veces, mostrando un fondo estelar, con hermosos soles azules en formación y estrellas dobles, abrazadas con sus largas estelas de gases incandescentes…

Una parte de la acera en donde estaba sentado se volvió transparente. Con desaliento, recordó que, ayer o anteayer, había dejado allí un sándwich a medio comer. Prefirió olvidarlo. No era fácil distinguir entre un recuerdo y una vivencia. A veces, creía estar caminando por un desierto y, de repente, se daba cuenta que, en verdad, estaba en un lugar polvoriento y tétrico, como una bodega. O bien, creía soñar con mucha gente entrando y saliendo de un dormitorio en el que trataba de dormir y descubría que no era sueño cuando alguno de ellos se sentaba en la cama y le pedía cigarrillos… Meditaba sobre eso cuando, una señora que jamás había visto, vestida con bata y sandalias, apareció desde algún lugar, pasó a su lado, ignorándolo por completo, y desapareció detrás de una esquina. También esos encuentros ocurrían a menudo. Y la mayoría de las veces, como entonces, nadie intercambiaba palabras. Seguramente, porque no era fácil distinguir entre realidad y ensueño o, simplemente, porque ya nada importaba… En cualquier caso, lo más terrible era vivir con el pánico a la posibilidad de sufrir alguna deformación, o alguna mutilación, o el apresamiento de un miembro en un nudo de espacio-tiempo. ¡O, sencillamente, morir de pronto, sin razón aparente, con las vísceras devoradas por un miniagujero negro espontáneo!

A lo lejos, en el fondo violeta y verde del cielo, veía ahora una mole de vidrio azul que parecía haber brotado de la nada. Sus superficies deformadas se abrían como pétalos enormes, como si el espacio externo en donde se encontraban estuviese entrando a éste. De inmediato, le recordó el edificio del Proyecto Brahe. Y se le alegró el corazón al recordar a Elisa…

Sintió algo parecido al sonido de un helicóptero. Pero no le hizo caso. Tenía suficiente con los incesantes ululares, truenos y hasta lamentos lejanos. Además, en ese preciso instante, había descubierto, sobrecogido, unos curiosos dedos que sobresalían desde un poste de hierro...

- ¡Hola, amigo!...

Álvaro levantó la mirada sin la menor sorpresa. Allí, enfrente, estaba Carlos... O sólo la imagen de Carlos, aparentemente cercana... O quizás, era el recuerdo de Carlos... ¡Lo cierto es que, como fuera, detrás de él, en medio de la calle, había un helicóptero que movía lentamente sus aspas!

- ¡Vamos, amigo!... ¡Vayámonos!

Le sonrió tontamente y lo saludó, levantando un brazo. ¡Al final, fuese lo que fuese, estaba siendo amable! ¡Y si efectivamente era su amigo, el político, tenía un buen motivo para alegrarse!

Sintió que Carlos (... o algún doble de Carlos... o el recuerdo de Carlos... ¡Qué más daba!) le pasaba el brazo por el hombro y lo ayudaba a levantarse. Lo dejó conducirlo hacia el aparato, que empezó a hacer un sonido silbante mientras se elevaba, en medio de torbellinos que, justo en ese momento, comenzaban a deformar la acera y a succionar los edificios alrededor del lugar en donde había estado. Y vio con alegría cómo la inflorescencia azul del edificio del proyecto, suspendida en el aire, se hacía cada vez más y más próxima.

Sólo cuando pasaron por el lado de la estructura, ésta comenzó a aparecer completa, a tomar formas cuadrangulares y a mostrar el suelo sobre el cual estaba asentada. Pronto pudieron verse, allá abajo, los demás edificios de la universidad y las calles de la ciudad, repletas de barricadas, ambulancias, vehículos militares y multitud de gente, con maletas y carros, moviéndose en todas direcciones. Pero, en este punto, el cielo ya era celeste, y todo el entorno carecía de acontecimientos fantásticos... ¡Y le pareció un lugar tan aburrido!

- ¡Lo encontramos!... ¡Por fin, lo encontramos! —oyó a su amigo decirle a alguien, con entusiasmo- ... ¡Por suerte, ahora sí estaba cerca de esta brecha en la Anomalía!... Se ve bastante sano. Pero eso los exámenes lo decidirán... Le diré que baje...

Luego, sintió la voz de Carlos, susurrándole con suavidad:

- Álvaro... ¿Quieres venir? Alguien desea verte...

Le hizo caso... ¡Sólo porque era su amigo, y porque le gustaba la idea de verlo de nuevo, no importa lo que fuese a durar!... Y lo primero que distinguió enfrente de él, bajo el sol cegador que inundaba el estacionamiento de la universidad, fueron dos figuras. Eran una niña y una mujer, que lo miraban con los rostros compungidos, contraídos por la intensa luz de la tarde. Al reconocerlas, Álvaro sintió una antigua ternura renacer en su pecho:

- ¿Helenita?... ¿María?...

La niñita llenó su cara de risa y, soltándose de la mano de la madre, corrió a su encuentro. A la mujer, sólo ese espontáneo gesto de la pequeña le bastó para desatar su corazón entumecido por años de rencor y, sollozando de dicha, caminar también hasta él para abrazarlo.

Estuvieron largos minutos así, ebrios de una alegría desbocada en caricias, besos, risas y lágrimas. Hasta que, de pronto, Álvaro se acordó de su amigo. Y lo encontró ahí, prudentemente parado a unos pasos de distancia, fumando un cigarrillo. En su rostro, conmovido y satisfecho, se revelaban también los estragos por la que debió ser una ardua búsqueda.

- ¡Gracias!... —fue todo lo que supo decirle.

Haciendo un leve gesto de modestia, Carlos respondió:

- Una vez leí, en uno de tus apuntes: "Aquí adentro, en el vertiginoso seno del Poder, ya nadie necesita canciones"... ¡Bueno!... Yo si las necesito, amigo. Y siempre querré estar cerca de quienes tampoco puedan vivir sin ellas.

Entonces, se miraron con la misma complicidad con que, de jóvenes, arreglaban el mundo en sus cabezas; con la misma camaradería en torno a esa causa tan borrosa e imprecisa que ya ni siquiera se molestaban en definir...

Estaban en eso, cuando gritos de admiración y sorpresa los distrajeron. Volvieron la vista hacia donde todo el mundo apuntaba y sacaba fotos con sus celulares, aún sin comprender.

Una luz ovalada, enceguecedora y de tonalidades cambiantes, se acercaba hacia ellos, haciéndose cada vez más enorme, al mismo tiempo que el asombro de Carlos, María y la pequeña crecía también, hasta convertirse en pánico.

Sólo Álvaro, con una extraña expresión de indolencia pintada en el rostro, no parecía sorprendido...

Entretanto, a la distancia, la tronante y abigarrada distorsión de la Anomalía continuaba su expansión inexorable...

- FIN -

Alejandro Rocha N.

EL SÉPTIMO DÍGITO

EL ÍNFIMO 7

EL PROYECTO 49

EL LABERINTO 93

EL DELIRIO 113

EL REFLEJO 133

EL PODER 147

LA ANOMALÍA 203

www.ingramcontent.com/pod-product-compliance
Lightning Source LLC
Chambersburg PA
CBHW072005170726
47999CB00013B/190